STAMP BOOKS

七月の波をつかまえて

ポール・モーシャー 作

代田亜香子 訳

岩波書店

ケリ、エレリ、ハーモニーへ
海辺のコテージですごしたわたしたちの日々に

SUMMER AND JULY
by Paul Mosier

First Published 2020 by Quill Tree Books,
an imprint of HarperCollins Publishers.

This Japanese edition published 2024
by Iwanami Shoten, Publishers, Tokyo
by arrangement with HarperCollins Children's Books,
a division of HarperCollins Publishers, New York
through Japan UNI Agency, Inc., Tokyo.

目次

七月の波をつかまえて —— 5
訳者あとがき 287

カバー画・カット　早川世詩男

物語の舞台

カリフォルニア州サンタモニカ、
オーシャンパーク

サンタモニカ周辺

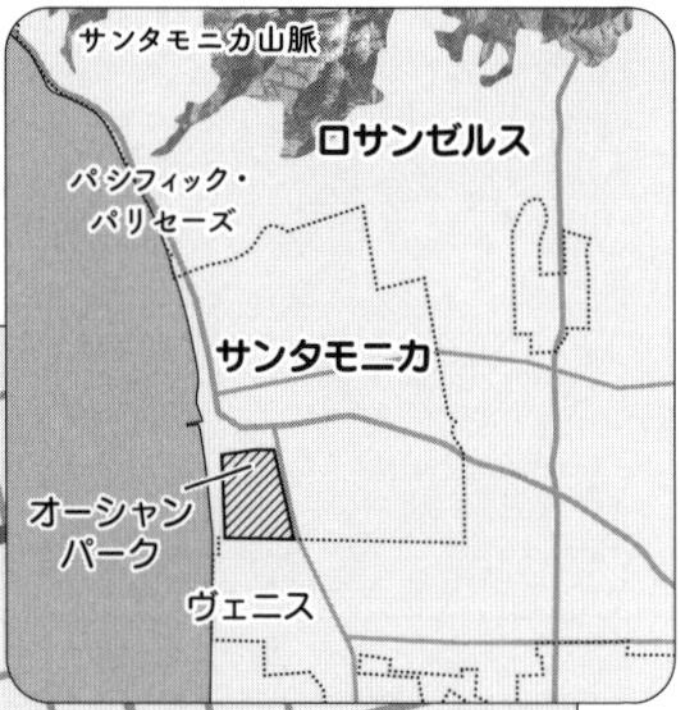

七月の波をつかまえて

1

七月一日。人生最悪になる予感しかない夏のはじまり。一か月にわたる監禁生活の初日。これからひと月、サンタモニカとかいう町のオーシャンパークっていうエリアから出られない。

ママは観光客用のウェブサイトでいろいろ検索したらしくて、その情報によると、オーシャンパークはのんびり散歩しても安全だし、オシャレなお店やカフェがたくさんあるそうだ。だけど地図を見るかぎりじゃ、犯罪者がうろうろしてるロサンゼルスのダウンタウンだし、しかもサメがうようよしてる太平洋にも面している。

まだ到着もしてないのに、すでにサイアクの旅、決定。まず、フライト時間の関係で夜明け前に起きなきゃいけなかった。学校があるときだってイヤなのに、夏休みの早起きなんて拷問でしかない。

ママはあたしがどんどん危ない目にあえばいいと思ってるから、ファーストクラスじゃなくてエコノミーだし、きゅうくつでしょうがない。窓側のママと通路側の知らないおじいさんのあいだでぎゅうぎゅうになってる。しかも、おじいさんのゴツゴツの頭が肩にのっかってる。

ねえねえ。あたしはママを肘でつついた。ママが熱心に読んでた機内誌から目をあげる。

「このひと、たぶん死んでる」ママに小声でうったえながら、肩の上のおじいさんの頭をあごで示す。

ママが身をのりだしてきて、あたしのとなりの死体を見つめる。ふふっと笑うと、すぐに雑誌に目をもどした。

「ママってば!」あたしはあせってささやいた。「このひと、州をまるまる三つぶん通過してるあいだ、ピクリとも動いてないんだよ!」

もう一度、おじいさんのほうをチラッと見た。離陸直後のまだ生きてたころ、ウォルターといいますって明るく自己紹介してたっけ。いまじゃ動いてるのは、空調の風にピロピロゆれるささやかな髪の毛だけ。

そもそもあたしは、かなり神経質になってる。空を飛ぶのが大好きってわけじゃないし。高度三万五千フィートから落ちて死にたいなんて願望もない。機長がしきりになだめようとしてるのは声でわかるけど、落ちる自信あるから。機長は数分おきに、飛行は順調ですなんてアナウンスしてるけど、コックピットのなかでは動揺しまくってるはず。これから落ちまーす、なんてスピーカーにむかって叫ぶわけにいかないでしょうし。

あたしには、めちゃくちゃこわいものがたくさんある。だけどママは、理解しようとも、気づかおうともしてくれない。ただの思いこみ、気のせいよっていいはる。カウンセラーの先生方も同意見だったでしょ、とかいって。五人ものカウンセラーのところに連れていかれたけど、口をそろえていわれた。あたしは、その人たちにいわせると現実的にはなんの危害も加えてこないものをこわがってるフリしてるだけで、それはじっさいに傷つけられた経験から目をそむけたいからだって。その経験ってつまり、パパがママとあたしをおいてモデルと逃げちゃったこと。たしかにパパが出てったのはムカつくし、そんなパパのことは大っきらいだけど、あたしの恐怖症はそれをごまかすためなんかじゃない。カウンセラーたちだって、お金の出所がママじゃなくてあたしだったら、こっちの意見に賛成してたはず。

上空三万五千フィートにいるいま、もっとも差しせまった恐怖はというと、重力。アイザック・ニュートンさんがありがたい発見をしてくれたおかげで、重力はあたしがもっとも恐れるもののひとつ。だって、ほとんどすべてのものは、いまいる場所より少しでも地球の核に近づきたがってるんだから。この飛行機なんかとくにそう。重力ってそういうもの。

もちろん墜落時にはどう行動すべきか、客室乗務員から説明は受けてる。離陸もしてないうちから、めちゃくちゃ細かく説明された。落ちたらどうするべきかって話をしといて、その直後に空を飛ぶなんて、いったいどうなっちゃってるわけ？　しかも、説明をちゃんときいてたの、機内であたしひとりだったし。

酸素マスクの使い方が書いてある安全のしおりを熟読してたのも、非常口の場所をしっかり確認してたのも、あたしだけ。しおりのイラストの人って、空気入りのすべり台みたいな黄色い緊急脱出スライドをすべりおりるのをめちゃくちゃ楽しんでるように見える。できればもう一回機内にもどってダーッてしたい、みたいな顔。だけど見わたした感じ、飛行機に乗ってるなかでこのイラストに出てくるタイプの人はいないし、まわりの席の人はだれひとり、ドアのあけ方とか脱出スライドのおろし方とかをわざわざおぼえる気はないみたい。この飛行機から安全に脱出できた人はみんな、あたしに感謝するはず。十二歳の女の子のおかげで無事生還、って。

とうとう頭上のシートベルト着用サインが点灯して、ポンって鳴るやつがポンポンいいだして、もうすぐ死にますよってカウントダウンをはじめた。ほかの乗客はみんな、平気な顔してる。乗務員にカップやらナプキンやらを片づけられないうちに機内食のサンドイッチとコーヒーをなんとか平らげようとしてる。みんな、せいぜい人生最後の食事を楽しめばいい。

窓から下を見ると、雲のかたまりがお日さまの光を反射して目がくらむほどきらめいてる。やたら幸せそうな光景だし、雲はフカフカのクッションみたいだけど、そんなのただの幻想。あたしたちは、水蒸気のあいだを突きぬける石みたいにストーンと落ちる。

雲のなかに突入して、なんにも見えなくなった。ってことは、機長にも見えてないはず。ビルとか風力タービンとかべつの飛行機とかにいつ衝突してもおかしくない。滑走路を通りこすとか、海に着水してサメに食べられるって可能性もある。あたしは肘かけにしがみついて、ママのほうを見た。機内誌の蠟人形館の広告を熱心に見つめてる。蠟人形が、満足そうにママを見つめかえしてる。

ふいに雲の下に出て、地面がせまってきた。ゴルフコースに高速道路、アパートにホテル。飛行機がたくさんとまってる。そして滑走路が、あたしたちの飛行機のタイヤを荒っぽく受けいれた。ゴゴゴゴーッて爆音がひびく。

まあね。重力の法則に従わなきゃってなったら、いちばん望ましい着地点は滑走路だろうけど。

反動で、シートからとびだしそうになる。死んでいたウォルターが、急に頭をあげてこっちを見る。

「もう着いたのか?」

あたしはうなずいて、大陸の半分を横断するあいだウォルターの枕になってた肩をさすった。すっかりしびれてる。

墜落も着水もしないで着陸できたのはいいけど、ひとつムカつくことがある。ママの、無言の自己満足。これっぽっちも心配してなかったママにしてみたら、何ごともなく着陸したのは勝利の証。勝ちほこってニコニコしながら、機内誌を前の座席のポケットにもどしてる。ママはER〔病院の救急外来〕のドクターで、仕事中に毎日のように不幸を目撃しなきゃいけないのに（ママはその不幸なことを、そもそも少ない親子の時間にぞっとするほどくわしく話す）、自分のまわりの危険に関してはまったくむとんちゃく。もしかして、メディカルスクール時代に脳みそを使いすぎちゃったのかな。それで、こわがらなきゃいけないことを警告する機能が残ってないんだ。

機内からターミナルの中へとつづく妙なせまい通路をだらだら歩いていき、荷物が出てくるのをコンベアの前で待って、車の乗り場にむかった。外は空気がカラッとしてて、風が海のにおいを運んでくる。だけど、ここはビーチじゃなくて空港だから、びゅんびゅん通過していくのは、車やバスやタクシー。すると、空港バスがあたしたちの前にとまった。

「これに乗るわよ」ママがいう。

「タクシーじゃないの？」

ママは小さいバスにスーツケースを引っぱりあげて、早く乗ってと手招きする。

「下調べは完璧よ。このバスでロサンゼルス空港のバスターミナルに行ったら、サンタモニカの市バスに乗りかえて、泊まるところの近くまで行くの」

「なんでバス？」バスに引きあげてる自分のスーツケースにつまずきそうになる。

「それがふつうの移動手段だから」

「ふつうとか、どうでもいい」バスが動きだして、つんのめりそうになる。「いつもどおり、車でいいじゃん」

ママは、数センチしか顔がはなれてないところに立ってるヒゲのおじさんにニコッと笑いかけた。おじさんのほうは、どうでもよさそうな顔のまま。

「今回の旅ではね、あたらしい経験がたくさんできるわよ」ママが頭上の手すりにつかまる。「ママが子どものころはよくバスに乗ったなー」

空港バスって、めちゃくちゃかったるい。空港内のぜんぶのターミナルにいちいちとまって、ついでに駐車場にもとまって、やっとのことで市バスが集まるターミナルでおろされた。で、こんどは大きな青いバスに乗りかえる。ビッグブルーバスっていう見たまんまの名前で、乗客はみんな不潔そうなスリやら犯罪者やら変人やらにしか見えないし、自分のスーツケースに押しつぶされそう。オェーッてなりながら何キロも進み、ようやくおりたのは得体の知れない場所。歩道にスーツケースを引っぱりあげて、急な上り坂をひーひーいいながらしばらく歩く。先にのぼりきったママが、こっちをふりかえった。笑顔全開で。

「ほら見て!」

スーツケースを引きずってママの横まで行き、顔をあげる。ゆったりとした下り坂に沿って家が建ちならび、お店が集まってる通りの先には、せまいけど緑がいっぱいの公園があって、そのむこうには長細い砂浜と、どこまでも果てしなく広がる青い海。

「きれいじゃない？」ママがはしゃぐ。

「くたびれすぎて、それどころじゃない」

思ったよりどうでもよさそうな、イラッとしたいい方になっちゃった。たしかに、すごくきれい。ホログラムのポストカードみたいにキラキラしてる。ただ、ホントにクタクタだし。しかも、ママにムカついてたし。これからひと月、ここにいなきゃいけなくなって夏の計画が台なし。休みのあいだじゅうファーンといっしょにショッピングモールをうろついて、男子を品定めしたり、ソフトプレッツェルに粒マスタードをつけて食べたりする予定だった。

それからまたスーツケースをゴロゴロと、四番通りっていう道を半ブロック進んだら、背の高い生垣があって、そのむこうに古いコテージが見えた。ペンキぬりなおしたほうがいいんじゃないのって感じで、入り口の前にくさりかけみたいなドアマットがある。そのマットの下からママがカギを出してドアをあけると、広い部屋があった。ママはキャアキャアはしゃいでる。木製の大きいテーブルがあるから、そこがダイニングルームらしい。そのむこうにキッチンがある。あたしは入り口に突っ立ったままなのに、ママはさっさと部屋を見てまわりはじめた。戸棚や引き出しをどんどんあけていく。

「見て見て！　必要なもの、ぜんぶそろってる。お皿もカトラリーもグラスも。スパイスもある。あっ、冷蔵庫のなかに調味料も。わ、粒マスタードまで！」

「そういうの、うちにぜんぶあるじゃん」

ママがこっちをむいていう。「あーもうぜったい楽しそう。それにあなたは、慣れきった快適ゾーンから少し出たほうがいいのよ」

はぁ？　「快適ゾーンって快適だし」

「荷物をほどいたら、メインストリートをぶらつかない？　水着を着てっちゃえば、日が沈まないうちに海でバシャバシャできるわね！」

やれやれ。ま、どうせこれからのひと月でママと過ごすのは今日が最後だろうし。近くの病院のERで研修医を指導したり学会に出席したりでいそがしいだろうから。あたしたち親子って、いっつもそんな感じ。だけどママってば、カリフォルニアにいるあいだはそういうんじゃない、みたいにふるまってる。ふだん働いてる系列の病院でひと月仕事するだけだからなんにもかわらないはずなのに、なんか、娘をほったらかしなのはおなじでも、それが海辺の町で仕事してるあいだなら夏休みの旅行ってことになるとでも思ってるみたい。だけど、一日だけ本気で夏休みのフリをするつもりなら、つきあってあげてもいい。

せめて環境をかえることで親子関係の修復をはかろうっていうのは、ママがあたしをこんなとこまで引っぱってきた理由のひとつ。それと、もうひとつ。ママは、あたしとファーンの友情をぶっこわそうとしてる。ファーンは、あたしの恐怖を理解して味方してくれるたったひとりの友だちなのに。あたしたちはインドア派で、いつもモールをうろついてる。モールってどこもおんなじような感じで落ち着くから。ママは、あたしがファーンといる時間を減らして、命を落とす危険性大アリなことをする時間を増やすべきだと考えてる。

スーツケースを、シングルベッドがひとつの小さめの部屋に運びこんだ。床はほかの部屋とおなじ木でできていて、二か所ある窓には白いカーテンがかかってる。たたんだ服をたんすの引き出しにうつしてるとき、おそろしいものを発見した。アクアブルーのワンピースの水着。フロントにマーメイドのプリントつき。

「ママ！」コテージじゅうにあたしの声がひびきわたる。「なに？　このキモいマーメイド。っていうか、あたしのスカル柄のは？」

ママが、あたしのひと月限定ベッドルームのドアから顔を出す。「そっちのほうがリゾートっぽいと思って。かわいいでしょ？」

ううう……一日だけ。一日だけならつきあえる。

メイクグッズをぜんぶ機内もちこみにしたのは正解。ママに見つかってたら、おいていけってうるさかっただろうから。あたしは基本、ブラックのゴスメイクで黒い服を着てる。そうすればママとかほかの人たちに、いちいち説明しなくても不幸だってわかってもらえるから。なのにママはいつも、ぱーっと明るい服を着せたがる。明るい子みたいに見せようとする。

荷物をほどいてひと息つくと、午後のメインストリートに散歩に出かけた。ずっと腕組みして、できるだけマーメイドが見えないようにする。せめてもの抵抗は足元。黒のハイカットのコンバースで、足首のところに白いマニキュアでスカルとクロスボーンを描いてある。

ママは、通りのお店とかレストランとかにいちいち感激してみせる。とくに行くとこがないときのお決まりで、ただぶらぶら歩いてるだけなのに。

メインストリートには、三十メートルおきにエスプレッソスタンドがある。ただよってくるのは、ピザとか、メキシカンとか、かわいたおしっこみたいなにおい。あとはなんといっても潮の香り。オモチャ屋さんが一軒ある。もうすぐ十三歳じゃなくて、八歳とかだったらよかったのに。

「わあ、ここかわいい」ママはそういいながら、アイスクリーム屋さんの前で足をとめた。

店の名前を見て、あたしは思わず顔をしかめる。「〈ピンキー・プロミス〉？」げーっ、小指の約束？　そういうキュートなカンジにはしゃぐ気分じゃないんだけど。

ママがにっこりする。「入ってみましょうよ！　ひと月まるまるいるんだから。おいしいスイーツ屋さんはマストでしょ？」

やれやれ。ママはあたしの手をとって、さっさと店に入っていく。

あっ……あたしはそっこうでママの手をふりはらった。カウンターのむこうにイケメン発見。きっと、サーファーの王子さまだ。小麦色の肌に、ブロンドの長めのさらさらストレート。ブラシいらずって感じ。こういう肌と髪の人、はじめて見た。そもそもカリフォルニアに来たのがはじめてだけど。地元で見かけたら、フットボールとかホッケーとかの体育会系男子に分類されるのかもだけど、それよりずっと気になる存在。たぶん高校はもう卒業してるだろうし、ママの手をふりはらったのは、べつに大人に見せようとしたとかじゃない。ひとりで歩けないみたいに見られたくなかっただけ。

「いらっしゃい、お嬢さんたち。今日の波はどうだった？」王子さまがニコニコしていう。

「あ、わたしたち、サーフィンはしないの。今日着いたばっかりで、ためしに水着で海に入ってみようかなって思ってるところ」ママが答える。

あーもう。ママってば、ぜんぜんわかってない。こういうとこに来たら地元民っぽく見せなきゃいけないのに。ガイドブックなんかもち歩かないし、道に迷っても迷ってないフリをする。だいいち、ママがなんといおうと、あたしは足の先だって水につけないつもり。そして断じて、マーメイドの水着を着るのはこれが最初で最後。

「それはそれは。オーシャンパークにようこそ、アミーゴ！　今日の気分はどのフレーバー？」サーファーの王子さまが陽気にいう。

「そうねえ……」ママはショーケースのほうに身をのりだしてのぞきこんだ。「そのチェリージュビリーって、テイスティングできる？」

マジですか？　わかってないにもほどがある。イケメン店員にテイスティングたのむなんて、図々しいってば。王子さまはちっちゃなピンク色のスプーンでチェリージュビリーをすくって、ママに差しだした。ママはスプーンをなめて、うっとりした表情を浮かべてる。小さいころにチェリーの木にのぼったときの記憶がよみがえってきた、みたいな。

「すっごくおいしい。これをカップでお願い」

「いい選択です」王子さまは、アイスをすくってママにわたした。「で、そこのベティちゃんは決まった？」

はぁ？　「あたし、ベティって名前じゃないし」

うしろで笑い声がした。ぱっとふりかえると、同い年くらいの女の子がいた。映画に出てくるアイドルスターみたい。こんなきれいな金色の髪、幼稚園くらいの子か、スクリーンでしか見たことない。金色のクレヨンでぬったみたいな金色。

あたしは王子さまのほうにむきなおった。まだあたしのオーダーを待ってる。「ピスタチオをカップで」

「はーい、ただいま!」

王子さまが蛍光灯で照らされたショーケースに手をのばしているとき、あたしはもう一度チラッとうしろに目をやった。女の子がにっこりする。え、なんで?

「はいどうぞ、ベティ」王子さまがカウンターからカップとスプーンを差しだす。「ぼくはオーティス。よろしく」そういってペコッとおじぎすると、お祈りしてるみたいに両手を合わせた。「朝イチで波に乗ったあとは、ほとんど毎日店に出てるから。おふたりの滞在中、たくさん会えますように」

ママはキャンバス地のビーチバッグからお財布をとりだした。「で、オーティス、おいくら?」

オーティスがおでこをピシャリとたたく。「おっと! 忘れるとこだった」

ママはニコッとして、デビットカードをオーティスに手わたした。オーティスが、なんだこれ、みたいに眉をよせて、レジをじっと見つめる。

「オーティス、ふざけすぎ」うしろの女の子がいう。あたしはまた、パッとふりかえった。女の子がまたにっこりする。

あたしは、ママがチップを忘れないか監視してた。ママはカードを受けとって、カウンターからはなれる。ドアのほうにむかうとき、女の子の視線を感じた。こんなふしぎなもの見たことない、みたいな。

「ごゆっくりどうぞ!」オーティスが、店を出るあたしたちに声をかけた。

〈ピンキー・プロミス〉は小さい店でテーブルもないので、あたしたちは外のベトついたベンチでアイスを食べた。あたしを見て笑ってた女の子がアイスのカップをもって出てくると、トッピングのホイップクリームを顔をつっこむみたいにしてなめる。アイスのＣＭみたい。それからまたにっこりすると、小さくバイバイと手をふって歩道を歩いていった。水着姿で裸足で、サーフィン映画そのまんま。

あたしは店のウィンドウにうつる自分の姿を見つめた。ブラックのゴスメイク。こういうの、たぶんあの子にはめずらしいんだろうな。

海岸に行くと、夕日が海に沈もうとしていた。ママは砂の上にバッグをおいて、波打ちぎわで足をパシャパシャやった。なんか、見てて悲しくなる。ママは楽しんでるつもりで、こっちいらっしゃいよとあたしを呼ぶ。だけどあたしは、黒いコンバースを脱がずに立ったまま、波を見つめてた。パシャパシャくらいやってもよかったけど。楽しんでるフリくらいできるし。だけどきっと、そのとたん波が高くなって、いきなり潮が引いたかと思うと、ふいにまた高い水の壁がせまってきて、こんな幸せなんてあっさり洗い流していくんだろう。

2

七月二日、ゆっくり寝て目をさますと、ママはもういなかった。コテージの窓はぜんぶあけっぱなしで、あたしのいまだけのベッドルームに風がふきこんで白いカーテンがゆれている。あたしが寝てる間にアライグマが侵入してきて爪を立ててておそわれたらって心配じゃないのかな。それか、人がしのびこんできて誘拐されるかも。そしたらあたしは大人になるまでずっとカルト集団のなかで過ごすことになる。すっかり洗脳されて、ママと再会できたときにはどこかの町の道ばたで友情のブレスレットとか売ってるかも。いっしょにいるのはあたらしい姉妹たちで、少しはなれたところにとまってる小型のバンのなかで男が待ってて、売上金をかぞえてる。

そんなこんなの可能性を想像しながらベッドでぐずぐずしてたけど、戸棚に甘いシリアルが入ってたのを思い出したら誘惑に勝てなくなって起きた。ママが買うのはいつもヘルシーなやつだけど、このコテージには子どもが好きそうなその手のシリアルがストックしてある。

ここカリフォルニアはまだ朝の九時。ミシガンだったらもう正午だ。

ママは朝日がのぼる前に病院に行った。帰ってくるのは日が沈んだあとだろうな。キッチンに行くとコーヒーが入ってたけど、すっかり泥みたいな味になっていた。砂糖がたっぷりコーティングされたシリアルをボウルにいれて、テーブルの前にすわって食べる。

ママは、ネットラジオをつけてザ・ビーチ・ボーイズのサーフミュージックを流していた。どうやらあたしを、これからのひと月が楽しみでしょうがないムードに仕立てあげたいらしい。サメやら津波やらの脅威にさらされてるこの場所で。

夏の朝の空気が窓から入ってくる。風になびく白いカーテンを見ていたら、洗剤のコマーシャルの撮影中みたいな気がしてきた。

ビーチ・ボーイズと外にいる鳥のさえずりをかき消すように、スケボーの音が近づいてきた。歩道のつなぎ目を通るたびに車輪がガタンという。ガーッ、ガタン、ガーッ、ガタン、ガーッ、ガタン。

そして、音がやんだ。好きな女の子と波がどうしたこうしたっていう歌の合間に、なにかがこすれるようにカリカリいうかすかな音がきこえてくる。それからまた、スケボーの音。ガーッ、ガタン、ガーッ、ガタン。今度は遠ざかっていく。

そのあとは、砂糖まみれのシリアルをポリポリかむ音と、ビーチ・ボーイズと、かたい木の床を歩くあたしの足音と、キッチンのシンクにボウルをカチャンとおく音。

カウンターにママからのメモがあった。さっきシリアルとミルクをいれたときには気づかなかったけど。

ジュイエへ

おはよう！　夏休みの本格的な初日ね！　オーシャンパークでのひと月の目標リストを考えてみたの。

- 運動不足を解消して外の空気を吸う
- 恐怖に立ち向かう
- 快適ゾーンから出る！

このあとは好きにつけ加えるといいわよ！

あと、食料品店に行って買いものしておいてほしいの。

・ブルーベリー
・パン
・バター
・ひいたコーヒー豆(ダークロースト)
・もっとヘルシーなシリアルがあったら、それも
・ほかに食べたいものがあったらなんでも!

近くにヘルシー志向の食料品店があるの。〈コンシャス・コンサンプション〉って名前の店。歩いて十五分くらいよ。エコバッグはシンクの下。

このメモの下に地図とお札をつけておくからね。おつりはおこづかいにどうぞ。あなたならだいじょうぶ。ここにいるあいだに、このあたりの地理をおぼえてちょうだい。ママも勇気を出してあなたにまかせることにする。

とはいえ、リンカーンロードのむこうには行かないでね。ローズアベニューとコロラドアベニューのあいだにいて。栈橋があるのがコロラドアベニューよ。図書館はほんの三ブロックくらい先にあるし、メインストリートにはおもしろそうなお店がたくさんあるわよ。あとはもちろんビーチもね!

じゃ、よろしく。楽しんで!

ママより愛をこめて

P・S　スマホはもって出かけてね。どこにいるかわからなくなると困るから！

クリップでとめてあった百ドル札を見て、恐怖がほんのちょっとだけうすらいだ。内心、ひと月まるまるこの家から出ないですみますようにって思ってたけど、どうやら初日からそうはいかないみたい。ママのバカげた計画のせい。ひとりも友だちがいない知らない場所に三十一日間いれば、ドキドキワクワクの体験ができるとでも思ってるらしい。

メモの上三分の一くらいをピリッと破いた。ママがあたしのための目標を書いた部分。で、くしゃくしゃっと丸めて、シンクの下のゴミ箱にポイッ。ママは、自分の計画を立てるべきなんじゃないの？　ほら、たまには娘といっしょに過ごす、とか。

部屋に行ってジーンズをはいた。ダメージの裂け目に足の親指が引っかかる。左側一回、右側二回。つぎにお気に入りの黒いロゴ入りTシャツを着て、スカルを描いたコンバースをはく。それから白っぽいファンデをぬって、アイボリーのパウダーをはたき、ブラックのアイシャドウをつけて、ブラックのアイライナーを上下にひいたら、ブラックのリップをぬって、マスカラを三回重ねぬり。赤茶色の髪をツインテールにしたのは、顔にかかるとじゃまだから。

ママといっしょにいるときはこんなメイクはしない。ママはこういうカッコがあんまり好きじゃないから。あたしがこのメイクしてるのを見るといつも、あなたのお葬式に出てるみたいな気がしていや、っていう。ま、いつもといってもあたしたち、めったに顔合わせないんだけど。

シンクの下からエコバッグをひとつつかんで玄関のドアをあけると、網戸の下にメモっぽいものがはさまってるのに気づいた。

ポストカード。表面には、観覧車の写真と、“Greetings From Santa Monica!”って言葉。裏返すと、青いボールペンの手書きの文字。

ハイ、ベティ！　〝エイリアンの要求をムシ〟に十時に集合。チャオ！

背筋がむずむずする。なにかがシュッとかけぬけたみたいな感じ。なにかっていっても、イグアナとかそういうのじゃない。予感みたいなもの。

〈ピンキー・プロミス〉のオーティス？　どうしてあたしがいる場所がわかったんだろう？　サーファーボーイ、っていうか大人のサーファーと出かけたりしたら、ママに殺される。それに、なんかこんなの、気味がわるい。だけど、めちゃくちゃワクワクもする。やっぱり、イグアナが背筋をシューッとはっていった感じに似てなくもない。なんでイグアナなのかは自分でもわかんないけど、なんとなくふしぎでゾクッとする感じ。

十時に集合するつもりがあるわけじゃないとはいえ、待ち合わせ場所はどこ？　〝エイリアンの要求をムシ〟って、どういう意味？　サーフィン用語かなんかかな。いい波に乗れたとき、やったぜって意味で「カワバンガ！」っていうみたいな。

ま、どうでもいいけど。集合しないし。あたしはポストカードを折りたたんで、ジーンズのおしりのポケットにいれた。あとで捨てようっと。それから生垣のむこうにまわりこんで、日差しさんさんの歩道に出た。

買いものリストをママの手描きの地図といっしょにもう片方のポケットにつっこんで、スマホをとりだした。

「Siri,〈コンシャス・コンサンプション〉の場所を教えて」

Siriが、四番通りを数ブロック行ってローズアベニューで左に曲がる、と教えてくれる。だけどうつむいて歩きながら画面でルートを確認してたら、つぎのブロックの歩道に文字が刻まれているのが目に入った。セメントがかわかないうちに彫ったらしい。

エイリアンの要求をムシ

文字のわきに、靴をはいてないこんがりと日に焼けた足が見える。あたしの黒いハイカットのコンバースのほうをむいている。顔をあげると、〈ピンキー・プロミス〉にいたウザいくらいキレイな女の子がこっちを見てニヤニヤしてた。

「おはよう、ベティ!」

はぁ? 「あたしの名前、ベティじゃないし」

「いやいや、ベティでしょ。知ってるから」

なんなの。あ、そういうことか。ピンときたとき、ホッとしたのかガッカリしたのかは自分でもわからないけど。「もしかして網戸にポストカードはさんだ?」

「まあ、十時に〝エイリアンの要求をムシ〟に立ってたのがわたしだからね。っていうか、ちょい遅刻だよ」

まだニヤニヤしてる。この手のキレイな女の子って、笑顔をむけられるだけでからかわれてるみたいな気がする。そういう子、いままで通ったどの学校にもいた。だけど、ここまでキレイな子ははじめて。

「食料品買いに行こうとしてただけ」あたしはいった。

「わたしに会いに来たんじゃなくて？」

「ちがう。この文字が歩道のここにあるってことも知らなかったし」

女の子は眉をよせた。「見のがすわけないのはわかってたから。靴見ながら歩くタイプだと思って」

「きのう着いたばっかなんだけど」

「あ、それでか。それでいままで会わなかったんだ」

あたしは、歩道の文字を見おろした。「これ、どういう意味？」

「エイリアンの要求はムシしろ、って意味！　ほら、緑色した宇宙人がいばりくさってワケわかんない要求してきても、ほっとけばいいってこと」

「あなたが書いたの？」

女の子が首を横にふる。「大昔からここにある。ビッグカフナがそういってた。ビッグカフナはすぐそこに住んでるの」女の子が通りのむこうの小さな平屋を指さす。アクアブルーの家で、正面のポーチの壁にサーフボードが立てかけてある。

「ふーん。じゃあね。買いものしなくちゃ」あたしは歩きだした。

「わたしも買いものある！」女の子がとなりに並んでくる。「だけど、スケボーで行こうよ」

あたしはピタッと足をとめて、女の子のほうをむいた。「なんでついてくるの？」

女の子がふいに真顔になる。これってもしかして、ちょっと傷ついた顔？ もしかして、年がら年じゅうめちゃくちゃハッピーってわけじゃないのかもしれないな。

「夏のあいだ、友だちになれるかなと思って」女の子がいう。「旅行で来たんだったら、そういうの、アリでしょ。そっちがオーシャンパークに来て景色を見てるあいだ、わたしはそっちに会える」

なんか、へんな感じがする。ふわっとした感じ。お腹のなかがニコニコしてるみたいな。だけど、あたしは眉をよせた。「スケボーもってないし」

女の子がにっこりする。「だったら、歩こう」

あたしは顔をしかめた。「なんでニコニコしてんの？」

「だって、これからいっしょに買いもの行くんだよ！ それにそのメイク、パンクでロックなゾンビの人形みたいでいい感じに不健康だし」

それってぜったい、からかってるよね？ そうとしか思えないから、お礼はいわない。だけど、ほんのちょっとだけニコッとしちゃったかも。本気でほめてるといけないから。

あたしはまた、歩きはじめた。女の子がとなりを歩く。

なんだか並んで歩くのってヘンな感じ。歳が近い子と並んで歩いたことなんて、長いことファーンとしかなかった。それさえ、ママのせいでできなくなっちゃったし。あたしは手にもったスマホの画面から目をはなさずに、数秒に一回顔をあげて確認してた。

「地図アプリなんか必要ないよ」女の子がいう。「このあたり、わたしの庭だから。なにがどこにあるか、ぜんぶ知ってる」

あたしは女の子を上から下までじろじろ見た。あらためて見ると、ビキニのショーツをはいて、トップスは半袖のおかしな水着みたいなの。身につけてるのは、それだけ。

「そんなんでお店に入れるの？」

女の子は、ウケるんだけどって顔をした。なにバカなこときいてるの、みたいに。「当たり前でしょ。ここ、ドッグタウンだよ」

ドッグタウンって？　さっぱりわからない。だって、地図はここに来る前にさんざん確認した。どんな危険がひそんでるかもしれないから。だけど、ドッグタウンなんてどこにもなかった。それに、カギとか百ドル札とかをしまっておくポケットさえついてない服を着てる女の子と行動するなんて、どう考えてもやめといたほうがいい。

それなのに、あたしたちは四番通りを歩きつづけた。立ちならぶ木のかげを出たり入ったりしながら。

「あそこがわたしが住んでる家」女の子が、庭がきちんと手入れされた青い家を指さす。「あの裏にある二階建てで、前はガレージだったんだ」

それから学校を通りすぎた。こんなところにも学校があるなんて、へんな感じ。バケーションを過ごすだけじゃなくて、現実的な生活があるなんて。

歩道はせまくて、ところどころ、木から落ちてベシャッとつぶれたベリーや見たことない木の実みたいなのだらけ。あたしは靴をはいてるからいいけど、この子、裸足じゃん。

鳥がチッチッと鳴いたりうたったりしてるけど、犬がほえる声はしない。どの家も古くてかわいらしくて、歩道ギリギリに建ってる。庭はこぢんまりしてる。

「で、どっから来たの？」女の子がたずねる。

しゃべるより、この子が裸足で歩く音をきいてるほうがいいのに。「えっと……中西部のほう」だって、やたら陽気な裸足の女の子に家の住所なんて教えないほうがよさそうだし。

「どんな感じの場所？」

ため息が出る。心のなかでだけど。雑談って、ほんときらい。まあ、ガッツリ夢を語る、みたいなのもかんべんしてほしいけど。

「夏はサイアク。冬は寒い。秋はかぼちゃランタン。春はミツバチ」

「なんか、詩みたいだね」

ぶるっと震えが走る。あたし、メトロフォビアもあるのかも。詩恐怖症。

「ローズアベニューで左折」女の子がいう。角を曲がると木が少なくなって、ヨガスタジオとかメキシカンレストランとかのお店が増えてきた。女の子が話をつづける。「まーね、ここは一年じゅう、超快適。冬は少し雨がふる。五月と六月はくもってグレーな日が多い。九月と十月がいちばん暑い。カラカラのサンタアナ季節風が砂漠からふいてきて、夏が海に流れ出てるみたい」

またしてもぶるっ。だって、めちゃくちゃ詩っぽい。

「七月がサイコーかも。日が長くて太陽さんさんだから、サーフィンとかボディボードとかをしたあともすぐにかわいちゃう。気温はずっと、二十度前後」

きっとつぎは、波の一週間予報でもしてくるんだろう。

「七月は海がグラッシーな日が多くはないけど、波はかなり安定していい状態だから。これから何日かは、サンタバーバラの南で乗りやすいいい波がたまに来るくらいしか期待できないけど。エピックな波に乗りたかったら、ドーンパトロールするために超早起きしなきゃだね」

女の子はふと口をつぐんで、あたしを上から下までながめた。「サーフィン、する？」

「冗談でいってるよね？」

「五大湖*って波ないの？」

「あたしには、ないのとおなじ」

「そっか。だったら教えてあげる」

あたしが笑う番。だって、そんなことは百パーセント起こらないから。

「中西部の男子って、どんな感じ？」

あたしは肩をすくめた。「まあまあ。たぶん、このあたりのサーファーほどカッコよくはないけど」

「サーファーは見てるぶんにはいいけどね。あと、どうでもいい話するにも」女の子は、ふいにかがみこんで大きなキラキラした葉っぱを拾うと、こっちによこした。「だけどわたし的には、図書館にいりびたってるオタクっぽい男子のほうがいいかも」

あたしは葉っぱをくるくるまわしながら話をきいてた。

目の前の歩道に、緑色のガラスの破片が散らばっている。

「もうっ、こんなとこにビン捨てて！」女の子がさけぶ。「歩道は木の実がしょっちゅう落ちるくらいで、たいていはきれいなのに。だから裸足」

ローズアベニューは車がよく通る。女の子はきょろきょろした。

「あっ、いいこと思いついた！　ヒッチハイクで行こう！」

またしても意味不明。だけど女の子はさっさと右足をあたしの左足の上にのっけて、左足をあたしの右足の上にのっけた。そして、両腕でしがみついてきた。「準備完了」

「さ、しっかりつかまえたまま、ガラスの上を歩いて」女の子のきれいな顔が、ほんの数センチ先にある。表情からして、めちゃくちゃおもしろがってるらしい。「フランケンシュタイン歩きしてよ。わたしの足が、そっちの靴から落ちないように」

信じらんない。なんでこんなことになるの？　だけど、やるならさっさとやらないと。足がジンジンしはじめてる。あたしは女の子の腰に腕をまわして、階段をのぼるみたいに右足を高くあげて、前に出して、おろした。それから左足もおなじようにして、その要領で何度も左右の足を動かしてるうちに、靴の下のガラスのジャリジャリがなくなった。

「やったよ、ベティ！」女の子があたしの靴からおりて、顔にかかった金色の髪を耳にかける。「まだ本名教えてくれてないよね？　ってか、いつかは本名で呼ばなきゃいけないときがくるだろうし」

っ
たく、バカなことばっかいって。思わず笑っちゃった。

「ジュイエ」

「じゅーいえい?」

「ジュリエットとスペルは似てるけど、〝リ〟の音のLは発音しなくて、最後は〝エット〟じゃなくて〝エ〟って読むんだ。フランス語で七月のこと」

女の子が口をあんぐりあける。「マジでっ?」片手をこちらに差しだしてきた。「わたし、サマー。わたしにとっては、オーシャンパークとおなじ意味」

あたしも手を出した。サマーと握手してると、あたしの手は青白く見える。「よろしく、サマー」。

もうひとブロック行くと、〈コンシャス・コンサンプション〉があった。いろんな食料品がおいてあるスーパーみたいなお店で、買えば買うほど地球を守ってるような気がする場所。入るなりサマーはスキップをはじめて、あたしは小走りでついていった。サマーが試食がある通路をさがしあてては、ふたりで通路をひとつ残らず行ったり来たりして、地元産のブラックプラムのスライスとか、地元産チーズのマンステールのかけらとか、地元で焙煎した豆を使ったコールドブリュー・コーヒーとかを楽しんだ。コーヒーをちっちゃい紙コップに注いでた女の人は、あたしたちが試飲するのをおもしろそうに見てた。それから店内をもうひとまわりするときは、売りもののヘンプ素材のハットをかぶって、いま来たふたり連れですみたいな顔をして、最初からまたひととおり試食品をごちそうになった。

一時間くらい、食べものににおいをかいだり試食したりお客を観察したりして過ごした。映画スターがいないかなと思って見てたけど、正直ここにいる人はほとんどみんな映画スターみたい。

四番通りにもどってきたころには、まだお昼にもなってないのにクタクタだった。店への往復と、足にのっけて運んだサマーの重みと、スーパーの通路をはしゃいで行ったり来たりしたせいで足が痛い。だけど疲れきったいちばんの原因は、ふだんコミュ力をほとんど使ってないのに、しゃべったり質問に答えたりですっかり消耗しちゃったせい。あとは、このサマーって子が本気であたしといっしょにいたがってるみたいなのがふしぎなせい。

やっと、コテージにもどってきた。

「で、つぎはなにする？」サマーがきいてくる。「波、乗ってみる？」

あたしはジーンズのコインポケットからカギを出した。「あのね、ママがそろそろ帰ってくるんだ。いっしょに出かけることになってるの」なんでウソなんかついちゃったのかは不明。サマーの幸せオーラにやられた、くらいしか思いつかない。

「わあ、いいなあ！　わたし、うちのママとめったに顔合わせないんだよね。映画の撮影現場でメイクの仕事してるの。パパはケーブルテレビ番組の撮影スタッフ。つまりふたりとも、人を楽しませるイリュージョニスト。とにかくママはいま、もらえる仕事は片っぱしから引き受けてる状態だから、あんまりいっしょにいられないんだ」

気持ち、よくわかる。だけど、わかるなんて口には出さない。うちのママはそんなにお金が必要なわけじゃないのに、できるかぎりたくさん仕事しようとしてるみたい。パパが家を出てって以来、なるべく家にいなくてすむように。あたしだっておんなじ理由で、なるべくモールをうろついてる。三人で暮らしてた家にいるさみしさから逃れるためにあたらしいアパートに引っ越しても、家具はいっしょだから、さみしさまでいっしょに引っ越してきちゃったみたい。

あたしは笑顔をつくった。「えっと、案内してくれてありがとう」

「明日も十時に〝エイリアンの要求をムシ〟？」サマーが眉をクイッとあげる。期待してるみたいな目。

「わかった」

サマーは、いかにもサマーらしいハグをパッとしてきた。ハグし返したくないわけじゃないのに、両腕をあげようと思ったときにはもう、サマーのからだははなれていた。「エイリアンの要求をムシすべきなのは一日じゅうだけど、待ち合わせは十時だよ。水着、着てきて！」

あたしはニッコリした。いまここで、水に入る気なんかさらさらないとはいいたくないから。しかも、あのマーメイドの水着をまた着るなんてとんでもない。「また明日」

それからあたしは網戸と木のドアを通って、涼しい部屋のなかに入った。で、思い出した。あたし、すっかりサマーに気をとられて、食料品とかの買いものを忘れてた。

その場に立って、家のなかを見わたす。そよ風が白いカーテンをゆらして、ビーチ・ボーイズがスピーカーから流れてる。

キッチンに行って、シンクの下のゴミ箱からくしゃくしゃにした目標リストの紙を拾いだした。カウンターの上でしわをのばして、引き出しからペンを出してきて、リストにふたつ、書き加える。

- あたらしい友だちをつくる
- サーフィンを習う？

自分が書いた目標を見つめて、またくしゃくしゃにしてゴミ箱に投げいれた。それからまた拾って、またしわをのばして、自分の部屋にもっていって机の引き出しにしまった。ここにいれておけば、あたししか見ない。

午後じゅうずっと、おかしな女の子と過ごした朝のことを考えながら、カートゥーンネットワークでアニメを観て気をまぎらわそうとしてた。ママはテレビ信者じゃないし、そのことをママと話し合ってもムダだから、ミシガンのレイクショアにあるあたしの家にはテレビがない。だけど、せっかくアニメを観るチャンスなのに、あたしはサマーのことを考えてた。サマーは明日、なにするつもりでいるんだろうと心配してた。心配だけど、ワクワクもしてる。

ママは、テイクアウトのタイ料理を夕食に買って帰ってきた。ママが部屋に入ってくるなりパッタイのスパイシーな香りが鼻をついて、お腹がぺこぺこだったのに気づく。

「今日はどうだった？」ママが紙袋を大きなテーブルの上におく。

「楽しかったよ」あたしは容器のふたをはずして、キッチンにフォークを二本、とりに行った。

「この町はどう？」ママがすわる。フォークをわたすと首を横にふって、ハシを手にとった。

「ハシ、使えるの？」

ママがうなずく。ママがハシを使えるなんて知らなかった。

「まあ、このあたり、すごくいい感じだし。きれいで、にぎやかで、楽しい。冒険にピッタリ、みたいな」オーシャンパークのことをいってるのに、サマーの話をしてるみたいな気がする。だってサマーはきれいで、にぎやかで、楽しいから。冒険にピッタリ、みたいな感じ。

「楽しかったようでなにより！　どうやら食欲もあるみたいだし」

あたしはパッタイをほおばりながらニッコリした。

食後、あたしたちは正面のポーチにすわって夕涼みをした。ママはパソコンに診療記録を打ちこんでいる。

「今日ERに、大ネジで自分の手を太ももにうっかり固定しちゃった人が来たの。まったく、電動工具を自分のひざの上で使う人が多いのにはビックリ。あれくらいですんでよかったようなものの」

「ママ、やめて」

「はいはい、ごめん、ジュイエ。もうこわい話はやめるから」

仕事しながらでも、ママといっしょにいられるのはうれしい。おんなじ場所で、おんなじ時間を過ごせる。ママのパソコンの入力がおわると、あたしは今日のことをくわしく話した。小さなかわいい家や小さなかわいい庭がたくさんあったとか、つぶれたベリーや木の実みたいなのが歩道にたくさん落ちてたとか、学校の前を通ったけどこんなところでもふつうに学校に通ったりレイクショアであたしたちがしてるのとおなじことをしてたりするなんてヘンな感じがしたとか。だけど、網戸にポストカードをはさんで、あたしを歩道で待ちぶせして、うれしそうについてきた女の子の話はしなかった。

そのとき、ポーチのわきに生えているシダが目に入って、ミシガンに残してきた友だちのことを思い出した。

「ね、もう一度きくけど、なんでファーンのことがきらいなの?」

ポーチの裏の草むらでコオロギが鳴いている。ママはしばらく考えてから答えた。「ファーンのこと、きらいじゃないわよ。ただ、ファーンとつきあうようになってから、あなたの世界がどんどん小さくなってきたみたいだから」

「あたしの世界が小さくなったのは、パパが出てってから知り合いのいない場所に引っ越しさせられたからだよ」

ママは答えられない。だから、コオロギに沈黙を埋めてもらってる。

「どうしたらいいか、わからないの」ママがやっと口をひらく。「なんだか、あなたが繭のなかにもどっちゃうチョウチョみたいにファーンのかげにかくれてるような気がして」

ママの声をきいてたら、悲しくなってきた。ママを悲しませてると思うと、自分がつくづくイヤになる。ママはパソコンをとじて、家のなかに入っていった。

あたしは暗がりのなかでコオロギの鳴き声をきいていた。サマーの話をしたら、ママはどんなによろこぶだろう。サマーはファーンとぜんぜんちがう。サマーはワクワクすることやドキドキすることをいつも追いもとめているみたいだ。もし明日も今日みたいに楽しいと思えたら、ママにサマーの話をしてもいいかな。

＊五大湖……ジュイエの住むミシガン州をふくむ五つの州をアメリカ中西部と呼ぶ。中西部をふくむ、カナダとの国境付近は、大きな湖が五つあるため五大湖地域と呼ばれる。

3

つぎの日の朝十時、あたしは〝エイリアンの要求をムシ〟って書いてある歩道のあたりに水着を着て立っていた。なんにも考えずにマーメイドの水着を着て、鏡を見てはじめて、あっと思った。十分前からここに立って、〝エイリアンの要求をムシ〟ってほんとはどういう意味なんだろうって考えてる。ドアを出て十歩――二十歩かもだけど――の場所に十分前に着いちゃうなんて自分でもどうかと思うけど、もう来ちゃったし、そのままずっといる。

そのとき、サマーの姿が見えてきた。少し先からニッコニコの笑顔でこちらに走ってくる。

「エイリアンの要求をムシ！」サマーがさけぶ。

しばらくサマーを見つめてたけど、通りのむこうの家に視線をうつした。サマーがいってた、ビッグカフナとかいう人の家。ビッグカフナにもその人の家にも興味はないし、正面のポーチに立てかけてあるサーフボードをどうしてだれも盗まないのかもどうでもいい。だけど、こっちにやってくるサマーをずっと見つめてるのはなんかヘンな気がしたから、目をそらした。そして、サマーが到着。

「ハーイ、ベティ！」サマーはいって、かけていたサングラスをおでこの上にあげた。「ビーチに行く準備はオッケー？」

「オッケーに見える？」なんか皮肉っぽいいい方になっちゃったけど、本気でわかんなかったから。

このかっこうでいいのか、そうでなくてもこのキョーフのお出かけの心の準備ができてるのか。

「ま、黒のハイカットはかわいいけど、もってないならビーサン調達しなきゃだね」

「わかった」

「あと、きのうもいったようにそのパンクなゾンビ人形風メイク、好きだけど、波でぜんぶ落ちちゃうよ」

「波？」

サマーはきこえないのか、それともあたしの不安な声に気づかないのか。

「いろいろもってきてあげた！」サマーはキャンバス地のトートバッグのなかに手をつっこんだ。

「そこにじっと立って、動かないで！」

まず、サマーは日焼け止めスティックをよこしてきた。

「これを顔じゅうにぬる。とくに鼻！」

あたしがいわれたとおりにしてるあいだ、サマーはまわりをぐるぐるまわりながら、ウォータープルーフの日焼け止めスプレーをシューシューしまくった。あたしはからだじゅう、テッカテカ。

それからサマーはうすっぺらい布をとりだしてあたしの肩にかけて、最後につばの大きい麦わら帽子をかぶせて黒いサングラスをかけさせた。数歩うしろにさがって、あたしをじっと見る。「どうかした？」そうたずねた。

あたしはしょんぼりしていった。「ビーチに行く気満々みたいだけど、あたしって太陽まともに見たことないし。地下生活してたみたいなもんだから」

サマーはお腹をかかえてげらげら笑ったけど、すぐに口に手をあてて背筋をしゃんとした。

「ほんとウケる！」サマーがバッグをもつ。「とにかく、日焼け止めはかならずつける。いい？」

返事はしなかったけど、サマーがオーシャンパーク大通りのほうに歩きだすと、ついていった。

曲がり角まで来ると通りが見わたせて、家やら店やらのむこうの両脇にホテルが建ちならび、その先に海があった。

「今日の海はグラッシーだよ」サマーがいう。

「ふーん」グラッシーってなんのことか、さっぱりわかんない。サマーはときどき、知らない国の言葉で話してるみたい。

「サーフィンできればなあ」サマーが立ちどまって、こちらをふりむく。「何日までこっちにいるの？」

「七月三十一日の飛行機で帰る。誕生日なんだ」

「そうなの？」

「うん。予定では生まれるのは一週間後だったから、八月って意味でオーガスティナって名前になるはずだったんだ。だけどはやく生まれたから、ジュイエになった」

「マジで？　わたし、夏至に生まれたからサマーになったんだよ」

「ほんと？」

「うんっ！　二週間くらい前に十三歳になった」サマーがにっこりする。それからまた、進行方向にむきなおった。「とにかく、月末までいるんだったらサーフィン練習する時間はじゅうぶんあるね」

あたしはだまってた。友情のはじまりを、断固拒否で台なしにしたくない。拒否るのは、あとでもいい。

あ、でもあたし、サーフィンを習う？って、目標リストのひとつに書いたんだっけ。

下り坂になって、つぎの四つ角に近づくにつれて、あたしの歩くペースはだんだん落ちた。そして、立ちどまる。「ほかの道から行けない？」

サマーがあたしをじっと見る。それから、前方の通りを見た。「なんで？」

あたしはずり落ちてきたサングラスを押しあげた。目をかくしたい。

「友だちのファーンとよくいっしょに行ってたモールに、占い師がいるの。その人が割引価格で、手相を読んだりガラクタ占いをしてくれたりするんだ」

「ガラクタ占い？」

「ポケットとかバックパックとかのいちばん下に入ってるものを見せると、未来を占ってくれるの。で、あたしにとって不吉な要素が数字の二と四のあいだにかくれてるっていわれたんだよね」

サマーがぽかんとした顔をする。「えっとごめん、それ、だれがいったって？」

「未来の予言者、ミストレス・スカーフィア。レイクショア・モールの〈ソフティーズ〉っていうソフトプレッツェル屋さんの前に占い小屋を出してるの」あたしは小石を蹴った。小石が歩道をころころ転がり落ちていく。「その人が、二と四のあいだの数があたしの破滅につながるっていったの。バカみたいなのはわかってるよ。本気で信じてるわけじゃないけど、それ以来、その数がこわくなっちやって」

「三が？」

あたしはうなずいて、標識の数字を見あげた。ミストレス・スカーフィアは紫色のスカーフを巻いてビーズのネックレスをしたインチキ占い師かもしれないけど、ママとパパとあたしは二と四のあいだの人数の家族だったのに、いまじゃ、ふたり家族になった。

「じゃ、前はどうやってメインストリートまでたどりついたの？」

あたしは肩をすくめた。「ママ、あたしの気をそらすのうまいから。あたしの扱い、慣れてるの」

サマーは両手をのばしてきて、あたしの肩においた。「じゃ、わたしも慣れたい」そういって、またあたりをきょろきょろする。きっと頭のなかで地図を描いて、あの数がついてる通りをわたらずにすむ行き方を考えてる。ママがそうしてるの、見たことある。

それからサマーはこっちをむいて、ニコッとした。「わたしのスケボーに粘着テープでつないで坂をゴロゴロおろしてあげるとか？」

笑えない。想像したらちょっとおもしろかったけど、おもしろいより恥ずかしいほうが勝つ。

「じゃあさ、目、とじたら？　そしたら手をつないで、連れてってあげる」

そこまで落ちたかとは思ったけど、あたしは目をとじて腕をのばした。サマーのあったかい手があたしの手をつつむ。パパの手より小さいけど、少なくともいまここにある手。パパの大きな手はスイスにあって、きっとくだらないカノジョのジュヌヴィエーヴに銀のお皿にのったチョコレートがけのイチゴでも食べさせてやってるところだろう。

「よちよち歩きでね」サマーがいう。「軽い下り坂で、三番通りじゃないこの通りをわたるよ」

あたしはニコッとして返事をした。「了解」車が一台、ゆっくりと通りすぎていく音がする。

「おお、ベティ！」サマーが映画のセリフみたいに大げさにいう。「見せてあげたいものだなあ！ハチドリたちが、頭の上の木に咲いた花の蜜を吸っているぞよ！」

思わず笑う。

「ま、じつはハチドリなんてめちゃくちゃたくさんいるから。オーシャンパークって、花粉を運ぶ生きものにとっちゃ天国。ハチドリにはビュッフェみたいなもんだね」

海のほうからそよ風がふいてきて顔にあたり、帽子のつばをめくりあげる。ハチドリの天国って感じのにおい。この花のにおい、はじめてだ。

「もうすぐだよ」サマーがいう。「歩道にあがるのに少し傾斜があるからね。あの恐怖の標識、通りすぎるよ。いい？」

「お願い」

「わかった。あとちょっと。奇跡が起きるよ。目をあけて！」

目をあけた。

サマーがあたしの前に立って、顔いっぱいで笑ってる。「やったね！」

「やったね」思わずニヤニヤしちゃう。「ありがとう」

ずっしり重たかった肩が少し軽くなった気がする。数ある恐怖のうちのひとつをサマーに話せたっていうほうが、あの数字のついた標識を通りすぎたことより大きいかも。恐怖症のことを話さなきゃいけない恐怖が、ずっと目の前にちらついてた。〝エイリアンの要求をムシ〟で、はじめてサマーに会ったときからずっと。恐怖症の話をしたのは、いままでファーンだけ。ファーンはいつも、あたしをこわいものから遠ざけてくれる。立ちむかわせるんじゃなくて。

サマーはもうすっかり、なんてことなさそうな顔をしてる。あたしたちは、坂をくだりつづけた。サマーは見えるものをいちいち指さして説明する。

「右側にあるのが地元の図書館の分館。小さくてかわいいんだ。いっしょに行けば、わたしのカードで本借りられるよ」サマーがこっちをむく。「本読むの、好きでしょ？」

「うん」

「だと思った。メインストリートに出て右に曲がると、おいしい朝食が食べられる店がある。ワッフルが絶品。ワッフル好き？」

「もちろん」

サマーはしゃべりつづけて、片っぱしから観光ツアーをしてくれる。そのうちビーチの前にある小さい公園にやってきた。自転車やらスケボーやらが、えんえんと曲がりくねる歩道を砂浜まで走っていく。

「さあ着いた！　スニーカー脱いで」

正直、気が進まない。スニーカーを脱いだ足を見おろすと、ほかの人のものみたいに感じる。死んだ人。だけどサマーはノーコメントのまま、バッグから日焼け止めスプレーをパッととりだしてあたしの足にシューッとした。

「行こ！」

砂はあったまってるけど、熱々じゃない。歩いて波打ちぎわに近づいていくと、波の音がどんどん大きくひびいてくる。

カモメが鳴いている。風がもどれっていってるけど、あたしたちはもどらない。

「あとね」あたしは口をひらいた。サマーはキャンバストートを砂がしめってるあたりにポトンとおいた。「海がこわいの。波も、底流も、離岸流もこわい。あと、津波も。めったにないのはわかってるけど」

「それも、ミス・スナルフルにいわれたせい？」

「ミストレス・スカーフィア。ううん。そういうのはぜんぶ、死ぬんじゃないかってこわい。確率が低いとはいっても」

サマーがニコーッとする。「なのにここに来たんだから勇気あるね！」

「でも地震がきたらぜったいムリ。その場合、津波がくる可能性もあがってくるよね」

サマーがぐっと近づいてきて、あたしの両肩に腕をふわっとのせてつつみこむ。またしても、あたしの腕はわきにはりついたまま。

「ムリにやる必要はないよ。だけどその気になれそうなら、足首を水につけるだけでもいいし。わたしがついてるから」

コテージの引き出しにしまった目標リストを思い出す。快適ゾーンから出る。サーフィンを習う？

「やってみたい」あたしは、お手をする犬みたいに左手を出した。サマーがその手をとる。

サマーのとなりを、ちょこちょこ細かく歩く。サマーって、前にもこんなことしたことあるのかな。恐怖症（きょうふしょう）だらけの人間のとなりを歩くなんてこと。

「あと、サメもこわい」あたしはいった。

砂（すな）がふくむ水分がどんどん多くなってくる。足の下がヘンな感じ。ミシガンの湖の岸辺とはぜんぜんちがう。なんか、生きてる感じがする。

あたしたちは歩きつづけた。ゆっくりと。

そのとき、はじけおえた小さな波がよせてきた。あたしはピタッととまって、息をとめた。歯を食いしばって、サマーの手をぎゅっとにぎる。サマーもにぎりかえしてくる。

波はつぎつぎよせてくる。右足をあげて、半歩あとずさる。だけど、しっかり立っていたら、波が来て、海が来て、左足に押（お）しよせてきて、それから右足も、しっかり海水につかった。

波が引くと、足の下の砂（すな）がくずれていく。砂浜にあぶくがブクブクあらわれる。また波が来て、あたしたちの足元ではじける。今度のはさっきより少し大きい。だけどあたしはしっかと立って、ずっと見ていた。

何度も、何度も、波はリズムを刻（きざ）むようによせてくる。あたしは泳いでる人たちやバシャバシャ遊んでる人たちをながめたり、波が生まれてはよせてくるのを観察したりした。ボディボーダーたちが波が来るのを待ってるあたりからひとつの波が押しよせてきて、海にもどって生まれかわろうと引いていく波とぶつかってこちらにやってきて、あたしのつま先を、足首をぬらすのを見て、あたしは笑った。

サマーのほうを見ると、サマーもこっちを見ていた。ずっと見ていて……ニコニコしている。サマーがあたしの手をぎゅっとする。

「オーシャンパークへようこそ。わたしの世界へようこそ」

ソファでいねむりしてたら、ママが帰ってきた。ドアがあく音で目がさめた。

「寝(ね)るにはまだ早いんじゃない。今日はなんかした？」ママがいう。

「うん」あたしは爪(つめ)をかんだ。「あたらしい友だちができた」

「ほんと？　よかったじゃないの！」

「うん。サマーっていうんだ」

「なんだかピッタリね」

「近所に住んでる。ここに着いた日、〈ピンキー・プロミス〉でうしろに並(なら)んでた子」

ママはテーブルにテイクアウトの茶色い紙袋(かみぶくろ)をおいた。「ふたりでなにしてたの？」

「ぶらぶらしてただけ。お店見たり」

サマーの話をママにしたのは、なにかしらほんとの話をしなくちゃと思ったから。それだけ。海に入ったこととか、海に行くために通過したあの通りのこととかは話したくない。あたしの恐怖(きょうふ)の数々をどうでもいいってされちゃう理由をつくりたくない。ただの思いこみみたいに片(かた)づけられたくない。またっだって、足を海につけたりあの通りをわたったりをもう一度できるかっていわれたら自信ない。海に入れるかどうかなんて、わからない。ママといっしょでも、サマーとでも、だれとでも。ママはずっと、最近のあたし――ブラックメイクをしたこわいものだらけの女の子――は、毎日仮装してるだけだっていってる。その意見が正しかったなんて思われたくない。

「そっか、よかった」ママは紙袋からアルミホイルにつつまれた特大ブリトーをとりだして、半分に切った。「お腹すいた？」

「ぺっこぺこ」

ママにいろいろ質問されながら、ブリトーをシェアして、それからママが今日あったことを話した。話をきいたり返事をしたりしてたけど、いつの間にかちがうことを考えてた。ファーンが今日のあたしを見たらなんていうだろう。サマーはあたしを殺そうとしてるとか、安全にうろつけるモールをはやくさがすべきとかいうかも。もしかしたらそのとおりなのかも。だけどいまは、くたくたでお腹ぺこぺこで、そんなのどうでもいい。

4

独立記念日。サマーは今日はいそがしいそうだ。理由はいってなかったけど。サマーがいないとこの町でなにしたらいいかわかんなくて、家のなかでごろごろしたり高い生垣の裏のテーブルの前にすわったりして、サマーのスケボーの音がきこえてこないか耳をすませてた。サマーの金色の髪がキラリと光るのが見えるんじゃないかって。まあ、たぶん来られないっていってたけど。そして、サマーはあらわれない。

しかたないから、散歩することにした。

ジーンズをはいて、“Graveside Lobotomy”のロゴ入り黒いTシャツを着た。あたしのお気に入りのヘビメタバンドのひとつで、〝墓場で切開手術〟って意味。『脳みそを交換しよう』って曲なんてサイコー。ブラックのゴスメイクは軽めにしたけど、ただ単に黒は暑くるしいし、ここの太陽にあたるとドロドロに溶けるからってだけ。ミシガンにいたときみたいにモールをうろついてればそんな心配いらないけど、オーシャンパークで日差したっぷりの道とかビーチとかにいるとそうはいかない。

オーシャンパーク大通りの坂を、できるだけ木かげを選んで歩く。とちゅうでいったん立ちどまって考える。どうしよう……この先は、口には出せない数字がついたあの標識だ。

べつに標識がとびかかってくるとかじゃない。通りがパカッと口をあけてのみこもうとする、とかでもない。上を見ると、ハチドリの群れが花のまわりを飛びまわってる。建物の二階まで届く花をつけた植物にブンブン群がってる。ドクター・スース〔アメリカの古典的絵本作家〕の絵本に出てくるようなかわった植物だ。きのうサマーがいってたとおりのながめ。あたしが目をとじて、ここを通りすぎたとき。

通りをわたらずに、あたしは回れ右をして引きかえした。ハチドリをもっとちゃんと見たかっただけ。自分にいいきかせて、そう思いこもうとする。だけど、コテージの引き出しにしまったリストのことを思い出して、坂道のてっぺんでふりかえる。

「あんたなんかこわくない！」坂道の下にある標識にむかってさけぶ。「三番！　三回いってやる。三、三、三」

自転車で通りかかった人が、ニコッとする。恥ずかしくて、顔が真っ赤になる。四番通りにもどると、ミストレス・スカーフィアのことを思い出した。ただの、毎日ランチに〈ソフティーズ〉のプレッツェルを食べてるさみしそうなおばあちゃんだ。

四番通りにいても、坂をくだってメインストリートやそのむこうにいるときほど、やることがない。あたしは小さいお店でふだんならのまないオレンジソーダを買って、坂道のてっぺんにある公園にもっていった。植物やら背が高くて葉っぱが生い茂ってる木やらがたくさんある広い公園で、遠くに海が見える。津波がきても、ここなら海抜が高いから避難するのにちょうどいい。

ファーンとあたしはよく、世界のおわりについて話をした。どんな感じだろうって。モールのなかで、このなかにあるお店やらなんやらはどうなるんだろうって考えた。小惑星の衝突かゾンビか伝染病かにもよるねとか、みんな大あわてだろうからそのあいだにどの店の商品をぶんどろうかとか。

ママは、世界のおわりについてしょっちゅう考えてるなんてふつうじゃないといって、ファーンのせいにした。あたしがこの世のおわりにとりつかれるようになったのは、パパが家を出てあたしたちの生活をめちゃくちゃにしたことを考えたくないせい、とママは思ってる。だけど、パパが出ていったのは、ものごとはこわれるものだという証拠。問題は、つぎになにがこわれるかってだけ。もしかして、なにもかもいっぺんにこわれちゃうかも。ファーンは、いまのところとくにわるいことは起きてなくても時間の問題だ、ってちゃんと理解してる。

そういうのがぜんぶ、こんなふうに涼しい木かげで草の上にパラパラ咲く小さな白い花をながめていると、はるか遠くのことみたいな気がしてくる。そのとき、この公園で生活してるらしいおじさんが寝ころがってるのに気づいた。三メートルもはなれてないところで、肘で支えて上半身を起こしている。靴をはいてなくて、ここからでも足の裏が真っ黒なのが見える。

おじさんはあたしの視線に気づいてニコリとした。ニコリっていうか、ニッて感じ。歯が半分くらいないから。あたしはあわてて目をそらした。そしてすぐ、わるいことしちゃったと思った。これじゃまるで、視線だけで病気がうつるとか、そんなふうに疑ってるみたいになっちゃう。それか、ホームレスが伝染する、みたいに。もう一度おじさんを見てニッコリしようとした。いい天気ですね、みたいな感じで。だけど、おじさんはもうゴロンと横になってた。母親ふたりと父親ひとりが近くで小さい子たちを遊ばせているけど、おじさんのことはまったく気にとめてないみたい。気づいてもないのかも。

お父さんが自分の娘を高い高いしてる。娘は大はしゃぎで笑ってる。それからお父さんが娘をくるくるまわして、肩車した。胸がチクリとする。パパのことを思い出したから。パパも昔はよく遊んでくれた。肩車して高い木に近づけて、あたらしく生えてきた葉っぱを見せてくれた。アイススケートを教えてくれたり、寝る前に本を読んでくれたり。ピアノの発表会では最前列にすわってニコニコしてた。こわがってるといつも手をつないでくれた。もうこわくないように、手をつないでくれた。

パパがいたから、あたしはピアノを習ってた。パパの子どものころの夢だったけど、音楽をやめて医学部を目指した。パパの両親が、現実的な道を進ませたがったから。パパはまだピアノが弾けるし、すごくうまいけど、自分の夢はあたしに託した。パパがいなくなってからは、ピアノを見たり音をきいたりするたびに胸が痛くなる。

あたしは、親子連れから目をそらした。風で髪がなびく。スマホがブルブルしたので、うしろのポケットからとりだして見た。

ファーンからメール。

あたし、どうしてあんたのママにきらわれてんの？　あんたがいないと、モールにいてもつまんない

ファーンは前はよくママにメールをくれた。だけどママにファーンとつるむのを禁止されてから、だんだんメールは減ってきた。なんだか、ファーンに見切りをつけられてるのをスロー再生で見てるみたい。メールのさみしそうな言葉を見て、罪悪感がわいてきた。会うのを禁止されたのは、ぜんぶあたしのせいだから。あたしは草の上にごろんとして、ほかのことを考えようとした。

なのに、ファーンといっしょに過ごしたときのことばかり頭に浮かんでくる。

前にモールのフードコートで、ソフトプレッツェルを食べながら男の子を観察してたときのこと。

「知ってる？　ここで流れてる音楽をきいてると、もっと買わなきゃって洗脳されるんだよ」ファーンはプレッツェルをちぎって、スパイシーマスタードにひたした。

「ほんとに？」

「うん。歌詞は逆になってるけど、知らないうちに脳のなかに入りこんでるの」

〝もっと買わなきゃ〟って逆再生でどうきこえるんだろう。〝キャナワカトッモ〟とか？

「科学的に証明されてるの」ファーンはレモネードをすすった。「そうだ！　ここだとうるさすぎるけど、静かな場所でスピーカーの下にいれば、ちゃんときこえるはず」

ファーンはあたしを引っぱって立たせた。あたしはレモネードをつかんでついていった。スポーツシューズを売ってる〈アスリーツ・フット〉では、カッコいい店員がレフェリーのユニフォームを着てレジに立ち、楽器屋ではスーツを着てまじめくさった顔をした店員が入り口でオルガンを演奏してる。もしかして、このオルガンも洗脳のためなのかな。

とうとうファーンは、造花の観葉植物に囲まれたソファの前でとまった。真上にスピーカーがついてる。

「目をとじてすわって、耳をすまそう」

サンタモニカの公園で、あたしは目をとじて耳をすませながら、ファーンといっしょにモールで過ごした日のことを思い出していた。あのモールには、鳥のさえずりはない。木のあいだをふきぬけていく風の音もしない。人工的なライトと人工的な空気と、ファーンのいう、もっと買いたくなるような音楽。

十五分後、ファーンはスーツケース一式を買いたくなったといったけど、あたしはなんにも感じなかった。するとファーンは、もう十五分ここで音楽をきこうといいはった。それでピアノのレッスンに遅刻して、ママに怒られた。

でも、その遅刻のせいでママにファーンと会ったり話したりするのを禁止されたわけじゃない。あたしがついたウソのせい。ママはウソだとは気づいてないし、もしあのとき――いまでもいいけど——ほんとうのことをいってたら、まだファーンと友だちでいられたはず。だけどあたしは、ほんとうのことはいいたくないし考えたくもない。この世のおわりから遠くはなれた安全できれいな公園にいてもやっぱり。

立ちあがって、空になったソーダ缶を資源ゴミ入れにいれると、歩いてコテージにもどった。まだだれもいない。来た人はいない。ああ、あたし、こんなにもサマーに会いたいんだ。

網戸までもどって、実はメモがはさまってたんじゃないかと確認する。ない。

自分の部屋にいって、机の引き出しをあけた。リストに見つめかえされてる気がする。その横に小さいえんぴつ。リストとえんぴつを手にとって、机の上でリストのしわをのばした。ひらいた窓の外をじっとながめる。ハチドリが一羽、目の前に飛んできて、そのまましばらく浮かんでる。うん、とうなずいて、また飛んでいった。

えんぴつをもって、あたしはリストにつけたした。

・ファーンのことをちゃんとする

アニメの再放送を八話つづけて観た。スケボーの音がきこえるたび、窓にかけよる。サマーのスケボーの音とはちがうけど、いちおう。サマーは来ない。元気？ってメールしようかと思ったけど、そういえば通信プランはぜんぶやめちゃったからつながらないといってた。理由はいってなかったけど。サマーのケータイは大昔のもので画面も割れてて、写真しか撮らない。あたしは通信できるけど、メールする相手がいない。

ママが、六時半にむかえに来るっていってた。メインストリートにあるベトナム料理屋さんでディナーにしようって。お腹すかせるために、ランチのあとのおやつはやめておいた。もう六時四七分で、お腹ぺこぺこ。

七時二分になって、やっと網戸があく音がした。スニーカーをはこうと手をのばしたとき、ドアをノックする音がした。

出ていきたくない。とくにこんなロサンゼルスみたいなところでは。正確にはサンタモニカだけど、おそろしいロサンゼルスはすぐ近く。しかも日が沈んでて、もう影が長くなってる。だからあたしは、ソファでじっとしてた。息も殺してた。

「ベティ！」

ビックリしてソファから落っこちそうになる。顔をあげると、ドアの横の換気用の小さい窓に、サマーの笑顔が見えた。もうリビングに入ってこようとして顔をつっこんでる。

「やめて、あぶない！」あたしはパッと立ちあがった。

「ピザ注文したでしょ？　配達に来たんだけど！」

カギをはずしてドアをあける。サマーが特大ピザの箱をもって入ってきた。箱があんまり大きくて、斜めにしなきゃ通れない。サマーは長袖のフーディを着てジーンズをはいてる。

「ママと食べに行く約束してるんだ」そういったとき、お腹がぐーっと鳴った。「でもまあ、ひと切れくらいなら」

「この家、かわいーい！」サマーは箱をテーブルの上において、ふたをあけた。「ホウレンソウとガーリック！　わたしが六切れ、あたらしい親友が六切れ」サマーがイスを引いてすわる。

あたしのことをあたらしい親友ってのは、まさか本気じゃないよね。だけど、めちゃくちゃいいにおい。唾をゴクリ。食器棚からお皿とナプキンをとってきた。あとお水を二杯、グラスに注いで、サマーのいるテーブルにもどってきた。

「これ、どこのピザ？」ひと口パクリ。ああ、天国。

サマーはふたをとじてじっとながめた。口ひげを生やしてコック帽をかぶったイタリア人っぽい男の人が笑顔で親指を立てている絵。あと、ピザ屋さんの名前。「〈ジーノ〉。わたし、〈ジーノ〉のピザ大好き！」

「どこで買ったか、おぼえてないの？」

「デリバリーのお兄さんからもらったから」サマーはピザを口いっぱいにほおばりながらいった。「グラティス。イタリア語で『タダ』って意味。あれ、スペイン語だったかな？　とにかく、前に大きなカゴがついてる配達用の自転車に乗ってて、たったいま仕事をやめることにしたからピザ食べる？　っていわれて」

あたしはもってたピザをお皿においた。「知らない人がくれたピザを、なにもきかずにもらったの？」

サマーは最後のひと口をごくっとのみこんで、トマトソースがついたくちびるをなめた。「まさか！　ちゃんと先にきいたよ。野菜のピザかって。そもそも、デリバリーの人ってほぼほぼ知らない人だし。だよね？　ピザのデリバリーのバイトしてる友だちがいるとかじゃなければ。あ、なんか、いたらカッコいいかも」

「毒でも入ってたらどうするの？」

「入ってないでしょ。入ってたとしても、おいしいことにはかわりないし」サマーがまたひと口パクリとする。

「でもさ、〈ジーノ〉のピザだってことは知ってるんだよね。ってことは、前にそこで食べたことあるんでしょ？」あたしはサマーの表情をじっと見た。「でしょ？」

「えっと、はじめてきいた」

「大好きっていってたじゃん！」

「好きだし！　っていうか、いまは好き！」サマーはまたパクッとして、もぐもぐしながらいう。「だって超おいしいし。でしょ？　でも、店主がバイトにいじわるだったらどうなんだろう？　きっと、それでやめるんだよね」

不安で頭のなかがぐるぐるしてる。

サマーがやれやれと首をふる。「あ、ちがう、ビーチで花火見たいからやめるっていってたんだ。そもそもわたしもそれで来たんだった」

「花火？」

サマーがあたしの前にピザをもうひと切れおく。「そ。食べちゃいな！」

「花火って『火』って文字が入ってるんだよ。爆発音もするし。で、火花が散るから、それって要するにちょっとした火事だよね」

「ふーん、花火がどうしてうつくしいのか、その裏にある科学的な理由を知ってるんだね」サマーはニーッと笑って、大きなひと口をかぶりついた。それからまた、もぐもぐしながらしゃべりだした。「急いで！　お祝い用にメイクしなくちゃ」サマーはメイクポーチをもちあげてみせて、シャカシャカふった。

あたしは目の前のピザを見つめた。「ママがもう帰ってくる」

「ひと晩じゅうってわけじゃないし。年に一度っきゃないんだよ！」

ううう……サマーが食べてるのを見てるだけなんてムリ。飢え死にしそう。もしかしたら、餓死するよりは元ピザ屋のバイトの不良のお兄さんがくれた毒入りピザを食べて死ぬほうがマシかも。あたしはまた、さっきのひと切れを手にとった。

サマーが水をごくごくのむ。「お母さん、なんの仕事してるんだっけ？」

壁のかけ時計をチラッと見る。「ERのドクター。ここの病院でひと月だけ研修医の指導してる。地元で勤めてる病院の系列だから」

サマーは両の手のひらをテーブルの上にぺたりとおいて、こっちにかがみこんできた。「お母さんのぶんをふた切れくらい残しといて、花火見に行かない？」

ドアのほうに目をやる。「もう帰ってくるはず」

そういいながら、ピザを食べつづけた。サマーもおなじことをいいながらピザを食べつづける。そしてとうとう七時二九分になって、残るはママのぶんのふた切れだけになった。

「たぶん病院で手間どってるんだね」あたしはいった。「出血して死にそうになってる人をほったらかして帰ってくるわけにいかないじゃん。しかも治療の最中にスマホ出してメールとかできないし」

車の音がしたけど、そのまま通りすぎていく。一瞬の期待がまたたく間にしぼむ。「ママを裏切れない。約束したし」

「いっしょに花火見られたらうれしい。そんなに近づかないから安全だよ。花火があがるのはマリーナのずっと奥で、それをビーチから見るんだから。足がぬれないとこで見よう。わたし、水着も着てないし」

引き出しのなかのバカげたリストがあたしを呼んでいる。快適ゾーンから出るんじゃなかったの？って。

とうとうあたしはママを待つのをあきらめた。サマーのいうとおりだ。で、ママに出かけてくるってメールした。サマーとあたしはビーチまで歩いていって、爆発して火花が散るのをながめた。サマーは真っ赤っ赤なリップに明るいブルーのアイシャドウをつけて、髪と顔に小さな白い星のシールをはっていた。いつもだったらバカらしいっていうところだけど、サマーにすごく似合っててかわいい。あたしはいつものゴスメイクをしてて、なんかサマーがうらやましかった。こういうのもいいなって思いそうになった。

メインストリートの信号のところで待ってたら、同い年くらいの男の子がふたり、スケボーで走ってきた。あたしたちを上から下までじろじろ見ながら、となりに並んでくる。

「おっ、サマー、久しぶり」なれなれしい感じのほうが嫌みな口調でいう。

「さあね」どうやら知り合いらしいけど、サマーはしゃべりたくなさそうだ。

「なんか、アメリカばんざいって感じのかっこうだな。で、そっちの友だちはどこで知りあったんだ？　墓場とか？」なれなれしいのがいうと、もうひとりがイジワルで下品な笑い声をたてる。

信号はまだ赤。ブラックメイクの下のほっぺたがカーッとなる。ふたりがあたしを上から下までジロジロ見てるのを感じる。

「なに見てんの？」サマーがとうとう口をひらいて、背筋（せすじ）をしゃんとしてふたりにぐいっと近づいた。「わたしの友だち、あんたたちなんかよりずっとサーフィンうまいから。カッコつけでグーフィースタンスとっちゃってるだけのくせに」

信号が青にかわって、ふたりはスケボーで走り去っていった。やってらんねえみたいに首をふりながら。

「バカな未経験者（ホーダッド）のくせに」サマーも首をふる。あたしは心のなかに〝ホーダッド〟をググるとメモしながら、通りをわたった。

「あの子たち、だれ？」

「わたしの宿敵（しゅくてき）ウェイドと、ウェイドがいうことぜんぶ笑うひっつき虫」

「おんなじ学校なの？」

サマーはキャンバストートを右から左肩（ひだりかた）にかけかえた。あたしたちはメインストリートをわたりきって、オーシャンパーク大通りを歩いていく。「学校って油断ならない場所だよね」

歩道に低くせりだしてる枝をよけてかがみながら、サマーのほうをチラッと見る。この話はここまでにしたいっぽい顔。

「あいつらよりずっとサーフィンうまいっていうさっきのアレは、イラつかせるのが目的」サマーがいう。「でも、べつにサーフィンできるようにならなくてもかまわないからね。ベティはそのまんまでアイツらなんかよりずっとカッコいいし」サマーが立ちどまってこっちをふりむく。「まあ、サーフィンしたらしたで、それでグーフィースタンスとるようになっても、それはそれでぜんぜん問題ないし」

あたしはうなずいた。「ありがと」

意味は不明だけど、グーフィースタンスなんてものをとるようにならないことを心から願うのみ。

あたしたちは最後の数ブロックをすぎて公園に入った。列をなして踊りながらぞろぞろとやってくる人たちがいる。すごくやかましくて、みんな笑いながら歌をうたってる。あたしたちはその人たちが通りすぎるのを待った。ほとんど全員が白いローブみたいな服を着ていて、トランペットをふいたりタンバリンをたたいたりしてる人もいる。スキンヘッドにしてる男の人もちらほら。

なんか、こわい。

「ハレー・クリシュナ*の人たちって見てて楽しい」サマーがいう。

「なんで?」

「幸せそうだから。きいてるだけで楽しくなっちゃう。トランペットふいたり太鼓たたいたり、あと踊ったり。きっととなり町のヴェニスで集会するんだよ」サマーがこちらをむく。「ヴェニスってぶっとんでるから。だから最適」

「吸いこまれちゃいそうでこわくない？　ほら、いつの間にか仲間になってて、気づいたらどこかの町角に立ってパンフレット配ってるかも、みたいな？」

サマーはぷっとふきだして、口に手をあててゲラゲラ笑った。

「動物園に行って、サルになっちゃうんじゃないかって心配する？」それから、真顔をつくっていった。「ごめん、もしかして、それも恐怖症のひとつだった？」

「ちがう」あたしは思わず笑いそうになるのに逆らって眉をよせようとした。「それとはおなじじゃない。サルは勧誘してこないじゃん」

「ほぼほぼおなじでしょ。さ、行こ！」

ハレー・クリシュナが通りすぎていったので、あたしたちは通りをわたって海岸に出た。よく見えるように波打ちぎわのほうに行って、サマーがもってきたブランケットを砂の上にしいた。

「前はビーチでたき火してたんだ。でも煙が出るから禁止になっちゃって」サマーがブランケットの上にごろんとしてため息をつく。「うー、いまごろピザがきいてきた。花火がはじまったら起こして」

一瞬、ほんとにサマーにピザの毒がまわってきたのかと思った。ふたりとも毒がまわりはじめてるんじゃないかって。だけどやっぱり、サマーは食べすぎで眠くなっただけだろうな。本格的に眠ってはいないけど、目をつむって横になってる。あたしは海岸に集まった人たちをながめていた。海に入ったり砂浜にすわったりして、花火を待っている。

夕日が海に沈んでいく。海岸線に光がちらちらきらめいて、山に面したマリブビーチのほうまでつづいている。

あたしも、サマーのとなりにごろんとした。

「会えてほんとによかった」サマーがいう。

すると、南の空に真っ赤な光がシューッとあがっていって、一気にはじけて火花がふりそそいできた。脚が多すぎるクモみたい。

「あたしもそう思う」

ドーンという音がひびいてきて、サマーが肘をついて上半身を起こした。あたしもそれにならう。数秒後には、夜空にきらめく花が咲きほこっていた。

「うわぁぁぁぁ」サマーが声をあげてにこにこする。あたしはサマーの横顔を見つめていた。サマーの目のなかにうつる花火を見ていればこわくなかった。

＊ハレー・クリシュナ……ヒンドゥー教の神クリシュナを崇拝する宗教団体。一九六九年にアメリカで設立。

5

ひらいた窓から鳥のさえずりがきこえてきて目をさました。まだ朝早いので、冷たい海から流れこんできた霧がただよって、日差しをさえぎり、やわらげている。サマーがいってたけど、カリフォルニアの海沿いによくあらわれるこの霧はマリンレイヤーといって、早朝から海岸近くをおおい、お昼前には消えてしまうそうだ。五月と六月はこの霧が一日じゅう出てるときもあるけど、七月はたいてい、そのうちすっかり晴れるらしい。

胸の奥に引っかかるものがある。サマーに、今日はいっしょに海に入るっていっちゃったからだ。しかも、ひざ下までとかじゃなくて。不安でざわざわして、ボウルにいれたシリアルも食べきれない。

〝エイリアンの要求をムシ〟後、坂道を海岸までおりてきた。そしていま、マーメイドの水着姿で波打ちぎわにサマーと並んで立っている。

「自信たっぷりで、なんてことありませんって感じで入っていくのがいいと思うよ」サマーがいう。「もしかしてオドオドしてる？　なんて見せないようにね」

あたしは爪をかんだ。「どのあたりまで行くとサメが来る可能性あり？」

サマーが肩をすくめる。「来るとしてもあそこの売店が限界」

あたしはパッと売店のほうを見た。遠くの歩道のわきにある。

「冗談！」サマーがあたしをつつく。「だいじょうぶだってば。でも、手つないだほうがいいかな？」

「恥ずかしい。赤ん坊みたいじゃん」まあ、赤ん坊みたいなもんだけど。

「友だちだから手をつないでる、みたいなフリするのはどう？」

「うん、まあ」

「つい二、三日前に会ったばっかだけどいっつもいっしょにいたい、みたいな感じ」

これってまじめにいってるのかふざけてるのか、どっち。それとも、あたしの心が読めてそれでからかってるとか？　わかんないけど、とにかくニッコリした。「うん、まあ」

サマーが手を差しだす。あたしも手を差しだして、サマーがその手をとる。

「ちょっとバシャバシャしに行くだけ」サマーがあたりにいる人全員にきこえるような声でいう。

「ほら、ちょっとエラをぬらしとこうかみたいなノリで」

思わず笑っちゃって、一瞬こわいのを忘れた。あたしたちは、なだらかな下りになってる砂浜を歩いた。足の指のあいだに海水がしみこんでくる。

「歩いてはるばる遠出しようってわけじゃないし」サマーがいう。「太もものあたりまでつかってみようか」

どのあたりまで水につかってるか、見おろしてみる。まだひざ下だ。

女の子がひとり、もっと深いところからこちらに近づいてきた。ずぶぬれの髪で、岸にむかってずぼずぼと歩いていく。

「ギジェット！　なにしてんの？」サマーがさけぶ。

「ハイ、サマー！　ちょっと泳いでみたとこ」女の子といっても、もう大人だ。そんなに背は高くないけど、プロのスポーツ選手みたいに見える。「そっちは？　波が小さすぎるから、ようす見？」

「うん、今日はボードもってきてもしょうがないかなと思って。この子、ジュイエ、別名ベティ。ベティ、こっちはギジェット」

ギジェットはニコッとして、グータッチをしようと拳を出してきた。ミシガンではよく、体育会系の男子がしてた。あたしは空いてるほうの手を拳にしてぎこちなくコツンとやった。ギジェットが水を蹴る。「明日はもっとコンディションいいんじゃないかな」

「ったく！」サマーが目の前に広がる海にむかって手をひらひらさせた。

「きのうだったらよかったのにね」ギジェットがあたしたちのつないだ手を見てにっこりする。「じゃ、また」そういって、親指と小指を立てて手首をひねるようにゆらゆらさせる仕草をすると、あたしたちの横を通りすぎて砂浜にあがった。

あたしは空いてるほうの手を見おろした。親指と小指以外で拳をつくってみる。

「それ、シャカっていうジェスチャー」サマーが説明してくれる。「〝ハングルーズ〟ともいって、それって〝リラックスして〟って意味。そのままゆらすんだよ」

やってみた。

サマーがにっこりする。「できてる」

あたしは海を遠くまで見わたした。「あたしがこわがってるの、気づかれたよね」

「ギジェット？　なんでそう思うの？」

「手をつないでるの見てたから。で、笑ってた」

サマーがちょっと眉をよせてみせる。「たぶん、わたしが友だちといっしょにいるのを見てうれしかっただけじゃないかな」

なんていったらいいかわからない。だからなにもいわなかった。

あたしたちは、もう少し深くまで進んだ。水がひざの上まで届く。波が来て、太ももに水がかかるけど、あんまり気にならない。考えごとをしてたから。サマーみたいな子はきっと友だちがたくさんいるんだろうな、って。

砂をしっかり踏みしめて、波にさらわれないようにする。波はあたしたちを岸へ押しもどそうとしたり、もっと深いほうへと引っぱろうとしたりする。こわいもの知らずの小さい子たちがまわりで水をはねちらかしながら波に体あたりしては去っていくのに合わせて、あたしたちの脚にあたる水が上下する。カモメが海岸線に沿って飛んでいく。ペリカンが四羽、並んで飛んでいったあとに、ライフガードのヘリコプターがつづく。

お日さまが海面に反射してキラキラしている。遠くのブルーグリーンの海からふいてくるそよ風は、未知の冒険の香りがする。それでもあたしは、こわがって目をそらしたりしない。じっと遠くに目をやって、防波堤をこえてクルージングするヨットをながめてから、あたしの手をにぎっている手をじっと見おろした。

6

つぎの日はサマーに用事があったので、昼間はひとりで過ごした。午後六時に〝エイリアンの要求をムシ〟したのち、四番通りでコロラドアベニュー行きのビッグブルーバスに乗る。そのバスで桟橋に行く計画だ。ふかふかシートのあたらしいバスに乗りながら、あたしはこの遠出で起きる可能性のあるありとあらゆるこわいことを頭のなかで並べてた。まず、桟橋っていうのは木でできてる大きな橋で、海にむかって突きだしている。どんなおそろしい経験が待ちかまえてるのか前もって知っておくためと、桟橋にある乗りものの写真を見ておくために、ネットで下調べをした。かわいたしっかりした地面の上にあってもじゅうぶんこわそうな乗りものが、波立つ海の上にわたしてある木の台の上にあるんだから、おそろしいなんてもんじゃない。海がいつ、その板をバラバラにするかもしれないのに。

あたしたちは、エキスポラインの駅の近くでバスをおりた。歩道は、ロサンゼルスのあちこちから終点のサンタモニカまで列車でやってきて観光客っぽいことをしようとしてる人たちでいっぱいだ。サマーとあたしがしようとしてるのとおなじことを。

あたしは大きく“DEATH”って白くロゴが入ってる黒Tを着てる。今回は好きなバンドの名前じゃない。知ってるなかにそんな名前のバンドはいない。ただ、あたしたち全員にいつかは訪れる運命だ。サマーは見たとき笑ってから、超似合っててかわいい、といった。Ｔシャツに合わせたのは、お気に入りのダメージデニムと黒のハイカット。ブラックメイクはちょっとだけ軽めにした。

サマーのほうは、ライトブルーのフーディを着てて、胸に“Um okay”というプリントがある。すれちがう人たちはあたしからサマー、サマーからあたしへと視線をうつして、あたしたちがおもしろいことをしてるみたいにニコニコする。幸せちゃんが悲しみちゃんを散歩に連れてきたのか、みたいに。

二番通りまで来ると、サマーがふいに立ちどまった。

「待った。引きかえせる？　〝プロムナード〟を案内したいんだ。いま通りすぎた古い通り。車は入れなくて、お店とかレストランとかがいっぱいあって、パフォーマーもたくさんいるんだよ。映画館もあるし！」

あたしは、恐怖のまなざしをサマーにむけた。

「あ、バレたか。じつは三番通りなんだけどさ。でも、このあたりまで来るとだれもそうは呼ばないし、ベティが思ってもみないようなものがたくさんあるよ。さ、行こ！」

サマーに引っぱられて、人のあいだをぬって引きかえした。角を曲がってプロムナードに入る。サマーがいってたように、人とお店とレストランだらけ。占い師とか、お金を入れる帽子を前においてうたいながらギターを弾いている女の人とか、サルをひもでつないで連れてる人とか、最初のブロックだけでもいろいろいる。モールみたいににぎやかだけど、海風がふいて空が広くて鳥が鳴いてる。

スマホがブルブルいう。ママからメールだ。

どこにいるの？　境界線を越えたってアラートが来たんだけど。

「うー。ママのメールっていつも半ギレ気味なんだもん。ま、じっさいしょっちゅうキレてるんだけどね」

サマーは、あたしが返信するのを待っててくれた。

サマーといっしょにコロラドアベニューを北のほうに三十メートルほど行ったプロムナードにいる。ちょっとぶらぶらしてるだけ。このあと桟橋に行くから、すぐ境界線内にもどるよ。安心して！　じゃ！

「スマホで位置情報見られてるんだよね」あたしはスマホをおしりのポケットにつっこんだ。

サマーがにこりとする。「やさしいね」

「イラッとする。快適ゾーンから出ろっていうくせに、最初にぶちあたるのはママの快適の限界なんだもん」

サマーが真顔になる。そして少し先を指さした。「見せたいものがあるんだ」

あたしはサマーのあとをついてプロムナードを歩いていった。噴水のある庭園に近づいていくと、サマーの歩くスピードがゆっくりになる。庭園の低木は、恐竜の形に刈りこまれている。サマーは、カメラを手にしたうさんくさい男の人を指さした。ボサボサのあごひげを生やして真っ黒なサングラスをかけている。

「五ドルで写真撮ってくれるんだよ！」

「スマホで自撮りすればタダじゃん」

「ポラロイドなんだってば！　すぐに現像できるの。そっちのが楽しい！」

サマーはつないでた手をはなして五ドルをとりだすと、そのあごひげ男に手わたした。

「こっち！　噴水をバックに撮ろう！」サマーがいう。

あごひげ男がついてくる。サマーは噴水に近づくにつれて、歩幅が小さくなる。そして回れ右をした。肩ごしに噴水を見て、あごひげ男のほうをむく。「これくらい近づけば写る？」

あごひげ男が肩をすくめる。

あたしたちは並んで立った。サマーの肩がふれるのを感じる。

あごひげ男があたしたちの前で片ひざをつく。「笑って」笑わせる気ゼロでいう。

笑顔をつくる間もなくフラッシュが光った。サマーの手があたしの手をつつむのを感じる。

「いいの、撮れた？」サマーがきく。

あごひげ男はすでにカメラから写真を引きぬきながら近づいてきた。「すぐにわかる」そういって、サマーに写真を手わたすと、さっさとむこうに行った。

サマーはまだ現像がおわってない写真をトートバッグにほうりこんだ。「さ、栈橋で夕焼け見よう！」サマーのあとをついてプロムナードをどんどん歩いていく。

オーシャンアベニューという交通量が多い通りをわたって、細長い緑の公園に入る。この公園は、ビーチとそのむこうにえんえんと広がる海を見わたせる崖の上にある。そのまま歩いていって、パシフィックコーストハイウェイをこえて砂浜に出られる橋まで行き、栈橋に出た。

橋も栈橋も人でいっぱい。みんな、栈橋に来てうろうろしたり、また出ていったり。そうしながら食べものやおみやげを買ったり、栈橋の上にあるちっちゃな遊園地のパシフィックパークで乗りものに乗ったり、釣り糸を海に投げいれたり、パフォーマーを見物したり、海をながめたり。

「あっ、見て！」サマーが声をあげる。引っぱっていかれたところには男の人がいて、その横にとまったカートに「米粒に名前を書きます」という紙が貼ってある。どうやら二十ドルで、米粒に名前を書いてコルクのふたがついた小さいガラスびんにいれてくれるらしい。だけど、とんでもなく強力な虫メガネがないと名前を見ることもできない。

「ベティの名前を書いたのがほしい！」サマーがいう。

あたしはにっこりした。「あたし、サマーの名前を書いたのがいい」

だけどサマーはそのとき、近くに立ってるホームレスのおじさんに目が釘づけになった。汚れててひげもじゃで、手すりによりかかってる。首からさげた看板に、大きな手書きの文字。

米粒に書かれた私の悲しい身の上話をお見せします
寄付は大歓迎

サマーがあたしをそっちに引っぱっていく。

おじさんがもっている釣りざおからひもがさがってて、その先に小さいガラスびんがついている。なかに米粒が入ってる。それより低い位置に紙コップがぶらさがってて、一ドル紙幣が数枚、のぞいている。

サマーが近づいていって、びんをじっとのぞきこむ。目を細くして、米粒を見ている。

「どうやって読めばいいの？」サマーがたずねる。

おじさんは肩をすくめてから、低い声でいった。「虫メガネとか？　顕微鏡とか？」

「虫メガネか顕微鏡、もってる？」

おじさんが首を横にふる。

「お金を出したら、悲しい身の上話を話してくれるとか？」サマーがきく。

おじさんは、めんどくさそうに目玉をぐるんとさせた。おとなしくこのからくりに金払ってくれよ、みたいに。たしかに、からくりのなかではまあまあなほうだ。

「昔オレは、なんでももってた」おじさんがざらついた声でしゃべりはじめた。

「あ、待って！　名前、なんていうの？」サマーがたずねる。

おじさんがまた目玉をぐるんとさせる。「ブッチ」

「わかった。ごめんブッチ、つづけて」

「昔オレは、なんでももってた。博士号、どこにでもついてくる犬、寝袋。ところが……」

おじさんは口をつぐんでふりかえった。桟橋の手すりのむこう、海の下になにか見えるのを期待してるみたいに。それからまたこっちを見て、目の前にあるデッキの木製の梁をじっと見つめて、眉をぎゅっとよせた。

「ところが、どうしたの？」サマーがたずねる。

「ところが、米粒に書くスペースがもうなくなっちまった」

サマーはあたしを見て、ニヤッとした。だけど、あたしは笑えない。楽しそうにきいてたサマーにわるいみたいで。

「先がめっちゃ気になる」サマーがホームレスのおじさんにいう。「それに登場人物が気に入った。

そのあとブッチになにが起きるのか、知りたくなった」サマーはにぎりしめてた二十ドル札を釣りざおからぶらさがってる紙コップにつっこんで、ひもをピッと引っぱった。「かかったみたいだよ！」

それからサマーはふりかえって観覧車を見ると、こっちをむいて眉をクイッとあげて、どう？と目できいてきた。

ガラス窓もなんにもないオープンエアの観覧車なんて、見るだけでじゅうぶん恐怖。神経の末端から脳に至るまで、あたしのからだじゅうのありとあらゆるものに反する光景。それなのにふいに、どこに連れていかれようと、サマーのそばからはなれたくないと感じた。理由はわからないけど、サマーについていきたい。たとえそれで観覧車に行きついて、泡立つ波の真上をまわる危なっかしい輪っかにくっついたただの小さいカップに乗ることになっても。だからあたしはにっこりして、うん、と伝えた。サマーもにっこりして、あたしはサマーについていった。

観覧車に並ぶ人の列はずらっと長くて、おかげで後悔する時間がたっぷりあった。海にせりだした板に立っていると、海賊になった気がしてくる。船から突きだした板の上を歩かされてこれから処刑される気分。

ジェットコースターが一分おきくらいに頭上をゴロゴロ走っていき、乗ってる人たちがキャアキャアさけんでる。わざわざ列に並んでこわがって悲鳴をあげてる。こわがって悲鳴をあげるために、みんなここに来てる。

とうとう、あたしたちの番がきた。この金属のカップに乗ったら、桟橋から空へと連れてかれてぐるぐるまわされるんだ。なかに入って、腰かける。

シートベルトがない。小さいカップからほうりだされない頼みの綱は、物理の法則のみ。あとは、車輪がはずれて海に落っこちないよう願うしかない。

サマーはにこにこしてる。ガクンとゆれて、動きだした。上にむかって。

顔にも髪にも海風があたるのを感じる。だけど、カップの外は見られない。あたしは組んだ両手をひざのあいだにはさんで、そこから目をはなさない。

サマーがスッととなりにうつってきた。サマーのジーンズがあたしのジーンズとこすれる。サマーはそれから片腕をあたしの肩にまわしてきて、ぎゅっとした。

「景色見てみなよ。すっごくきれい」

だまってるけど、見たくなんかない。でも、あたしはゆっくり、ゆっくり、顔をあげた。視線をあげて、沈む夕日が海に反射してきらめくのを見た。サマーがあたしの肩をぎゅっとする。胸がドクンとした。だって、ほんとうにきれい。なにもかも。胸がしめつけられて、背筋がゾクゾクッとした。

海のほうに突きだしている遠くの山が、逆光になってかすみがかかってる。近くに目をやると、桟橋のすぐむこうで波が生まれるのが見える。波を愛するサーファーたちが海に浮かんで、自分の波が来るのを待っている。

そしていちばん近くには、サマーの笑顔がある。あたしの笑顔が、サマーのサングラスにうつってる。幸せそうな顔。たぶん、ほんとうに幸せ。

観覧車は何周もして、それから夕日みたいに、あたしたちはおりてきた。そして、なにもかもが金色に染まった。

7

つぎの日、朝早くから日差しがあったかかった。

「よーし、準備いい？」サマーがいう。

あたしたちは、波打ちぎわに並(なら)んで立ってる。ふたりともビキニ姿(すがた)。あたしのは、きのうの夜に桟橋(さんばし)で買ったばかりのおろしたて。

「もう一回確認(かくにん)。あたし、これからどうするんだっけ？」波がよせてきて、あたしの足の指まで届(とど)く。

サマーがニッコリする。「水平線にむかって歩いていくんだよ。足が底につかなくなるまでか、そうでなくても頭がつかるまで」

やれやれ。「で、その目的はなんだっけ？」

「泳ぐこと。できれば足がつかなくなるまで、にしてほしいな。そしたら泳ぎだせばいいんだから。だけど、頭がつかるまででもかまわないよ」

「あたし、泳ぎ方なら知ってるんだけど」

「そりゃそっか！」サマーがニヤッとする。「だったら楽勝だね」

楽勝なワケがない。だって、海はどこまでも広がってて、想像つかないほど深くて、遭遇(そうぐう)したくもない生きものがわんさかいるんだから。

「さ、散歩しよう」サマーがいう。歩きだして、どんどん進んでいくから、あたしは置き去りにされたくなくて、となりに並んでついていく。

すぐにひざまで水につかった。サマーはあたしに抗議するすきをくれない。

腰までつかった。波が押しよせてくる。

「冷たい！」あたしはわめく。

「アラスカ湾から産地直送。海流が冷たいから、夏じゅう海岸沿いの空気があったまらないんだよ」

あたしたちは、どんどん進んでいく。ふいにズンと沈んで、急な下り坂になる。波が来て、あたしは顔がぬれないようにジャンプしたけど、サマーはドブンともぐった。そして、やってやったみたいなドヤ顔で出てきた。コマーシャルみたいに、サマーの金色の髪を水がキラキラと流れていく。

「深くなってきたね。離陸の準備オッケー？」

答えないけど、つぎの波が来て、あたしは顔を水につけて浮いた。地元のカントリークラブのプールでやってたみたいに平泳ぎをしようとするけど、波が顔にも髪にもはげしくかかる。でも、あたしは泳いだ。ずぶぬれになって。ミッション・コンプリート。

「やったね！」サマーがさけぶ。「ついてきて！」

あたしはついていった。しばらくのあいだ。でも、さすがに遠くに来すぎた。サマーは、泳ぎはじめちゃえば深さなんて関係ないっていってたけど、とてもそんなふうには思えない。深いもんは深い。

「もどりたい！」あたしはわめいた。そしてむきをかえて、ひとりで岸を目指した。

だけど必死になればなるほど、ぜったいたどり着けない気がしてくる。岸は近づくどころか、どんどん遠くなる。

どんなに泳いでも、岸に近づけない。疲れてきた。海岸で監視員のライフガードが救助ブイをもって、左に行けっていってるみたいに両腕をふりまわしてるのが見えるけど、あたしはとにかくはやく岸にたどり着きたい。

サマーのほうをふりかえってみる。もうずっと遠くにはなれてるけど、サマーも手をぶんぶんふってる。ライフガードとおなじ指示をしてるけど、それはサマーもわかってないから。あたしはまた海岸のほうをむいた。夢中になって水を蹴り、水をかくけど、川の流れに逆らって泳いでるみたい。肩は痛いし、太ももズキズキするし、足がつりそう。息が切れる。

パニクってきた。小さいときにモールでママとパパとはなれて勝手にエスカレーターに乗っちゃって、もどろうとしてもどんどん運ばれちゃって、どんなに必死でかけあがろうとしてもぜんぜん近づけなかったときみたい。あのときはパパが笑いながらエスカレーターをおりてきて、抱っこしてぎゅっとしてくれた。だけどパパはもうはるかかなたにいて迎えには来てくれないし、腕も脚もバタバタ、息もぜいぜいなのに、海岸はぜんぜん近づいてこない。

ふいに、目の前に天使が舞いおりてきた。ライフガードのお姉さん。サマーみたい。サマーが大人になって髪が茶色かったらこんな感じ。

「もうだいじょうぶ。つかまえた。安心して」お姉さんがいう。

お姉さんが救命具をこちらに押してよこす。あたしは必死でつかまって、足を海底にむかっておろす。蹴るのをやめたとたん、あっという間に流されそうになる。

「離岸流よ」お姉さんがいう。「逆らって泳ごうとしてもムダなの。岸からまっすぐ沖にむかう流れだから。そういうときは、横移動して流れから出るのがいいのよ」お姉さんがあおむけになって、のんびり背泳ぎをはじめる。「わたしのそばからはなれないで、軽く水を蹴って。流れにまかせて岸から流されてるうちに、離岸流から出て、桟橋のほうにむかうから」

お姉さんがとなりで見守っててくれる。

「それでいいわ。上手。あとほんのちょっとで離岸流から出られる」

あたしはわけもわからず、お姉さんにくっついていた。するとふいに、もう海に引っぱられてる感じがなくなってきた。

「ほら、もう平気」お姉さんがニッコリする。「救助ブイをふりながら方向を示してるときは、たいてい離岸流があるって意味。どこからともなく発生するから。抵抗しようとしてもムリ。脱出するしかないの」

「うん、わかった」

「あと、サマーのいうことは絶対よ。サマーが岸からはなれろって手で合図してたら、いうとおりにしなさい。サマーは賢いサーファーだから。泳ぎも賢いし」

「わかった」

「ベティ！」サマーが近づいてきた。「だいじょうぶ？」あたしよりおびえた顔をしてる。

「だいじょうぶ」あたしは答えたものの、泣きだした。

「ほんとごめん。そばをはなれるんじゃなかった」

「ふたりとも、動揺してるわね」ライフガードのお姉さんがいう。「ちょっと休んだら？　ベティには岸に着くまでわたしのブイを貸してあげる」

「ありがとう、ヘザー」サマーはまだ胸がいっぱいみたいだ。「ヘザーってサイコー」

「サイコーなのはあなたよ」ヘザーがいう。「わたしは自分の仕事してるだけ」

あたしたちは岸にむかって水を蹴ったけど、もうラクチンだった。とくにあたしにはブイがあるし。背中にあたるお日さまがあったかい。海岸と町が日差しをいっぱい浴びている。

海岸近くの浅瀬に立ってる人たちの前を通りすぎるとき、ジロジロ見られた。あたしは、溺れて救助された子。だから、ずっとうつむいてた。

砂を踏みしめて、ブイをライフガードのヘザーに返してお礼をいった。サマーがヘザーをハグするのを見て、あたしもハグする。

サマーとあたしは一キロ近く海岸を歩いてやっと、砂の上にタオルをしいた場所にもどってきた。あたしがタオルにすわりこむと、サマーもとなりにすわる。

「泳ぎが力強いね」サマーがいう。

「冗談でしょ」

「ううん。離岸流とえんえんたたかってたし」

あたしは砂に目を落とした。「強くたってバカみたいだし」

「ううん。わるいのは完全にわたし。ベディははじめてだったのに。あたしがずっとそばにいるべにふる。
きだった。離岸流のことも注意しとくべきだった」サマーは砂をすくって足にかけて埋めた。首を横にふる。

あたしもサマーのまねをしてすくった砂で足を埋めた。理由はわからないけど。それから海のほうを見わたした。あたしをさらおうとして失敗した海。ぶるっと震えが走る。アラスカ湾直送の水が冷たかったせいかもしれないけど、もしかしたら、ほんとうに実体のあるものをこわがってる自分に、なんだかワクワクしてたせいかもしれない。

その少しあと、あたしたちはメインストリートにあるタコス屋さんに来た。かわいた服を着てるけど、髪は塩でバリバリのまま、テラス席で午後の風にふかれてる。女の人が歩いてきて、あたしたちのいるテーブルの横でとまる。

「ママ！」サマーが声をあげる。「どうしたの？」

サマーのママはにっこりして、サマーからあたしに視線をうつしてから、またサマーにもどした。

「サマー、そちらはお友だち？」

あたしは立ちあがって手を差しだした。「こんにちは、ジュイエです」

サマーのママは笑顔であたしの手をとった。三十年後のサマーを見てるみたい。ただし、もう波に乗る時間がなくて悲しそうなヴァージョンのサマー。

「ジュイエ、お会いできてうれしいわ」

「この子の名前、ベティだから！」サマーが口をはさむ。

「わたしはアンナよ。ここに住んでいるの？」サマーのママがきく。

「ベティはミシガンから来てるの！　ホタルとか雪だるまとか。ね、雪だるまつくったっていってたよね？」

サマーはやけにふざけてる。だけどサマーのママの笑顔の下にある悲しみは深くなっていく。「あら、そうなの。じゃあ、期間限定なのね」

「七月の最終日までです。サマーにいろいろ案内してもらってて」

「ベティはサーフィン練習するんだよ！」サマーがいう。

「いいわね」サマーのママが腕時計を見る。「サマー、コンディショナー切らしてるっていってなかった？　薬局でハンクの買いものがあるんだけど」

サマーが眉をよせる。「どうぞどうぞ」

ママがサマーを見つめる。「で？　コンディショナー切らしてるの？」

サマーが目をそらす。「うん。ううん。知らない」

サマーのママが作り笑顔をこっちにむける。「ジュイエ、会えてよかったわ。うまく波をつかまえられますように」

あたしも笑顔をつくった。「あたしも会えてうれしかったです。あと、いつもありがとうございます」

「じゃあね、ママ。ごめん……えっと、ほら」

「いいのよ。今夜は撮影だから、会えないわね」サマーのママはかがみこんでサマーにキスをすると、あたしに手をふってから、娘(むすめ)とそっくりおなじ足どりで歩いていった。

あたしはアボカドたっぷりのワカモレをじっと見つめて、チップスを手にとった。「どうかした？」

サマーが野菜タコスをつかむ。「どうもしない」そういって、パクリとかじりつく。「あとでポストカード書かない？」サマーがタコスをもぐもぐやりながらいう。キャベツの千切りが口からこぼれる。

「だれに？」

サマーはあまいオルチャタをゴクリとのんで、グラスごしになにいってんのみたいな目をこちらへむけた。「友だち？　家族？」当たり前でしょ、っていい方。それから、あたしをじーっと見つめる。だんだんきまりがわるくなってきた。

「ふだんつるんでる子って、ひとりしかいないし」

サマーはストローでオルチャタをかきまぜる。「ふーん？」

「ファーンっていうんだけど」

「へーえ、そう」

「だけどママにもう会うなっていわれて」

「なんで？」

視線(しせん)が泳ぐ。「前はママもファーンのこと気に入ってたの。ファーンといっしょにいればあたしの心配しなくていいから。だけど急に、ファーンは悪影響(あくえいきょう)だっていいだして。ファーンがあたしをコントロールして成長しないようにしてるとか」

サマーがうなずく。口をあけてタコスをかじろうとする。だけどふいにやめて、タコスをもったままいった。「わたし、ベティをコントロールしてる？　やりたくないことをさせてる？」

泳いでた視線を、あたしはまっすぐサマーにむけた。サマーもこちらを見つめて答えを待ってる。

チップスでワカモレをすくって口につっこんで、返事を考える時間をかせいだ。

ファーンはドキッとしたりおびえたりするのを楽しんでるみたいだ。こわい本とかホラー映画とか、気味のわるいものはなんでも好き。だけどもしかしたらあたしは、ファーンに合わせてこわがってるふりをしてるだけかもって気がしてきた。いまはそんなふうに感じてるけど、同時に、理解できなくて出口もわからなくてゴチャゴチャになってるような気もしてる。

サマーは、こんがらがってない。あたしは引き出しのなかの目標リストを思い出した。ママが設定した目標と、あたしが書いた目標。だけど五個中（いまは六個）三個はママが書いたとはいえ、もうぜんぶ、あたしの目標になってる。

とうとうあたしは答えた。キッパリ。「ううん。サマーはあたしをコントロールなんかしてないよ」

「ほんとに？」

あたしはこくりとうなずいた。「もちろん」

サマーがニヤッとする。「よかった」

それに、ファーンだってあたしをコントロールなんかしてない。そう思ったけど、口には出したくない。いまはまだ。だからあたしは、しゃべらなくてすむように野菜タコスにかぶりついた。

8

サマーとあたしは午後、〈ピンキー・プロミス〉に並んでいる。あたしたちの番が来て、オーティスがいらっしゃいという。

「やあ！　波乗りはどんな感じ？」

サマーが手ぶらなのを見せる。「ボードがなきゃ波に乗れない」

オーティスはそうか、というふうに首をかたむけた。「今朝の波はめちゃくちゃおだやかだった。けど、ベティに教えるのはいつだってかまわないさ」

ベティって呼ばれるのにすっかり慣れてきたから、前みたいにいちいち訂正しない。なんか、もう気に入ってきたし。ちがう人間になれたみたいでいい。あたらしく生まれかわったみたい。

「そのうちね」サマーがいう。「着々と準備してるとこ。きのうなんか、離岸流をボッコボコにたたきのめしたんだから」

「そっか。じゃ、最初の波をつかまえたときは教えてくれよ。アイスクリーム無料攻めにしてやるから」

サマーが笑う。あたしも笑ったけど、タイミング遅すぎ。リアクションが遅いのは、サーフボードの上に立とうとしてる自分の姿を思い描いて心配ばっかりしてるから。

そのあとあたしたちは、〈ピンキー・プロミス〉の外にあるベトついたベンチに水着ですわってカップに入ったアイスを一気に食べた。あたしが今日試したのはパンケーキ味。メイプルシロップみたい。サマーはチョコミントに、いつものようにホイップクリーム山盛り。メインストリートのこのあたりはもう日かげになってたから、急いで食べなくても溶ける心配はない。

「小さい波はもう克服したでしょ」サマーがアイスをぱくつきながらいう。「強力な離岸流にも逆らって泳いだし。明日はもうちょい大きな冒険してみる？」

あたしはうなずいた。いまいち自信ないけど。離岸流に逆らって泳いだのはただのとんでもないまちがいで、それより大きな冒険なんていわれても、サマーがつぎにやらせようとしてることにワクワクなんてできない。

「なんでアイスって、食べるっていうんだろう？」サマーがふしぎそうにスプーンを見る。「食べてるって感じじゃないし、コーンじゃなきゃなめてるわけでもないし」

「たしかに」

「試食のときスプーン一杯っていう数え方もピンとこないよね」

なんていったらいいかわかんないけど、サマーがしゃべってるのをきいてるのは楽しい。

「一ドロリってのはどうかな？」サマーがきく。

「ドロリ？」

「うん。そうやって数えるの。『一ドロリください』みたいに」

「うん、賛成」あたしはいった。

そのとき、あたしのスマホが鳴った。手にとって、画面を見る。

「うぇ、忘れてた。パパとパパのカノジョとFaceTimeする約束してたんだ。スイスにいるから、そうするしかないっぽいんだよね」

「わあ、なんかベティの家族に会うみたいな気分！」

笑っちゃう。「パパを家族と呼べればね」

あたしはくちびるについたアイスをなめて、顔にかかってた髪をはらいのけた。それから画面をタップして電話に出た。「ハイ、パパ」

「ボンジュール、ジュイエ！」パパはやたらニコニコしてて、白いジャケットなんか着ちゃってマヌケっぽい。「ここチューリッヒのビストロでちょうど食事をおえるところだ。会計してるあいだ、ジュヌヴィエーヴと話しててくれ！」パパがスマホをカノジョに手わたす。ジュヌヴィエーヴが画面に出てきて、こっちに見えるようにキラキラのドレスとシャンパングラスを調整する。例によってサングラス。そっちは夜なのに。

「こんにちは、ジュヌヴィエーヴ」

「こんにちは、ジュイエ」意味不明なにせもののヨーロッパ風アクセント。出身はアラバマ州のモービルなのに。「炎にキスされたみたいに真っ赤っ赤ね」

サマーのほうをチラッと見ると、信じられないっていうニヤニヤ顔でおもしろがってる。でも、あたしはにこりともしない。

「太陽の下にずっといたから。サーフィン習ってるの」

ジュヌヴィエーヴがひとを小バカにして笑う。「サーフィン？　ジュイエが？　クラゲがこわいんでしょう？」

サマーがスマホをぐいっと自分のほうにむける。「ドッグタウンにはクラゲいないし。いるのはサメだけ」

あたしはサマーを押(お)しのけて、画面を自分のほうにもどした。

ジュヌヴィエーヴが眉(まゆ)をよせる。「いまのだれ？　そのドッグタウンってとこには髪(かみ)をとかすブラシもないの？」

あたしも眉(まゆ)をぎゅっとよせた。「サマーだよ。友だち」

「そう。サーフィンする勇気があるなら、お父さんとわたしが今年の冬にアルプスにスキーに行くときにいっしょにいらっしゃいよ！　あなたとお友だちの髪をなんとかしてくれるいいサロンも知ってるわよ」

「スキーはするつもりだけど、べつの場所でする予定」ウソばっかり。

「カリフォルニアでね！」サマーが画面にぐいっと顔を出してくる。

パパがまた画面にあらわれて、ジュヌヴィエーヴからスマホを受けとった。あたしはパパにムカつきすぎてたから、スマホをサマーにわたした。サマーがおでこにあげてたサングラスをかける。

「もしもし？」パパが、んんん？　というふうに目を細くする。「ジュイエ？」

「もしもし？　うんっ、パパ！」サマーがニカーッとする。

パパが眉(まゆ)をよせた。「あのな、タクシーがもう来てるんだ。これからショーを見に行くところでね。

またできるだけはやく連絡するよ。お母さんによろしくいっといてくれないか？」

「もっちろんだよ、パパ！　ジュヌヴィエーヴにあたしのぶんのキスをかわりにしといてね。あと、スイスのチョコレート、送って！」サマーはほとんどさけぶようにして、画面をタップして切った。サングラスをまたおでこに押しあげて、いたずらっ子みたいな笑顔でこちらを見る。それから、やっちゃった、みたいに口に手をあてた。あたしも口に手をあてて、ふたりして笑いだした。ゲラゲラ笑いすぎて涙が出てきたけど、好都合。だって、どっちにしても泣きだしちゃいそうだったから。

やっと笑いがおさまってきた。風で涙がかわいてくる。チューリッヒが溶けて消えて、あたしの人生をめちゃくちゃにしたヤツも溶けて消えて、あたしたちはオーシャンパークの〈ピンキー・プロミス〉の前にあるベンチにもどってきた。アイスは溶けないうちに食べなくちゃ。

パンケーキ味はいい選択だったかも。これからはもっといつもとちがう味を試してみよう。「スキーなんて行ったことないんだよね」あたしはいった。「あと、ジュヌヴィエーヴにはサーフィン習ってるっていったけど、まだはっきり決めたわけじゃないから。いい？」

サマーはうなずいて、またチョコミントにもどった。

あたしはほとんど空っぽになったカップをのぞきこんで、残りをスプーンでかき集めた。ジュヌヴィエーヴのアホ面を思い出す。「明日、ボディボードに挑戦してみてもいいかも」

サマーはなにもいわない。でも視界のすみっこで、サマーがちょっとニコッとしたのがわかった。

サマーはそれからベトッとしたベンチをスーッとこちらに移動してきた。脚があたしの脚にあたるくらい近くまで。

夜、ベッドに横になって、スマホでボディボードを調べた。波に乗るのはサーフィンとおなじだけど、ボードの上に立つんじゃなくて腹ばいのまま進む。ハッキリわかる利点は、もし津波が来てもボードにつかまって浮かんでいられること。だけど残念ながら、最悪なことも知ってしまった。「ボディボード中に死ぬ可能性」を検索したら、ボードの上で手足を突きだしてるとウミガメかアシカみたいに見えるって書いてある。少なくとも、海のなかにひそんでるかもしれないマヌケなサメの目には。ここで問題なのは、ウミガメとアシカは、サメの大好物トップ2ってこと。

必死で自分にいいきかせる。サマーがボディボードの話なんかころっと忘れてる可能性だってあるよねって。だけど……いやいや、ありえない。そもそもサマーはいつも水着着てるし。いつだって水に入れる状態だ。となると、水に入っちゃいけないようなケガとか病気とかを偽造するしかない。でも残念ながら、思いついたのは脚のけいれんか手のしびれくらい。

二回、目標リストを捨てて、二回、ゴミ箱から拾った。もはやとりつかれてるみたいに、リストの目標を本気でやりたがってる気にさせられつつある。

しかも、本気だからって信じてる。あたしは心から、リストに書いてあることをやりたいんだって。できる。しょうもないボディボードくらい乗れる。

ダメでも、死ぬ気でがんばれる。

9

つぎの朝、〝エイリアンの要求をムシ〟にやってきたサマーは、両腕にボディボードを抱えてた。ひとつは自分ので、もうひとつはあたしの。満面の笑みなんか浮かべちゃって。

「ジャジャーン！」サマーは大げさにいって、あたしにボードをよこした。「このスポンジに乗って、波をつかまえに行こう！」

あたしはうすら笑いを浮かべながら、ボードをじっくりながめた。立てるとあばら骨のあたりまでの長さ。かたいけどクッション性がある。黒いひもの先に、手首に巻く防水のベルクロテープがついてる。

左肩にビーチバッグをかけて、ボディボードを右腕に抱えて、オーシャンパーク大通りの坂をくだっていく。行く手には海が広がっていて、中国とかアラスカとかオーストラリアまでつづいている。地図や地球儀を思い浮かべると、海はいくつもの大陸をとりかこんで、フロリダやらニューヨークやらにまたもどってくる。完全に包囲されてるような感覚にとりつかれるけど、直面するためにずんずん近づいていく。海のほうは、あたしがおじけづかずにまっすぐむかってくると信じてるはず。

メインストリートをわたると、あたりにいる人全員に、あたしがボディボードを抱えて歩くのが初だってことがバレてる気がする。ごまかそうとしてもムリっていわれてる感じ。

でも、つまり帰り道はそうじゃないってことだ。そう思ったら、心が満たされて力がわいてきた。

「ボディボードは、波を知るのにすごくいい方法」サマーがいう。砂浜に着いた。「サーフィンとおなじで、ちょうどいいタイミングで波をつかまえなきゃいけない。でも、サーフィンよりかんたん」

あたしはうなずいた。サマーはこっちを見てないけど、とにかくうなずいた。

「頭をどれくらい前に出すか、自分で調整しなきゃいけない。なかにはボードから頭を出さないのが好きな人もいるし、ちょっとだけ前に出す人もいる。わたしが波をつかまえるのをよく観察してぼえればいいよ。わたしもいつもうまくいくわけじゃないし、逆にむこうにガッツリつかまっちゃうときもある。だけど、ぜったい楽しいから」

あたしたちは、足が水にひたるまで歩きつづけた。海がとどろいて文句をいってる。

サマーがこっちを見てにっこりする。「準備いい？」

たぶん。この先生といっしょなら。「うん」

冷たい水がひざの上までくる。地元のカントリークラブのプールのことを考える。それとおんなじこと。塩分があって波があるだけ。

あと、サメ。

すねにヌルヌルしたものがあたる。でも、ただの海藻。あたしたちは進みつづける。水がおへその上まできた。

「ボードをもっていかれないように、波が来たらとびはねて！」サマーが波の音に負けないようにさけぶ。

「わかった!」

波が来て、あたしたちはジャンプして、ボードをしっかり抱える。

「サーフィンの練習するときは、ドルフィンスルーでもぐって波をかわす方法を教えてあげる」

「うん」きいてるだけでおそろしいけど、いまは反論するつもりはない。しょせん、ただの水だし、キッチンの流しみたいなもの。バスタブみたいなもの。海のほうが大きいってだけ。あと深い。あと、サメ。

「こんどは足で蹴って波に逆らって!」サマーがボードの上に腹ばいになって、腕で水をかくパドリングで水平線にむかっていく。あたしもサマーのまねをした。

大きな波が押しよせてきて、あたしたちのからだの下を通過していく。だけど、あたしたちはほんのちょっと後退しただけで、岸からはなれて進みつづける。

そしてとうとう、大波が来ないところまでたどり着いた。というか、大波がまだ大きくなる前の場所。あたしたちは、ボードに腹ばいのまま、パドリングをやめてとまった。

サマーは外海のほうをじっと見つめてから、海岸のほうをむいた。「波がブレイクするサーフポイントをちょうどすぎたところだよ。いい波が来るのを待って、パドリングしていく。波が来たらできるだけスピードをあげたほうがいいんだけど、ポジショニングっていってどこで波を迎えるかも大事。波から遠すぎると、波がからだの下を通りすぎちゃうし、近すぎるとつぶされる」

「わかった」返事をする。だけど、不安なのがバレバレらしい。

「海を大きな車みたいに考えるといいよ。自分はフロントガラスに乗ろうとしてる小さい虫。ただし、たたきつぶされないようにね」

あたしは顔をしかめる。「うまくいく虫って少なそうだけど」

「心配いらないって。わたしをよく観察して、おなじようにして」サマーが水をはねかけてくる。

「きっとサイコーの気分だから」

サマーがふりかえって波を確認する。うしろで、小さく水がふくらんでる。

「これじゃない」

波があたしたちのからだの下をバカでかい獣みたいに通りすぎていく。からだがふわっと浮きあがって、また沈む。

サマーがうれしそうな顔をする。「サーフィンだったら、こんなにくっついてられないね。距離をとらないと攻められないから。でもボディボードなら、ただビーチのほうにぐーんと進めばいい」

あたしはまたうなずく。

サマーがつぎの波を観察する。波が生まれるところをじっと見る。「これじゃない」

波がふくれて、あたしたちの下をすぎていく。ボードがぐらついて、あたしたちは前にかたむいた。顔が水につかる。

サマーが水から顔を出して、はりついた髪の毛をはらった。「いまの波、よかったかも。失敗」

あたしはニコッとした。鼻がつーんとして、しょっぱい。インド洋も北海もおんなじ味なんだろうな。みんないっしょに巨大なスープボウルに入ってるみたいなもの。

「わわっ」サマーがつぎの波を見てからあたしを見て、岸にむかって足を蹴りはじめた。「これ。つかまえて！」

あたしはサマーのまねをした。ボードをしっかりつかんで、追いかけられてるみたいに必死で足を蹴った。すると、うしろに感じた。波が来てる。だけど、下を通りすぎていくのでも、つぶされるのでもない。あたしはボードに乗って、波の前にとどまってる。波の先頭にいる。つかまえた。その瞬間、どういうことか理解した。自然が与えてくれる乗りものに乗って、スリルを味わいながら、陸にむかって体あたりしていく海の鼻先に、車のボンネット飾りみたいにとまってる。車の窓から顔を出してる犬みたいな気分。水面をはねながら飛んでいく平らな石みたい。お父さんに肩車してもらってる女の子みたい。

サマーが歓声をあげる。あたしのすぐ左にいる。目をキラキラさせてあたしを見つめてる。あたしじゃなくて、自分がはじめて波に乗ったみたいに。

波があたしたちを前に進めて、何度か浮いたり沈んだりするにつれて浅瀬に入ってきた。バシャバシャして遊んでた人たちがあたしたちをよける。小さい子どもたちとお腹ぽっこりのお父さん。とうとう波はあたしたちを砂浜へと運ぶと、すぐに引いていった。また深いところで生まれかわるために。

サマーはボードからからだを起こして、砂浜から立ちあがった。あたしに手を貸して立たせてくれる。

「ベティ！　天才！」

「ちゃんとできてた？」

サマーはハチャメチャな表情をして、ふざけてあたしをドンと押した。「レジェンド級！　最初の波にあんなふうに乗れる人いないから！」

照れて笑ってしまう。

「もっといける？」サマーがたずねる。

「もっといける」あたしが答える。

その日は、波に乗って乗って乗りまくってるうちにあっという間にすぎていった。波をつかまえるときもあれば、波につかまるときもあるし、なんにも起きないときもある。夕日はもうだいぶ西にいっちゃった。たぶんちょうどハワイのあたり。水が冷たくてぶるぶる震えてるから、ＳＰＦ50の日焼け止めをぬっててもピンク色になってしまった肩だけがあったかい。

「ラスト一回？」サマーがとうとういう。さすがのサマーも限界らしい。

「ラスト一回」あたしはうなずく。

「でも、最高のやつじゃなきゃ」サマーが海のほうへむきなおって、バシャバシャ歩いていく。「最後の波は必ずいい波って決まってるの。よくない波だったらそこでやめないから」

つぎの波が最後の波になった。いい波だったから。その日のベストってわけじゃないけど、やりなおしたくなるほどじゃない。これで今日はビーチを去ってもいいって思えるくらいにいい波。

あたしたちはくたくたで無言のまま、夕日を背にして岸をはなれた。めちゃくちゃすごい映画を観たあと、劇場の出口にむかって通路を歩いているときみたいな感じ。目の前の上り坂では、オーシャンパークの家やら木やら建物やらが西日を浴びてきらめいている。サマーが砂浜の途中で立ちどまって、こちらをむく。

「ありがとう」サマーがいう。

「え、なんで?」

サマーが両腕をあげて、まわりじゅうをぜんぶひとまとめにするようなしぐさをする。「こういうのぜんぶ、わたしとシェアしてくれて。シェアする価値があるってことを思い出させてくれて」

サマーはその場に突っ立ったまましばらくほほ笑んでいた。あたしもその場でにっこりしながらサマーを見つめかえしていた。なんて答えようか考えてるうちに、波音に乗ってカモメの鳴き声がきこえてきて、花束のようにうつくしい海岸にただよう日焼け止めのにおいがして、くちびるに海水のしょっぱい味がした。幸せすぎてニヤニヤがとまらなくてきまりわるくなってきたとき、サマーが首を横にふった。ダメっていう意味じゃなくて、いい意味で。そしてまた北アメリカのほうを、カリフォルニアとオーシャンパークのほうをむいた。それからあたしたちは売店で、オニオンリングのXLサイズを注文した。

10

つぎの日もだいたいおなじ感じだったけど、さらによくなった。十一時にサマーと〝エイリアンの要求をムシ〟するころにはもう、あたしは期待ではち切れそうで三番通りの恐怖さえちょっと忘れそうだった。サマーのとなりで海に突進していく。サメに会うのが待ちきれないみたいに。波に乗って、

乗って、乗りまくって、とうとうパドリングのしすぎで腕がのびきったパスタ状態。午後三時くらいには、サマーのとなりにしいたビーチタオルの上で日を浴びたまま眠ってしまい、目をさましたら、サマーがとなりで笑っていた。サマーからきいたけど、あたしも寝ながら笑ってたらしい。

ビーチを出たあと、〈ピンキー・プロミス〉に行く。オーティスはあたしたちに気づくと、わあっと両手をあげた。

「ガールズたち！　もしや海でなんかに乗ってきたとか？」

サマーがボディボードをかかげてみせる。あたしはわきに抱えたまま。

「で、どうだった？」

サマーとオーティスの視線を感じる。あたしの返事待ちだ。あたしは、靴をはいてない自分の足を見おろした。

「すごかった」どうして楽しかったって認めるのが恥ずかしいんだろう。

「ベティは天才だから」サマーがいう。

オーティスが、パンッと手をひとつたたく。「そりゃ、ベティって名前がついてるからには、天性の波乗りに決まってるさ」

意味不明。ベティなんて、初日にここでオーティスに呼ばれたのが初だし。だけどそこにはふれないで、あたしはにっこりした。

で、アイスを注文した。今日はコーン。帰り道にボードを抱えたまま食べたいから。あたしはチョコミント、サマーはバターピーカン。

「そうだ、いいこと思いついた」オーティスがアイスをすくってこっちによこす。「はい、落とさないようにね。でさ、サマーにヨガ、教えてもらってる？　サーフボードで最初の波に乗るために？」

「ヨガ？」

サマーが、おでこをピシャリとたたく。「わわっ！　めっちゃいいアイデア！　体幹をきたえるのにいいポーズ、たくさんあるんだ！」

「ヨガ？」あたしはまたきいた。

「はい、どうぞ！」オーティスはコーンにサマーのアイスクリームをすくって、手わたした。「おれが実演してやろう！」オーティスがカウンターから出てきて、脚をひらいて立つ。「これは、英雄のポーズ。バランスを保つのにいい。どんな波でも乗りこなせるようになるよ！」

オーティスは左足のつま先を外側にむけて左ひざを曲げると、手のひらを下にして両腕を床と水平になるようにあげた。視線は左の指先のむこうにじっとむけている。「はいっ、やってみて！」

オーティスはポーズを保ったまま。オーティスもサマーも、ノーなんて答えはゆるさないって感じ。

あたしはアイスをサマーにもってもらって、オーティスのポーズをできるだけ再現した。

サマーがにっこりする。「うまい！　左の足首とひざの位置をそろえて。うん、いいね」

「カンペキだ！」オーティスもいう。「ポーズをとくときは、両足をさらにひらくような感じで。ただしマジでひらいちゃダメだよ」

意味わかんない。だけど、うまくいった。あたしは、まっすぐの姿勢にもどった。

オーティスにいわれて、右足を前にしておなじポーズをしてみた。これでおしまいだよね。

「下むきの犬のポーズもおぼえたほうがいいね」サマーがいう。

「それな！」オーティスがうなずく。

下むきの犬のポーズなんてきいただけで恥(は)ずかしそうな名前だけど、見た目はさらに恥ずかしい。両手と両足を床(ゆか)につけたまま、おしりを高く突(つ)きあげる。まあ、オーティスもいっしょにやってくれてるのが救い。オーティスのサラサラブロンドと貝がらのネックレスが顔の前あたりに落ちて、視線(しせん)は床にじっと注がれている。サマーはひたすらニヤニヤして、自分のアイスとあたしのアイスをかわりばんこになめてる。

「右ひざを曲げてみて。こんどは左ひざ。アキレス腱(けん)がのびてるの、感じる？」オーティスがいう。

「うん」

そのころお客が列をつくりはじめて、恥ずかしさ倍増。みんな、大きなカメラをもってるし、ポケットからガイドブックがのぞいてる。あたしのほうを指さして、見せものを見るみたいに外国語でなにやらいってる。

「みなさーん、ナマステ！」サマーが、注文待ちの人たちにむかって声をかける。アイスのコーンをふたつ、胸(むね)の前でぴとっと合わせて、インド風のおじぎをする。「間もなくオーティスがご注文をうかがいますので、少々お待ちを！　あと二、三ポーズでおわります。よかったらご参加くださーい！」

下むきの犬のポーズから、板のポーズへ。全身を飛びこみ台の板みたいに一直線に保つポーズだ。待ってるお客さんたちがニコニコしてるのが見える。レンズの大きいカメラをもった女の人が、あたしとオーティスの写真をパシャパシャ撮ってる。たぶんこの人たち、つまり観光客にしてみたら、カリフォルニアの妙なアトラクションのひとつみたいなものなんだろう。まあ、あたしにとってもそんなようなものだし。

板のポーズのあと、オーティスがぴょんと立ちあがってグータッチをしてきた。「サイコーだぜ、ベティ！　これから毎日、おぼえたポーズをやること！　あとはサマーが順番に教えてくれるから」サマーがうなずいて、チョコミントのコーンをこっちによこす。「まかせて！　あっという間にサーフィンできるようになるから！」

あたしはアイスをひと口なめた。いつもよりぐっとおいしく感じる。ヨガをやったせいで感覚という感覚がときはなたれた、みたいに。いまなら、ボードに立って波をつかまえるのも不可能じゃないって気がする。そのためにアイスクリーム屋さんでほいほいと犬のまねなんかしたってことは、もしかしてあたし、本気で波をつかまえたいって思ってるのかも。

その夜ママは、いっしょに夕ごはんが食べられる時間に帰ってきた。英雄のポーズを練習してるところに、ママが入ってくる。

「それ、ヨガ？」

「サマーとオーティスが、いくつかポーズを教えてくれたんだ。なんか、わるくないかも」

ママが、パソコンが入ったカバンをテーブルの上におく。「レイクショアのうちの近くにもヨガスタジオがあるわよ。習ってみたら？　やりたければ」

あたしはポーズをといた。「いいかもね」なんか、それって別ものだって気がする。だってオーティスとサマーに教わるわけじゃないし。だけど、いいかも。

それからタクシーに乗って、サンタモニカのダウンタウンにあるヴィーガンのレストランに行った。サーフィンがテーマのお店で、ピクシーズのベストアルバムのタイトルとおなじ、〈ウェイヴ・オブ・ミューティレイション〉って名前だ。どの壁にもモニターがついてて、サーファーが屋根より高そうな巨大な波を乗りこなすシーンがえんえんと流れてる。こうして見ると、オーシャンパークの波はここまでバカでかくない。

料理はすごくよかった。出てくる水が、ミネラルウォーターじゃなくて水道水だけど。しかも常温。グラスにレモンがささってる。あんまり料理がおいしいから、店の人がどんなふうにメニューの説明をしようがその気になっちゃう。

「食欲もりもりじゃないの」ママがあたしの食べっぷりを見て言う。「最近アクティブね」

「うん」あたしはタコスをランチェラソースにディップする。口にいれないうちに、いきなりきいてみた。「ショーティ、買いたいんだけど」

ママがにっこりする。「ショーティって？」

「短いウェッティ。水がそこまで冷たくない夏に着るやつ」ママがまだ？？？って顔をしてるから、説明を足した。「ウェットスーツ」

「まあ、そうなの」ママがパッと顔をかがやかせる。「もう海に入ってるの？」

「うん。ボディボード」

「ほんとう？」

「サマーに教わってる」

「へーえ」なんてことなさそうな顔をしようと努力してるのがわかる。内心、あたしがアウトドアな子と遊んでるのがうれしいくせに。きっと頭のなかで、あたしがそのためにいくつの恐怖に目をつぶってるか、数えてるんじゃないかな。

「パパがいれば、パパにボディボード教わってたんだろうけど。あと、観覧車に乗るときもついてくれたはず。でも、いまはサマーがいるし」

「パパならいるでしょ」

「へ？　いるっけ？　あ、いたか。だけど、いないようなもんじゃん。金持ちの顔をマネキンみたいにするのにいそがしいから。あ、あとはあたしとほとんど歳がかわらない女の子とヨーロッパをまわるのにもね」

ママはなにかいおうとしたけど、いわない。グラスに手をのばしてひと口のむ。

あー自己嫌悪。イジワルな気分になって皮肉がいいたくなって、ジュヌヴィエーヴの話題なんかもちだしちゃって。せっかくママといっしょに食事してるのに台なし。だけど、ママもわるいと思う。だって、ぜんぜんわかってない。ママがいつもそばにいてくれれば、その役目をしてくれていいんだから。ボディボードをいっしょにやってくれればいい。ほかにも、ちょっとこわくてひとりだとめちゃくちゃこわいことぜんぶ。

まあ、いまはサマーがいるけど。

「今日、パパとFaceTimeしたの？」

「二、三日前。五秒くらい。すぐジュヌヴィエーヴにかわられちゃったし。サマーとふたりでパパをからかってやった。パパが画面にもどってきたときサマーがあたしのフリして。ま、すぐにパパはステキな新生活にもどってってたけど」

「まあ、いそがしいのよ」

「豪華なディナーして、顔だけで選んだ子をショーに連れてくのに？」

ママはまた水をひと口のんで、コホンと咳ばらいする。「ねえ、わざと？　パパがあちらを選んだのを思い出させてわたしを傷つけたいの？」

あたしはイスの背にもたれて、テーブルとの距離をつくった。「ちがう。こっちだって傷ついてるってことを思い出してほしいだけ」

ママはバッグからお財布を出す。「で、ショーティっていくらくらいするの？」

「二百ドルもあれば、いいのが買える」

ママが眉をつりあげる。「けっこうするのね」

「でもそれがあれば、長いこと海に入ってても冷えなくてすむ。あと、これ以上の日焼けも防げるし」

ママがお財布をしまって、フォークを手にとる。

「あと、波が荒れてるときも着てたほうがよさそう。たまに、波にビキニのショーツを引っぱられて半ケツになっちゃうから」

ママが眉をクイッとあげて、食べものをのみこもうとする。グラスに手をのばして、ぬるい水で流しこんだ。「このお店を出たらＡＴＭによろうか」

タコスをかじって、笑いそうになるのをごまかす。笑っちゃうのは、ショーティを買ってもらえそうだからじゃない。どっちかといったらうれしくない笑い。ママに気持ちを正直に伝えようとしてお金で話をそらされたとき、つい出ちゃう笑い。

11

つぎの朝、サマーとあたしは〝エイリアンの要求をムシ〟して、坂道をおりて小さな図書館にむかった。そのあとあたしのショーティを買いに行く予定で、マリンレイヤーが消えたら、ボディボードをしに行く。だけどひとまず、このくもり空にピッタリなのは読書だとサマーはいう。水着は着てるけど。まあいちおう。

「サンタモニカのダウンタウンにもっと大きい図書館があるから、こんどそっちに行くときに連れてってあげる」サマーがいう。ドアをあけて、あたしのために支えててくれる。「だけどこっちのがかわいいし、小さいにしてはいい本がたくさんあるよ」

サマーはわがもの顔でずんずん入っていって、司書のおじさんに手をふった。ストライプのセーターを着たおじさんも、サマーに手をふりかえす。サマー、あんなことして注意を引いちゃわないかな。

こんな場所でこんなかっこうなのに。だっていちおう公共の図書館だし。あたしはサマーに耳打ちした。「水着でだいじょうぶなの？」

サマーは、なにいっちゃってんのって顔でこっちを見た。どうやらあたしは、なにいっちゃってんの的な質問しかしないらしい。「当たり前でしょ！　ここ、ドッグタウンだよ」

裸足だけどだいじょうぶなのかきいても、おなじ返事だろうな。

図書館の棚は低くて、窓は高い。サマーがキッズコーナーに連れてってくれる。

「なんでドッグタウンっていうの？」

サマーがひとつの棚の前でしゃがむ。「メインストリートって、犬の散歩させてる人がわんさかいるから。つまり、スケートボーダーにとっては危険がいっぱいってこと」

どういうことか考えたら、スケボーとチワワが衝突するシーンが頭に浮かんだ。あと、スケボーに乗ってた人がコリーのリードに引っかかったり、ドーベルマンにつっこんでいったりするシーン。うー、こわっ。

「いつも新刊をたくさんいれてくれてるんだ」サマーはいいながら、本の背表紙に指を走らせる。「でも、ダントツいちばんなのは古い本」サマーの指が棚のいちばん下の段で左から右へと移動する。それから止まって、また左へともどる。サマーは顔をしかめた。「あーっ、借りられちゃってる。家にあるのをこんど見せてあげるね」

「なんて本をさがしてたの？」

「『パーフェクト・ウェーブ』。百万回くらい読んでる。なんの本か、想像つくと思うけど」

あたしはにっこりした。

三十分くらい、本をさがしては、いっしょにパラパラながめた。それから選んだ本を貸し出しカウンターにもっていった。

ストライプのセーターを着たおじさんがいう。「借りたい本は見つかった？」

「うん！」サマーが答える。「このあたらしい友だちは、暗い未来につながる道について読みたいらしいけど」

あたしは顔をしかめて、自分が選んでカウンターにおいた本のタイトルを見おろした。

『夜明けに目玉を吸うゾンビ』

『黙示録のゲームショー』

『食うか食われるか』

「ぜんぶがぜんぶ楽しいことばっかじゃないし」あたしは言い訳するみたいにいった。「わるいことだって起きるよね」

司書のおじさんの笑顔が消える。サマーを見つめてから、本をつんでスキャンしはじめた。

「わかるよ」サマーが困ったようにいう「だけど、わるいことばっかり起きるわけじゃないし」

よくないことが起きそうな空気がただよってる。とうとう司書のおじさんがこっちをむいて、サマーにむかっていった。「利用者カード、もってる？」

サマーがニタッとして、ビキニのショーツのうしろに両手をのばす。「えーっと、ポケットはついてないか」あっという間にいやな空気が消えた。お日さまが朝の雲を散らしたみたいに。サマーがあたりを明るく照らした。

司書のおじさんはサマーに笑いかえして、本の山をサマーのほうに押しやった。「ファイルをチェックして番号を調べるよ」

サマーがカウンターに身をのりだす。「わーい、ありがとう、ジョー！」サマーが本の山をふたつに分ける。あたしたちは司書のジョーにバイバイをいった。

「お兄さんのこと、みんな心配しているよ」ジョーがいう。

サマーはうなずいたけど、なにもいわない。だけど笑顔は消えた。

ドアから出ると、マリンレイヤーがうすれて、日差しがまぶしかった。

「お兄さんいるの？」あたしはたずねた。あたしたちはいったん家にもどるために坂をのぼってる。

「お兄さんがハンク？」サマーはまたうなずいたけど、なにもいわない。だけど、お日さまがまた雲のうしろにかくれちゃったみたいに思えた。顔をあげると、空は真っ青。だけど、心のなかではお日さまが雲のかげにかくれてる。

だまったまま歩きながら、あたしはサマーのことを考えてた。サマーのことを理解しようとしてた。いつも太陽みたいに明るいサマー。だけど雲が通過してるとき、サマーはその雲の話をしようとしない。

七月のおわりには、なにもかも教えてくれるかもしれないけど。

12

遅めの朝で、めったにないママがオフの日。あたしは濃いめのブルーのデニムをはいてるけど、着ていくためじゃない。これからカットオフにする。引き出しのなかに入ってたハサミがリビングの大きいテーブルの上におかれて、ママが白い色えんぴつを手にしてあたしの前にひざをついてる。片方の脚の高い位置にえんぴつの先をあてて印をつけた。

「もっと上」あたしはいう。

ママがえんぴつをほんのキモチ上に動かすのを、あたしは見つめてる。ママがまた印をつけた。

「もっと上」あたしはまたいった。

ママがこちらを見あげる。「どれくらい上のつもりか、教えてくれればいいでしょ」

あたしは脚のうしろに手をまわして、ちょうどいい場所をさぐった。「ここ」

ママが不満そうな声をあげる。「おしりを見せびらかしながらうろついてほしくないんだけど」

あたしは顔をしかめた。「おしりを見せびらかそうってわけじゃないよ。脚だけ」

ママがため息をつく。それからえんぴつの先を動かして、印をつけた。「まあ、たしかにきれいな脚だもんね」

「ほんと?」

「うん」ママがキッパリいう。もう片方の脚にも印をつけてから立ちあがると、にっこりした。

あたしはジーンズを脱いでテーブルの上に広げると、ハサミをつかんだ。ジャキッ、ジャキッ、ジャキッといさぎよく切り、糸をほつれさせてフリンジみたいにして、夏休みがはじまってすぐのころからはいてたみたいに見せる。これで、サマーのとおなじようなカットオフのできあがり。

一時間後、あたしはそれをはいて家を出て、メインストリートにママとランチを食べに行った。休みに入って十三日目で、サマーは午後遅くまで家族の用事でいそがしいっていってた。細かい事情はひとつも教えてくれないけど。でもちょうどよかった。今日はママが病院で人の命を救わなくてもいい日だから、いっしょに出かける予定だった。だいぶくわしくなってきたこの町を案内できるのが、なんだかワクワクする。

ママは水着の上に巻きスカートをはいてて、超ダサいってわけでもなかった。あたしたちはオーシャンパーク大通りの坂をおりていった。あたしはビキニに切りたてのカットオフで、サンダルをはき、明るいグリーンのフレームのサングラスをかけている。あと、日焼け止めほぼ丸一本。

「案内してちょうだい」ママがうれしそうにいう。「このあたりの土地勘つけてくれて、ほんとすごいわ」

オーシャンパーク大通りを、サマーとふたりでいつもしてるみたいに歩いていく。

「あの花、見て！」あたしは頭の上までのびた茎の上のほうに咲く花を指さした。自分が見つけたみたいに。「あんなにたくさんのハチドリがいっぺんにいるの、見たことある？」

「わあ！」ママが笑うけど、心のなかでこの先の三番通りのことを考えてるのがわかる。どうやってあたしを通過させようかって。ママがあたしの手をとる。「で……」

「見て、あっち！」あたしはいった。ママはあたしの気をそらしたがってるけど、あたしがママのかわりに自分でやるつもり。「桟橋に観覧車があるんだよ！　サマーといっしょに乗ってサンセットを見たんだ。お昼食べたら行ってみよう」

「いいわね！」

「で、そのずっとむこうに見えるのが、サンタモニカ山脈。日が沈むときは山並みが紫色に染まるんだよ。サマーが、あそこにはピューマがいるっていってた」

「ほんとう？」

「うん！」

メインストリートに着いた。「〈ピンキー・プロミス〉はこっち。着いた日に行ったの、おぼえてる？」

「おぼえてるわよ」

「帰る前に行ってみよう。サマーといっしょによく行くんだ。何度も行ってる」

メインストリートを歩きながら、チャンスさえあればウィンドウにうつる自分の脚を見た。あんまりミエミエにならないように気をつけて。いつもなにかしら、お店のウィンドウのなかには見たいものがある。靴とかバッグとか、カフェのオーナーの足元に寝そべってる犬とか。だけど、いちばんは自分の脚。ガリガリでも青白くもない。サマーの脚みたいにきたえてる感じじゃないけど、少なくともたまに動かしてるって感じに見える。とくに最近は。

タコス屋さんに着いた。テーブルが歩道にも出ている。

「ここだよ！　外の席にする？」あたしはいった。

「もちろん！　景色がきれいでなかに入るのがもったいないもの」

店主の案内で、テラスのパラソルがある席につく。ママはメニューをじっくりながめてる。なににするかは決めてたけど、あたしも見てるふりをした。でもたぶん、ほんとはママを見てたんだと思う。

「イカタコス？　これはパスかしらね」ママがニヤニヤする。

「野菜のタコスにはアボカドが入ってるよ。すっごくおいしいの！　サマーといっしょに食べたんだ」

ママはニコッとして、メニューをおいた。「じゃあ、それにする」

あたしたちはテーブル係に注文をした。あたしがレモン入りの水をのんでると、ママがテーブルのむこうからうれしそうな顔でこっちを見てる。風がママの髪をなびかせて、ママは風上をむいた。

おしりのポケットでスマホがブルブルいう。あたしは気にしないようにした。

「出ないの？」ママがきく。

「だれかわかってるもん。きっとまたファーンから、悲しくなるメール」

ママがあたしをじっと見つめてくる。どうやら、あたしがチェックするまではどっちもほかの話ができないみたい。あたしはおしりのポケットからスマホをとりだした。

おぼえてる？　こっちをチラチラ見てる男子がいると、あたし目あてかそっち目あてかって話をよくしたよね。なんか、ずっとそっちだったんじゃないかって気がする。だってひとりでモールやプールにいても、だれもあたしに気づかないし。

やっぱり、ヒサンな気分になった。そしてヒサンな気分になるだけのことをあたしはした。スマホをポケットにつっこむ。

「いつになったらファーンに会っていいの?」

ママの顔から笑みがサーッと引く。

「あのね、いいことだと思う? モールに閉じこもって、ほかの友だちに会うこともあたらしい友だちをつくることも拒否して、前はたいせつにしてたことをするのもやめて」

あたしは顔をしかめた。「ほかに友だちいないもん。少なくとも地元には」

「いないわけないでしょ。手をのばせばいいだけのことよ。あと、人を拒絶するのをやめること」

トレイにのせた料理がちがうテーブルへと運ばれていく。

「ファーンのせいじゃなかったら? もしぜんぶあたしがわるかったら?」あたしはたずねた。

ママがコホンと咳ばらいをする。「自分にも責任があるってわかってるのはいいことだと思うわよ」

「でも……」

テーブルにおいたママのスマホがブルブルいって、あたしは口をつぐんだ。ママは手をのばさずに画面に表示されたメッセージだけ見て、こちらにニコッとした。

ママが脚を組む。

あたしはママを見て、それからママのスマホを見た。ママが組んだ脚(あし)をほどく。

あたしはまた口をひらいた。「ピアノの発表会をサボった日、あたし……」

ママのスマホにこんどは着信がある。ママはスマホを手にとった。「はい、はい、はい。もちろんです」そして、スマホをおいた。

あたしは通りのむこうの景色を見ていた。なんてことない景色。酒屋さんとか、小さなスーパーとか。

ママの手がのびてくるのを感じる。

「ジュイエ、ほんとうにごめんなさい。仕事の呼(よ)びだしなの」

あたしはママのほうを見ない。急に目に涙(なみだ)がたまってきたから、なおさら。

「ママだってイヤなのよ。あなたをおいていくなんて」ママの手が引っこむ。「ゆるしてくれる？」

ママはあたしがゆるせないのを知ってる。あたしがどう思おうが、どうせママは行く。だから、わざわざ答える必要はない。

「ごめんね、ジュイエ」ママがお財布(さいふ)をとりだす。「お金おいてくから。このままここでおいしいタコスを食べて、なんでも好きにして。あと、ママが注文したものはもちかえってきてね。帰り道、わかる？　わかるに決まってるわよね。ジュイエが連れてきてくれたんだから」ママはムダにあたしの返事を待ってる。それかせめて、あたしが目を合わせるのを。「じゃ、また今夜。いい？」

ママのイスの脚がコンクリートをこする音がして、ママは立ちあがると急いで出ていった。あたしは十かぞえてから、ママのうしろ姿(すがた)に目をむけた。それから、テーブルにおかれた百ドル札に。あたしの水のグラスの下にはさんである。

お金の問題じゃない。いつも百ドル札。

また、ママとのデートは中止。

テーブルから少しはなれて、短く切ったジーンズを見おろす。サマーはこれ、どう思うかな？


その数時間後、サマーがコテージのドアをノックしたときから、その日はのぼり調子になってきた。サマーがビーチに連れてってくれて、ベジタブルバーガーとスイートポテトフライを売店で買って平らげてから、サマーとあたしは波打ちぎわにタオルをしいて寝ころがった。だけど、もし食べすぎでトド状態じゃなくても、今日はボディボードはしない予定。サマーが、風で波が荒れてるときは時間のムダだっていうから。水着を着てきたのは、エラをぬらしとくか、くらいのつもり。

サマーがうつ伏せになる。「スプレーしてくれる？」

太陽の位置が低くなってきて、なにもかもを金色に染めている。まだ、日焼け止めはいらないってほどの時間じゃない。

あたしはキャンバストートから日焼け止めを出してシャカシャカふってから、サマーの脚と背中と腕と肩に直接シューッとした。

サマーが右手をのばして、おしりの上にふれる。「ここ、とくにたくさんスプレーしてくれる？」

あたしはサマーが手で示す場所をのぞきこんだ。背中の下のほうの右側、ちょうどビキニの上あたりに、ほとんど白くなってる痕がわき腹にむかって点々とつづいてる。日焼け止めのせいでサマーの金色のうぶ毛が光ってる。

「この痕、どうしたの？」あたしはたずねた。

サマーは一瞬間をおいてから答えた。「傷痕。日焼け止めつけないと、色が濃くなっちゃうから」

あたしは上から、サマーの背中の傷痕をじっくり見た。ビキニの上から腰のほうにカーブを描いている。

「なんでケガしたの？」

また、サマーは即答しない。だんだん心配になってきた。これって、サマーの家庭の秘密となんか関係あるのかな。

「グレーのスーツの男たち」タオルにうつ伏せになったサマーのくぐもった声がする。

「えっ？」

また間があく。「サメ」

あたしは思わずのけぞって、砂に倒れこんだ。

「サメ？」

サマーがゴロンと寝返りを打ってからだを起こす。「グレーのスーツの男って、サメのこと。めっちゃ小さいサメ。あたしとかわらないくらい。ちょっとかじられただけだよ。おしりをカプッとしてきて、もういらないっていわれた」

「おしりをかじられたの？」

「ほとんど血も出なかった。サメってアシカみたいな肉づきのいいのが好きだから。あたし、ガリガリだし。ね?」サマーはパッと立ちあがってポーズをとった。「ベティもそうでしょ。ま、人間なんて、アシカに比べたらガリガリだし。だから、心配いらないよ」

「で、サメってかじってみないと食べたいかどうかわかんないの?」

「ここの海にはいないよ」サマーがまたタオルの上にすわる。「サンフランシスコのあたりだから。あっちはもっとサメがいる。しかもここなら、ビッグカフナが守ってくれる。前なんか、サメの顔面にパンチしたことあるんだよ。知ってた?」サマーがあたしの表情をさぐる。「知るわけないよね。でも、ほんとなの。サーファーならみんな知ってる。サメをこの海から撃退したんだよ」

あたしは眉をよせた。「なんか、たいしたことないみたいにいうね」

「まさか! なわけないでしょ! 最悪だよ。お気に入りのボード、ダメにされたんだから。それにママに、一週間海に入るの禁止されたし」

あたしはサマーをじっと見て、それから海のほうを見わたして、背びれが見えないかさがした。どうしてあたしは、こんなに危険だと知ってもサマーを信用しちゃうんだろう。あたしはニコッとした。ほんの少しだけ。だってつぎに波が落ち着いたら、またサマーといっしょに海にもどるだろうから。

13

土曜日の早朝、サマーとあたしはいくつかあるライフガードの小屋のひとつの横に立っていた。おそろいのアクアブルーのTシャツを着た、ほとんどがかなり歳（とし）のいった人たちのグループといっしょだ。サマーに説得されて、このグループ――漂流物拾い（ビーチコマー）――を手伝って砂浜（すなはま）のゴミ拾いをする。ミシガンでは受刑者（じゅけいしゃ）がゴミ拾いをさせられてたけど、ここにはそんなにたくさん受刑者がいないんだろうな。

見るからにリーダーっぽい人――備品をつめこんだバックパックをしょってるおじいさん――が、あたしにもアクアブルーのTシャツをわたしてくれる。あたしは、ぎこちなく笑った。

「着なよ！」サマーがはしゃいでいう。

どっちかというとママが買ってきそうな色のTシャツ。しかも、プリントが、“Beachcombers（ビーチコマー）――Keepin, It Clean!（海をきれいに）”だし。

「あんまカッコいいTシャツじゃないね」あたしはいった。

「カッコいいよ！　わかってないなー」

あたしは目玉をぐるんとさせるかわりに、アクアブルーのTシャツを、もともと着てた黒いTシャツの上からかぶった。その下には水着を着てる。

すると、バックパックのおじいさんがメガホンを口元にあてて話しだした。メガホンの調子がわるいのか、おじいさんの使い方がおかしいのか、声がきこえるかわりにとんでもなくやかましいキーンという音がひびいて、まわりにいた人はみんな耳をふさいだ。かなり長く感じられた数秒後、おじいさんがメガホンをおろしてニヤッとする。

サマーは耳にあててた手をおろしてこっちを見た。「要するに、砂浜（すなはま）に広がって、北のほうにむかってくてく歩いていく。あそこにいるグラディスがペースを決めてくれるから」サマーがビキニ姿の女の人を指さす。見たところ百十歳くらいで、もしゃもしゃの髪をして杖をついている。「ここから桟橋までのあいだに見つけたゴミをぜんぶ拾う。袋がいっぱいになったりゴム手袋が破けたりしたら、あたらしいのをもらう。あと、ベティとわたしは波打ちぎわ担当。初参加者は貝がらを拾う権利があるから。ベティは初参加でしょ」サマーが笑う。

「そのためにあたしにこんなことさせてるの？　貝がら拾うために？」

「ちがうよ！　海に対するリスペクトの問題。あと、サーフィンの神様。そういうものなの」

「了解」

あたしはサマーのあとをついてぬれた砂の上を歩いた。アクアブルーのTシャツを着たほかの人たちと列をつくる。列はえんえんと、海岸が緑色の公園とぶつかるあたりまでのびている。何十人もの人たちが、十歩ずつくらいはなれて歩く。だけどサマーとあたしはもっとぴとっとくっついて歩いてる。

メガホンからまたしても耳ざわりなキーンという音がひびいてきて、カモメたちが飛び去っていく。漂流物拾いが、だれも勝ちたがってない競争みたいにはじまる。

サマーがこっちを見てニコッとすると、足首によせてくる波を蹴る。

「これ、どれくらいのペースでやってるの？」あたしはたずねた。

「二週間に一回。ほかにもグループがあるの。〝ムッツリごみあさり〟とか」

あたしは波にもてあそばれてるペットボトルのキャップに手をのばした。「ムダだって気がする」

サマーが立ちどまる。「どういう意味？」

あたしはキャップを袋のなかにいれた。「ゴミは捨てられつづける」

サマーがまた歩きはじめる。「で、わたしたちは拾いつづける」

それじゃほとんど無意味って気がする。好きこのんで不利な側についちゃった、みたいな。

「それに」サマーがいいながら、かがんで貝がらに手をのばす。よくよく見てから、また捨てた。「ぜんぶがぜんぶ人間が捨てたものとは限らないし。カモメがゴミ箱からくわえてまきちらす。風が運ぶ。どっちにしても、拾ってるときはムダだって気はしないよ。解決できない問題とは思えない。自分が、いま解決しようとしてる問題って感じ。ひとつ拾うごとにね」

あたしはこわれたおもちゃのシャベルを拾って、袋にいれた。

そのときサマーがあっと声をあげて、かわいた砂の上に袋を投げた。ゴム手袋をはずしてかがみこみ、両手で水がちょうど引いたあたりの砂をすくう。

あたしは近づいてみた。サマーが小さな声でぶつぶついってるのがきこえる。なにをいってるのかわからないけど、赤ん坊をあやしてるみたい。

サマーは両手ですくったぬれた砂のなかからなにかをつまみあげて、砂をはらうと、見つけたものを手のひらにのせた。くるっとふりかえって、あたしにむかって手を差しだす。

「見て！」

見ると、ものすごく小さいサンドダラー、ウニの一種だ。ミシガンでも集まってるのを見たことあるし、ロブスターレストランにも展示されてたけど、あのときはパンケーキくらいの大きさだった。

「すっごくきれい」あたしはいった。

「あげる」

あたしはサマーの目を見た。「いいの？」

「こわれやすいから、ほかの貝といっしょの袋にはいれられないな」サマーは腰からさげていた小さい布袋のファスナーをあけた。「ぶつかってこないでね！」

あたしたちはビーチをひたすら、桟橋まで歩いた。杖をついたグラディスもがんばってたけど、途中で脱落した。それでもほとんどみんな、ゴミで袋をいっぱいにした。あたしたちが袋をべつのおじいさんに手わたすと、おじいさんは両手を合わせてお祈りするみたいにおじぎをした。ここじゃ、おじいさんもナマステのおじぎをするんだ。たぶん、この人たちが最初にやりだしたんだろうな。

「じゃ、二週間後にまた！」サマーがおじいさんに明るくいう。

あたしたちは桟橋でレモネードをのんで少し休憩しながら、どんどん集まってくる人たちをながめてた。

「ビーチに敬意をはらったから、ごほうびをもらってもいいんだよ」サマーがいう。

歩いて疲れきって、それ以上なにかいう気になれない。歩いたせいっていうより、かがんではまた立ちあがる動作のせいかも。だけど、いい気分。サマーがいってたとおりだ。ちゃんと役に立つことをした、みたいな。

すると、サマーがそろそろ行こうといった。「来た道をもどるから！」

「バスとか乗れないの？」

「仕事の成果を見なくちゃ！」サマーに手を引かれて、桟橋の階段から砂浜におりる。そしてまた、南にもどる。「ゴミをさがそう！」

さがしたけど、ぜんぜんない。

「がんばってさがす！　最初に見つけた人が拾う権利があるんだからね！」

砂に缶が立ってるのを見つけたけど、ブランケットの上に寝ていた人が手をのばしてのみはじめた。歩いても歩いても、ビーチにはまだ人がいっぱいいるのにゴミはない。こんなにきれいなビーチ、はじめて見る。

やっと、半分もどってきた。サマーがなにか見つけてかがみこむ。タバコの吸いがらを拾って、顔をしかめた。「ひとつも見つからないまま帰れたこともあるのに。きっとこれ、砂のなかに埋まってたのをだれかが蹴って出てきたんだね」

そのときポテトチップスの袋が風にふかれて飛んできた。サマーは追いかけて、足で踏んづけてから拾いあげると、吸いがらをポテトチップスの袋にいれて、また歩きだした。

なんだか悲しくなって、ちょっとムカついてきた。何十人もの人たちといっしょに歩いて、みんなでゴミを拾ったのに、もう散らかりはじめてるなんて。

あ、だけど、二週間後には、またサマーとあのアクアブルーのTシャツを着た人たちがもどってきて、ビーチをきれいにするんだ。あたしもそのときは参加しよう。だって、心から大好きだから。サマーと、サマーの海岸と、サマーの波。この場所があたしにくれるもの。あたしにくれるって約束してくれてるもの。あたしもお返ししなくちゃって気がしてきた。

その夜、あたしはリビングのテーブルの前にすわって、ホイップクリームをかけたイチゴを食べていた。夕食みたいなものだ。一日じゅう、食べっぱなしだったけど。町じゅうを歩いたり走ったりで、いつもお腹がぺこぺこ。ホイップクリームの缶をひっくりかえしてイチゴにさらにかけてると、ノックの音がした。ふりかえると、ドアの横の窓からサマーの顔がのぞいてる。

「わあ！　少しもらっていい？」

前にもサマーに、いきなり窓から顔を出しておどろかせないでってたのんだのに。でも今日は少なくとも先にノックはしてくれたってわけ。それにどうやら、あたしをこわがらせるのはだんだんむずかしくなってきたみたい。だからあたしはにっこりしてイスから立ちあがると、ホイップクリームの缶をもってふりながら窓のところまで歩いていった。サマーが口をあけて頭をそらす。あたしは缶を逆さにしてノズルを押して、サマーの口のなかにクリームをいれた。サマーがゴクリとのみこむ。

「おいしー。ね、ビッグカフナの家でパーティあるんだけど。行かない？」

「どんなパーティ？」

「わかるでしょ。パーティ的なパーティ。ポテトチップスがあって、ギターの演奏してて」

あたしはホイップクリームにキャップをした。「どんな人たちが来るの？」

「近所の人たち。サーファー」

サマーがまた頭をそらす。あたしはまたキャップをはずして、残ったホイップクリームをサマーの口のなかにいれた。

「みんな、どんな服着てるの？」

サマーがこちらを指さす。「そういうの。でも、ベティほどカッコよくはないよ」

あたしは自分を見おろした。サマーと目を合わせるのを避けるためでもある。着てるフーディには、〝私はサンタモニカ人民共和国のライフガードです〟ってプリントしてある。はいてるのは、切りたてのカットオフ。

「心配いらないよ。パーティに来てるほんもののライフガードは、ライフガードフーディ着ててもカッコわるいなんて思わないから」

あたしは口をひらいたけど、なにもいうことを思いつかない。

「ほらほら！　ワカモレがなくならないうちに行こ。ビッグカフナは、サーフィンとおなじくらい料理がうまいんだよ」

外に出て、冷たい夜の空気のなかでサマーと合流する。サマーはまだビーチコマーTシャツを着てるけど、その上に長袖のチェックシャツをはおって、半分だけボタンをとめてる。下はあたしとおなじくカットオフ。だけどあたしはオソロだからってニヤニヤしないようにした。サマーがあたしの手をつかんで引っぱっていき、通りをわたる。

ビッグカフナの家は、窓がたくさんあるカリフォルニアらしいライトブルーのバンガロー。音楽が小さい庭に流れてきて、ひさしのあるポーチにはサンダルとか靴とかが散らばってる。

「土足禁止。この家のルール」サマーがいう。

あたしたちはサンダルを脱ぎすてて、ドアの右側においた。サマーが先頭に立ってあけっぱなしのドアを通り、広いリビングに入っていく。人でいっぱいだけど、ぎゅうぎゅうってほどじゃない。背が高い男の人が、音がぼやけた小さいアンプにつないだエレキギターでサーフ音楽を演奏してる。家具はほとんどなくて、ひとつだけあるテーブルの上に、ポテトチップスとトルティーヤチップスのボウルが数個と、ワカモレとサルサソース。サマーはあたしをテーブルに引っぱっていき、ワカモレを食べはじめた。パクパク食べながら笑ったり、いろんな人に手をふったりする。小学生から白髪頭の人まで、ありとあらゆる年齢の人たちがいる。八十代くらいの女の人が、孫みたいな男の子と踊ってる。短パンやらワンピースやらTシャツやらフーディやら。ロングヘアやらショートヘアやらスキンヘッドやら帽子やら。

「このワカモレ、まちがいなく本人作だね」サマーがまたトルティーヤチップスに手をのばす。「刻みキュウリが入ってるからめちゃくちゃジューシー」

あたしもチップスをとってワカモレをすくった。サマーのいうとおり、信じられないおいしさ。レイクショアにはこんなのない。

「どの人がビッグカフナ?」

サマーが部屋のなかをざっと見わたす。「いないみたい。寝てるんじゃないかな。でもあそこにあるのはビッグカフナのサーフボードだよ」サマーが壁に立てかけてあるいろんなサイズのサーフボードを指さす。

「なんで自分んちのパーティなのに寝てるの?」

サマーが肩をすくめる。「もう楽しんだんだろうね。で、ドーンパトロール〔夜明けに波に乗ること〕のために早起きしたいからじゃないかな」

「それで、自分の家でみんなご自由になの？　なんか盗まれたらどうするの？」

サマーが声を立てて笑う。「価値のある持ちものなんてボードだけだし。ボード盗もうなんて人はいないよ。そんなの、超カッコわるいから」

ギターを弾いてた人が、あたしも知ってる古い曲を演奏しはじめる。ザ・キングスメンの『ルイ・ルイ』っていう歌だ。床にすわってた人がボンゴをたたいて加わる。部屋にいる半分くらいの人が踊りはじめるのをあたしはながめてた。すると腕を引っぱられて、サマーにワカモレのテーブルから引きはなされた。サマーはあたしを部屋の真ん中に連れてきて、踊りはじめる。まあ、サマーは一日じゅう踊ってるけど、いまはあたしといっしょに踊ってる。

サマーが歌詞をさけぶ。ルイっていう名前の人がどうやらどこかに行かなきゃいけないっていう歌詞。サマーは笑いながら両手を高く突きあげて、頭を左右にゆらしている。金色の髪がサマーの肩の上で遊んでいる。おしりが左右に動く。心配なんて無縁みたいに気ままでお気楽に見える。生まれつきこんなだったみたいに、このために生まれてきたみたいに。あたしはといえば、からだを動かしてるには動かしてるけど、どっちかというと階段をのぼってるかブドウを踏みつけてるかって感じ。

サマーはあたしがどんなにヘタクソかなんて気づいてないみたい。笑いながら楽しんでる。パーティだよっていって、ワカモレを出して、好きな音楽を演奏すれば、それでもうサマーは制御不能みたいに踊る。ここから先は幸福、みたいな境界線をなんの苦労もなく見つけちゃったみたいに見える。

サマーが、ワカモレにディップしたトルティーヤチップスをもっていた手を、おろして口元にもっていく。そして間髪をいれずに顔をあたしに近づけてきて、でこぼこ道を走る車のダッシュボードにつけた人形みたいにブルブルゆれる。

あたしは笑いだして、どんなふうに踊ってるかを忘れてたことに気づいた。そんなにヘタクソでもない。からだが勝手に動いてるみたいで、あたしは笑いつづけ、踊りつづけた。ミシガンでこんなふうに踊ったことはない。友だちがいた前の学校でも、ひとりしか友だちがいないいまの学校でも。ミシガンでは、踊らなくちゃいけない気がして踊ってただけ。だけど、それじゃ幸せな気分にも、自由にもなれない。

サマーが両手をまた頭の上にあげて、くるくるまわっておしりをあたしのおしりにぶつけてくる。あたしは考えも努力もなしにサマーのまねをする。顔がかがやいてるのを感じる。肌がきらめいている。

そのとき、サマーのおしりの感触が消えて、見るとサマーの動きがとまっていた。腕をだらんとさげている。イヤなものを見ちゃったみたいな視線を追うと、前に会ったスケボー男子ふたりがいた。独立記念日に会った、しょうもないふたり。あたしたちのほうに近づいてくる。背の高いほうがニタニタして、サマーのまねをする。サマーが踊ってるまね、あたしたちが踊ってるまね。ひっつき虫のほうがゲラゲラ笑う。

サマーが腕を組んだ。「ウェイド、さっさと崖からすべり落ちれば？」

ウェイドがのけぞってゲラゲラ笑う。「サマー、さっさと地主にエサをやれば？」ひっつき虫がバカにしていう。

「このパーティは、クールな人が集まるんだよ」サマーがいう。

「だったらどうしておまえがいるんだよ？」ウェイドがいいかえす。

音楽はつづいてるけど、サマーはあたしの手をとってウェイドたちからはなれていき、リビングから出ると、木の床の廊下を進んでバスルームに入った。ドアをバタンとしめて、横にあるトイレにどさっとすわる。悲しそうな顔でじっとしてる。

「なんであんなヤツらが来るの？　オーシャンパークでパーティやってるとこなんていくらでもあるのに、どうしてよりによって？」

サマーの横には貝がらを飾ってる棚がある。トイレの上には、サーフボードを描いた小さい水彩画。

「地主にエサをやれってなんのこと？」

サマーがふんっという。「地主っていうのはサーファー用語でホホジロザメのこと。このあたりにはいないけど。それに万が一いたら、ぜったいわかるし」

あたしは爪を見つめたけど、かまなかった。「独立記念日のとき、学校って油断ならないっていってたけど、あれってどういう意味？」

サマーは木の床板をじっと見つめた。「学校のみんなに、くたばれっていっちゃったんだ。ウェイドにも。で、行くのをやめた」

「学校に行くのをやめたの？　そんなあっさりと？」

サマーは首を横にふった。「まず、みじめな思いをした。で、みんなにくたばれっていった。で、いまはホームスクーリング中」

「ほんとに?」

「ちがうかな。けど、いちおうそういうことになってる。ほとんど家にいて、それで……いろいろ家のなかのことしてる。ママはわたしに教える時間なんかないし。ひとに教えてもらうのに払うお金もない。なんとかカリフォルニアの役所にめんどくさいこといわれないようにだけ努力してる」サマーは手をのばしてトイレットペーパーをカラカラまわした。「まだ一年だし。いまのところ」

サマーをこんなに悲しませることなんてとても思いつかない。いつかあたしもくたばれっていわれるのかな。考えてるうちにサマーは立ちあがって、顔にかかった髪を耳にかけた。

「さ、もう出ようか」

あたしはサマーのあとをついてバスルームを出た。サマーは廊下で立ちどまると、しまったドアの外にある革ひもを編んだワラチサンダルを見おろして、足をサンダルにすべりこませた。目を一瞬とじて、サンダルから足を出す。「ビッグカフナのサンダル」サマーがささやく。「いいエネルギーをもらいたかったら、足をいれてみなよ」サマーがサンダルを指さす。あたしもサマーのまねをして、足をつっこんだ。かなり大きいけど、はいてて気持ちいい。あたしは足を出した。サマーがうなずいてリビングにむかうのについていく。サマーが方向転換して、ビッグカフナのサーフボードが立てかけてある壁の前に立つと、ひとつずつ指先を走らせていく。あたしもとなりでおなじことをしていった。四つそれぞれ、ちがう感触。ボードが生まれた場所の記憶、ボードに乗ったヒーローたち、焼けつく日差し、しょっぱい海。ワカモレのテーブルを通りすぎて玄関にむかうときになってはじめて、サマーが出ようっていってたのはバスルームじゃなくてパーティ会場のことだったんだと気づいた。あたしはポーチに脱いだサンダルを二足、拾った。サマーがそのまま通りすぎていっちゃったから。小走りで追いつくと、サマーは通りをわたったところで立ちどまった。サマーの家は左手、あたしのコテージは右手だ。サマーがこっちをふりむく。

「送ってく」

「うん」

サマーはそれからだまりこくった。あたしたちはゆっくりと歩き、生垣をぬけて、玄関の前まで来た。すると、サマーがこっちを見て口をひらいた。

「せっかくのパーティだったのにごめん」

あたしはううんと首を横にふった。「あやまることなんてひとつもないよ」

「絶品のワカモレも、すばらしい音楽も、ぜんぶおいてきちゃった。どっちもわたしの責任」

「アイツらの責任だよ」

サマーが足元をじっと見て、首を横にふる。「どうかな。そんなことないかも」

「かまわないよ。どっちにしてもちょっと疲れちゃったし」ほんとはちがうけど、とにかくそういった。

サンダル二足はまだ手にもったまま。そのことをいおうかと思ってたとき、サマーがぐっと近づいてきて両腕をあたしの肩にまわし、ぎゅっとしてきた。サマーがはなれていったときになって、あたしは気づいた。あたし、腕をサマーにまわさなかった。どうしてハグを返さなかったのかはわからない。二足のサンダルを手にもってたからかもしれないけど。それに、なんでそうしなかったことであせってるのかもわからない。

おやすみも、サンダルもってるよともいえないうちに、サマーは生垣のむこうに歩いていってしまった。あたしはひんやりした夜の空気のなかにひとり突っ立ったまま、コオロギの鳴き声と、通りのむこうからきこえてくるバディ・ホリーの古い歌をきいていたけど、これでいいんだと思うことにした。だって、おやすみを口にしないでおやすみっていえるのは親友だけだから。明日もまた、おなじ通りのおなじ場所で会えるってわかってるから。

14

つぎの日、あたしたちはサーフポイントをすぎたところで浮かんでた。お日さまがあったかくて、風はおだやか。ボディボードでぷかぷかしてるのはめちゃくちゃ気持ちいい。

サマーが外海のほうをチラッと見る。いまは波をつかまえようとはしてないのに、やっぱり見はってる。「で、またファーンと仲よくするつもりでいるの？」

「わかんない」口ではそういったけど、心のなかにあったのは、あたしなんかひどい友だちでファーンを裏切ったんだからもう友だちでいる資格はない、ってことだった。

「コントロールされないようにする方法、見つけられると思う？」

あたしは口ごもってからいった。「ファーンはそんなわるい子じゃないよ」

サマーが眉をよせる。「前にいってなかったっけ？　ファーンといるとこわいことが多いって。ほら、あのミストレス・スナッフルとかだって……」

「スカーフィア！」

「……それだって、ファーンが行きたがったからでしょ？」

あたしは顔をしかめた。「それ、あたしがサマーといっしょにいるからふつうなら考えられない危険なことをしてるだけだってのと、どこがちがうの？　しかもそれって、サマーがやりたがってるからしてるだけだし」いったとたん後悔。

「そんなふうに感じてるの？」サマーが、らしくない真顔であたしを見る。「わたし、ベティがやりたくないことをムリにさせてるの？」

いわなくちゃいけないことはいえないくせに、後悔するような言葉はするする出てくる。ママについたウソとか。ファーンのことでついたウソ。

「モールならさがせばあるよ、きっと」サマーがいう。「たぶん、〈ソルティーズ〉のソフトプレッツエルだって食べられる」

「〈ソフティーズ〉」思わず笑っちゃう。「ううん、モールになんか行きたくない」

「ほんとに？」

あたしはため息をついた。「コテージの引き出しに目標リストをしまってあるんだ。ここにいるあいだにしようと決めてること。そのうちどれも、モールじゃできない。それにほとんどぜんぶ、サマーがいてくれなきゃできないことばっか」

サマーがにっこりする。「それはちがうと思うよ。心に決めればなんでもひとりでできる。ま、波乗りするときはよろこんでついてるけど」

あたしもにっこりした。

「で、そのリストにはなにがのってるの？」

あたしは外海のほうを手で示した。「これとか」

波があたしたちのからだの下をすぎていく。ふわっとあがって、また落ちる。

「たまたま、あたしのリストにものってる」サマーがふりかえって、目をまん丸にする。「ブルーバード！」

鳥なんかどこにもいない。青い鳥なんてなおさら。でも、大波が来た。サマーがボディボードをビーチのほうにむけて、パドリングをはじめる。あたしもまねした。

ものすごく大きい波で、あたしたちは必死でパドリングしたり足を蹴ったりした。大波があたしたちを高くもちあげ、前に押しだす。あたしたちはばっちりその大波をつかまえた。その日いちばんの波なのはすぐにわかった。というか、いままででいちばん。サマーとあたしは手をつなげそうなくらい近くにいた。あたしはサマーを見つめて、サマーはあたしを見つめて、笑いころげたり歓声をあげたりして、波に乗って、乗って、岸の近くにいてこの大波をつかまえられなかったボディボーダーたちの横を通りすぎて、波打ちぎわでバシャバシャやってる人たちをよけて、とうとう砂の上に乗りあげて、そして波は引いていった。

「サイコーだった！」サマーがさけんで立ちあがる。あたしは吸盤みたいに感じられる砂からなんとかからだを引きはがした。サマーががばっと抱きついてきて、ぎゅっとする。「最長記録だね。楽しかった？」

「楽しかった」

「もう一回？」

「もう一回」

あたしたちは両手でボードをもって、水のなかをバシャバシャ歩いて、波が来るたびにジャンプした。いま乗った波のことをあれこれいいあって、どんどん深いほうに進んでいき、さっきとおなじあたりまでパドリングした。そして、岸のほうをむく。

サマーは波があたしたちのからだの下をすぎていくのを観察して、さらに沖のほうにパドリングでむかった。「いまの波、サーファーはブルーバードって呼んでる。ほかの波より遠くでブレイクするから、大きくて長くて楽しい。つかまえられてラッキーだった」

「またつかまえられると思う？」

「たぶん。ブルーバードってレアなの。いきなりやってきて、最高の思いをさせてくれる。つぶされなきゃだけどね。ここでしばらく待ってればいいし、まあ少なくとも波の計画にしたがってればいいよ」

波の計画？

「一日じゅう海に入ってると、そんな気がしてくるんだ。なんか、夜どおしゆらゆらゆれてる感じがするときみたいな。そんなふうに感じたことある？」

「いままではなかったけど、今週はずっと」

サマーがほほ笑む。あたしも笑った。それからブルーバードが来ないかと思って外海のほうを見たら……えっ？　心臓がばくばくして息が苦しくなる。しゃべれない。言葉が出てこない。海上に出てる背びれの群れに目が釘づけだから。あたしは死にものぐるいでサマーのほうに手をのばした。だけど、届かない。あたしはムダにバシャバシャ水をかいた。息ができない。こわすぎる。

「どうした？」サマーがこっちにパドリングして手をのばしてくる。背びれはもうご近所さんみたいにすぐそこにあって、海面の上にあらわれたりまた下にもぐったり、並んで海岸のほうに進んでいく。どんどん近づいてきてる。

サマーはあたしの視線を追って、顔をかがやかせた。「友だち！　イルカ！」サマーがさけぶ。なめらかな曲線を描くグレーのからだが三つ、ううん四つ、つぎつぎと水面を突きやぶって出てくる。イルカの背中がきらめいて、背びれがまっすぐ空へとむかい、また海のなかに飛びこんでいく。心臓の音がかけあしになる。胸が高鳴る。イルカたちが水面を引きさく音がきこえるくらい近い。

海面から噴水があらわれて、一頭が宙にとびはねた。こっちを見て笑ってた。ぜったいそう。あたしたちに笑いかけてた。つやつやのからだが日の光を浴びてきらめく。空中で急旋回して、鼻から海につっこんでいく。尻尾が水をかきあげて、あたしたちに水しぶきをはねかける。あたしの顔に直にしぶきがあたる。

「わざとでしょ！　見せびらかしちゃって！」サマーがさけぶ。

あたしは泣きながら笑った。だってついさっきまで恐怖でこおりついてたのに、いきなり幸せいっぱいになったから。あたしたちは、ひれが消えたりまた出てきたりするのをながめていた。イルカたちは南へと泳いでいった。

「ブルーバード！」サマーがさけぶ。

今度は青い鳥をさがしたりしないで、肩ごしにうしろを確認してからボードを岸のほうにむけて、ひたすらパドリングをはじめた。さっきとおなじような波だけど、少し大きいかも。やってきたとき、つぶされそうになって、顔が水に打ちつけられた。だけど、鼻のなかにがっつり水が入っても、あたしは乗りつづけた。サマーもとなりで乗ってる。あたしたちは必死で、歓声をあげる余裕もなかったけど、とにかく死にものぐるいでボードにつかまって、ぼんぼんはねながら進んで、とうとう砂浜へと打ちあげられた。

からだを起こしてサマーのほうを見る。サマーは両手をひざについて前かがみになって、砂の上に唾を吐きだしている。それからまっすぐに立って、砂がかわいてるあたりまでよろよろとボードを引きずりながら進んでいった。それからむきをかえて、どさっとすわりこんだ。あたしもすわる。

こんなにヨレヨレになってるサマーを見るのははじめてだ。なんか、こわくなる。だけどサマーはこっちをむいてニコッとした。

「もしさっきのがサメでベティが食べられちゃってたら、めちゃくちゃゴメンだった。あれだけサメの話してたのに」

あたしはあははと笑った。「サマーだったら鼻面にパンチしてたでしょ。ビッグカフナみたいに」

「ちょっと手伝ってくれればね」サマーが、いまあったことが信じられないというふうに首を横にふる。あたしだって信じられない。「いっとくけど、あんなにイルカに近づけたの、はじめて」

「ほんと?」あたしはたずねた。

「ジャンプするとこなら何度も見てるけど、水しぶきかけられたことなんかない」

「あたしだって。当たり前だけど」

サマーが腕をあたしの肩にまわしてくる。「今日のこと、ぜったい忘れない」

サマーの言葉が頭のなかでぐるぐるまわる。おばあちゃんになって、ポーチでロッキングチェアにすわって思い出してるところを想像する。または若者にこの話をしてるとか。孫とかに。

「あたしも」

それからサマーといっしょにイルカに水しぶきをかけられた日のことを思い出してるおばあちゃんになった自分を想像してたら、いつの間にか考えてた。サマーはそのときもまだ近い存在かな、それとも貝がらでいっぱいの靴箱みたいにひとつの思い出になってるのかな。


ママは夕食の時間になっても帰ってこない。八時までに帰るっていってたから、タクシーでサンタモニカのダウンタウンにあるメキシコ料理屋さんに行こうって約束してた。今日のことを話したくてうずうずしてた。信じられないくらいすばらしいことばかり起きた。

サマーにこんな情けなくてかわいそうな姿を見られずにすむのが救い。夕食にレーズンブランを食べてるところなんて。

あたしはリビングで明かりを消して遅くまでアニメを観てた。ひんやりした夜の空気がドアの横の窓から入ってくる。それといっしょに、家族や友だちと夕食を食べに行く人たち、帰ってくる人たち、パーティにむかう人たちの楽しそうな声がきこえてくる。四番通りを車が走っていく。レストランや映画館や桟橋やありとあらゆる楽しい場所に行くところ、または帰ってくるところだ。

とうとうヘッドライトの光がリビングの壁にうつって、タクシーがコテージのわきにとまった。ママが運転手さんにお礼をいう声がして、タクシーがもどっていく。そして、ママがドアにカギをさしてノブをまわした。ドアのところに立つママの視線を感じる。

「起きてるとは思ってなかった」

「すっぽかされるとは思ってなかった」

ママは、アニメから目をはなさないでいるあたしをしばらく見つめてから、なんなのかわからないけどテーブルの上においた。「ジュイエ、ごめんね。ＥＲに急患がいっぱい来ちゃって、ぬけられなかったの。わかってくれるよね」

「うん。わかってる」

インド料理のテイクアウトのにおいがする。ママが袋をあけて、容器をとりだす。

「カレーを二種類買ってきた。ジャガイモとカリフラワーのアルゴビと、ベジタリアンのコルマ」

いいにおいで泣きそうになる。でも、泣くもんか。「もう食べた。何時間も前に」

「なに食べたの？」

「レーズンブラン」

こんないいにおいがぷんぷんしてる部屋では、よけいに悲しいひびき。ママは、あたしが自分も食べるっていわないか待ってから、なにげない感じでいった。「よかったらジュイエのぶんもあるわよ」

「けっこうです」

テレビには、入院用のガウンを着てるみたいに見える人がひげを羽のかわりにして飛んでるアニメがうつってる。

プラスティックのスプーンの音が暗い部屋のなかできこえる。「今日はなにしたの？」ママが食べながらきく。

「べつに。しょうもない波に何度か乗った。イルカに至近距離から水しぶきをかけられた。いまママがいるとこより近くから」

「ほんとに？」

「そのうち一頭にニッコリされた。水から飛びだしてきて、あたしとサマーに笑いかけてきた。それから尻尾をバシャンってやって、また海にもぐった。たいしたことじゃないけどね」

「うわーっ、すごい！　ね、こっち見てくれたら、ママもニッコリしてるのがわかるはずよ」

一瞬スルーしてから、あたしはいった。「そういうのいらない」

そんないじわるいったところで、少しも気分はよくならない。どっちかというとわるくなる。だけど、ママの気分もわるくしてやりたい。だからあたしはママのほうを見もしないで、ママとママが食べてるおいしそうなアルゴビとコルマと、白いひげを羽のかわりにして飛んでるアニメの人をほっといて、空っぽの胃袋と空っぽの自分を空っぽのベッドルームにとじこめると、思ったよりバタンと大きな音を立ててドアをしめた。

ベッドわきのテーブルの横に立ち、引き出しをあけて、ママの書いたリストを見おろす。リストもこっちを見あげてる。

・運動不足を解消して外の空気を吸う
・恐怖に立ち向かう
・快適ゾーンから出る！

その下に、あたしのつけたした目標がある。

・あたらしい友だちをつくる
・サーフィンを習う？
・ファーンのことをちゃんとする

引き出しをしめようとするのに、リストがやかましく主張してくる。あたしはリストを手にとって、机の上に広げた。そしてえんぴつをもって、つけたした。

・ママと距離をちぢめる

最新の目標は、胸のなかにぽっかりあいた大きな穴だし、ファーンのことはまだまだ解決にはほど遠い。だけど最初の五つの目標を見て、どれくらい進歩したかを考えると、このところサマーとしてきたことを思い出して胸がいっぱいになって、あたしは背筋をしゃきっとした。ひらいた窓から、夜空に浮かぶ花の形が月明かりに照らされてきらめいているのが見える。風に運ばれてくる花の香りを吸いこんで、明日のことを思いめぐらせた。サマーと過ごす明日のこと。きっと、今日みたいにすてきな日になる。

15

七月十八日、サマーとあたしは売店の前で、砂浜と遊歩道の境い目においてあるプラスティックのイスにすわっている。マリンレイヤーがなかなか消えてくれなくて、空は今日のサマーみたいに沈んでる。

きのうは丸一日、サマーに会わなかった。また家族の用事があるといわれて。サマーはわざわざあたしを、家族の細かいことはきいちゃいけないような気持ちにさせてるの？　それとも、あたしが勝手にこわがってるだけ？

スマホがブルブルいう。ファーンからメールだ。

ソフティーズ、閉店しちゃった。あんたに見捨てられたと思ったら、今度はソフティーズがしまる。そっちもいい夏になるといいね！


画面を下にしてスマホをイスの肘かけにおく。

「ママから？」サマーがつまんなそうにたずねる。

あたしはため息をついた。「ファーン」

ゴールデンレトリバーがキャンキャンはしゃぎながら近づいてきて、尻尾をふってる。だけど、飼い主がしかりつけて連れ去ってしまった。

「レイクショアの話きかせて」サマーが海のほうをぼんやり見つめる。少なくとも顔はそっちをむいてる。黒いサングラスにかくれて目は見えないけど。

テーブルに身をのりだして、トレイからオニオンリングの最後の一個をとった。それをプラスティックのカップに入ったケチャップとホットソースにつける。「話すことなんてあんまない」

「はじめて会った日に話してたの、おぼえてるよ」サマーが足を砂につっこむ。「夏はサイアク。冬は寒い。秋はかぼちゃランタン。春はミツバチ、ってね」

「あたし、そんなこといってた？」

サマーがうなずく。「だけど、もっと危険に満ち満ちたことをいうかと思ってたから意外だった」

オニオンリングを食べながらきく。「どういう意味？」

サマーが肩をすくめる。「ほら、たとえば、夏はウエストナイル熱をもってる蚊、ハロウィンはゾンビの仮装した暴徒」

「そこまで」

「冬は忌まわしい雪だるま、春は凶暴なアフリカミツバチ」

最後のひと口を食べる。サマーは前も、あたしが意味なくこわがってるものをからかってたけど、いまのはからかってるんじゃない。笑ってないし。

「レイクショアってどんな？」サマーがたずねる。

「なんもない」

「なにしてるの？」

「べつに。モール行くくらい」

「凍った湖でスケートとか？」

「ううん。蛍光灯の下でひたすらインドア」

「森のなかで不良行為とか？」

「べつに」あたしはココナッツスムージーをすすった。「っていうか、森はあるけど。でも、奥まで入ったことないし」

サマーがこっちに顔をむける。あたしが気づかないふりをしてると、しばらくじっと見つめてから、また海のほうを見た。

「わたしに話してないことあるでしょ」サマーが足を埋めてる砂を蹴りとばす。「レイクショアで起きた最悪なことってなに？」

あたしはイスの背にもたれた。「べつに」おでこにあげていたサングラスをかける。サマーはあたしがどうして恐怖を感じるようになったのか、さぐろうとしてる。だけど、恐怖っていつの間にか勝手に感じるものだから。

「アーケードでこわいビデオゲームしたとか？」

「もういいじゃん」あたしは指先で顔のりんかくをなぞって、ちゃんと怒った顔をしてるか確認した。

しばらく、ふたりとも無言だった。そのあいだ、自転車やローラースケートやスケートボードに乗った人たちがうしろの遊歩道を通りすぎていく。家族連れが波とたわむれてる。フレンチフライとハンバーガーと野菜タコスのにおいが押しよせてくる。

「スマホ見てもいい？」

あたしはサマーのほうを見る。「なんで？」

「実験」サマーが手を出す。いいでしょ？ みたいにニヤニヤしながら。あたしはサマーにスマホをわたした。

サマーが画面にふれる。さらにポチポチ。口に手をあてて笑いだした。

「なに？」

「aとpを打ったら、予測変換でapocalypse（黙示録）って出てきた」

「ウソ、そんなことない」

「ほんとだし！」サマーがまた画面に指先をもどす。「じゃあ、dとiにしよう。うわーっ！ di-saster（大災害）！」

「そんなはずない！」

「ほんとだってば！」サマーが画面をこちらにむけるけど、遠すぎて見えない。べつにかまわないけど。「どんな予測してもいいのに、やっぱりわかってるんだねー。なに考えてるか、わかっちゃうんだよ。disaster に disease（病気）。あと diphtheria（ジフテリア）。それってなんかの感染症かなんかでしょ」

「知ってる」

「ふつう、did とかじゃないの？ それか、didn't. dig（掘る）とかもあるかも」

「なにがいいたいのか、わかんない」

サマーはあたしのスマホを、あたしのプラスティックのイスの肘かけにおいた。「要するにね、ベティがスマホを洗脳してるか、スマホがベティを洗脳してるかのどっちかだってこと」

あたしはイスに沈みこんだ。サマーも深く腰かける。

カモメが足元に飛んできて、砂だらけのフレンチフライを食べる。それから首をかしげて、なんだよみたいな目であたしを見ると、また飛んでいった。

「ごめん。からかうんじゃなかった」サマーがいう。

汚れた服を着たホームレスのおじさんが通りかかった。海のほうにテントを引きずっていく。テントはもう組み立てられた状態だ。

あたしはふーっとため息をついて、一気にいった。「レイクショアで起きた最悪なことは、パパがスーツケースを車のトランクにいれて、ジュヌヴィエーヴと暮らすためにちゃっかり借りてた街の反対側にあるアパートに行っちゃったこと」すーっと息を深く吸う。「で、ふたりしてスイスに行っちゃって、あたしとママは街のまたちがうエリアに引っ越して、あたしはだれも知り合いのいない学校に転校した。ママがパパのいない家にいるのは悲しすぎるっていうから。これでいい？　どうしてもっていうから話したよ」

ライフガードのヘリコプターが北から南へ、海面からそうはなれてないところを飛んでいく。翼が回転する音がやかましくて、なにもきこえなくなる。あたしは目をとじて、深呼吸をした。もう、あたらしいあたしになった。

「レイクショアは、夏の夜が最高なんだ。日が長くて、夕食のあともしばらく明るい。で、暗くなると、ホタルが飛ぶ」最後にホタルを見たときのことを思い出す。今年の六月はまったく見なかったっけ。あたし、たぶんずっと引きこもってたんだな。

「ホタル、見たことない」サマーがいう。

「魔法みたいだよ。光がついたり消えたり。あらわれたりいなくなったり。つかまえてびんにいれる小さい子もいるけど、あたしは自由に飛んでるのを見るのが好き」

「きっときれいなんだろうね」

「夏の夜は学校でリトルリーグの野球の試合があるのも好き。ポップコーンとかわたあめとかの屋台が出るんだ。あと、かき氷屋さんでは、注文するときニコッとして『シロップたくさんかけてください』っていう。少なくとも、つくってる男の子がこっちが注文するときに顔が真っ赤になっちゃうタイプなら。あと、氷をぜんぶ食べちゃうと底にシロップだけ残って、紙でつくったコーンがぐしょぐしょになって破けそうになるから、逆さにしてシロップをのむの」

「おいしそ」サマーがいう。

「で、学校がはじまると、木はまだ緑色なのになんか悲しみに沈んでるみたいに見えるんだよね。それから秋になって、その年はじめての寒い朝、葉っぱがきれいな真っ赤や真っ黄色になるんだ。色はそのうちくすんじゃうから、落ち葉になるころにはもう、惜しいなんて思わない。木がすっかり裸になっちゃうと、夏じゅうかくれてたものがぜんぶよく見える。葉っぱが生い茂ってたときには気づかなかった、いろんなもの。なにもかもがさみしい感じに見えるけど、雪がふってくるともうワンダーランド」

「冬はどんなか教えて」

あたしは遠くの海の音やカモメの声に耳をすませた。通りかかった家族連れは、ドイツ語をしゃべってる。

「雪がふると、あっという間にすべてのものを白くおおって、なにもかもしーんとする。世界じゅうの音が雪のブランケットにつつまれちゃったみたいな感じ。きこえるのは、雪を踏みしめる自分の足音だけ。すごく静かで明るくて、いろんな方向から白い光が差してくるんだ」

サマーはふーっと息を吐いた。「うらやましい」

「で、もう寒いのも雪も冷たい雨もうんざりしてきたころ、緑色の春のサインがいちばんのりする。

まずは地面に近いところからはじまる。垣根とか。ちょっとだけ緑色になる。小さい花が咲く。そうすると、なにもかもがいっせいに芽吹く。みんな半袖を着はじめる。鳥の歌声がきこえる。前に、芽が出てきたばかりの木に黄色い小鳥が群がってるのを見たことあるよ。レモンがなってるみたいだった。レイクショアじゃ育たないのに。でも、小鳥は育つ。春になると、世界じゅうが生きかえったみたいな感じがする」

想像する。はるか昔みたいな気がする。前世みたい。

「いつか見せてくれる?」

あたしはサマーのほうをむいた。「どれを?」

「ぜんぶ。いま教えてくれたものぜんぶ」

あたしは海岸のほうを見た。それからもっと遠くの、北でサンタモニカ山脈が海に突きだしてるほうを見た。

「いいね、ぜひ」

「レイクショアのいいところ、思い出したでしょ」サマーがこっちをむく。「ベティがわたしにしてくれたことだよ。オーシャンパークのこと。あと波。わたしがこの場所で、自分の生活のなかで、ずっと好きだったものを紹介させてくれたから」

前かがみになってオニオンリングに手をのばしたけど、そういえばぜんぶ食べちゃったんだっけ。またイスの背にもたれて、ライフガードのヘリコプターが引きかえしていくのをながめる。空がさらに暗くなってきた。

「精神分析医のいうとおり」あたしはいきなりいった。「ママのいうとおりだよ。あたしがこわがってるものは現実にはない」足を砂につっこんで埋める。「ゾンビなんかこわくない。数字の三も。ぜんぶこわくない」

サマーの手があたしがすわってるイスの肘かけにのびてくる。あたしは肘かけにのせていた手のひらを上にむけた。

もう片方の手でサングラスをはずす。腕で涙をふいた。「こわいのは、人生をめちゃくちゃにするもの。ホタルとかかき氷とかを忘れさせるもの」

サングラスをまたかけなおす。なんかあたし、バカみたい。

「ホタルもかき氷も忘れてないよ」サマーがいう。「自分がおぼえてるってことをちょっと忘れてただけ」

いいものをおぼえてるのは、いい気持ちだ。そしてサマーの足元に真実を投げ捨てたのもいい気持ち。だけど、サマーはきっとあたしに話してないことがある。こんどはサマーが、真実をこっちに投げてくれる番だ。

16

七月十九日、またしてもサマーは謎の用事があるそうだ。きのうバイバイしたときはどうしていっしょにいられないのかたずねなかったけど、なにもいわないなんてヘン。かといってサマーの家まで行って見はるなんてこともしたくない。

それに、自分がこんなふうに感じるのもヘン。会って三週間もたたないのに、こんなに執着するなんて。ファーンとかほかの友だちのときはこんなことなかった。あたしはファーンを利用して、自分がしたくないこと、感じたくないことから逃げていた。だけどサマーは、あたしがなりたいと思ってる姿のすべてのカギみたいな気がする。

図書館から借りた本をいれたバッグをもって、四番通りの小さいスーパーで水を買って、坂道の上の公園にむかった。森の香りのエアフレッシュナーみたいなにおいがする木かげのひんやりした草の上に脚を組んですわって、バッグのなかで最初に手にふれた本をとりだした。

『夜明けに目玉を吸うゾンビ』

公園を見わたす。ゾンビはいない。いまのところだれもいない。

最初のページをめくる。


バイオレットは夢を見ていた。いい夢だ。サリーといっしょに昔みたいにコンビニをうろうろしている。前はよくこうしていた。ゾンビがやってくる前は。ふたりで派手な色のドロッとした冷たいドリンクをのんでいる。バイオレットのは赤。サリーのは青。

「乾杯」バイオレットがいって、カップをかかげる。

「乾杯」サリーも自分のカップをかかげる。

ふたりともストローに口をつけた。

すると、ジュルジュルとおそろしい音がした。ジュルジュル吸う音と、悲鳴。バイオレットは駐車場を見に行ったけど、助けをもとめている人はいない。サリーのほうを見ると、にっこりしてウインクしてきた。

ジュルジュルいう音が大きくなる。悲鳴も、どんどんひどくなる。

バイオレットは、パッと目をさまして起きあがった。ベッドの上、バイオレットの右側で、ゾンビがサリーを押さえつけて、もうひとりのゾンビがサリーの顔に口をピッタリあてていた。なにかをすすっている。

「オレの目！」サリーがさけぶ。「オレの目が！」


あたしは本をとじた。目玉をすするゾンビの本ならもっとおもしろいのを読んだことがある。

本をバッグにもどして、つぎの本に手をのばす。

『食うか食われるか』

こんどは適当に真ん中あたりのページをひらいた。


四か月のあいだ、ブランドンにこんな目で見られたいと願いつづけていた。いまみたいな、欲望に満ちた目で。でも、こんな目をしているブランドンが、片手に槍を、もう片方の手にケチャップの容器をもっているとは夢にも思っていなかった。あと、ブランドンを見つめかえす私が、舌なめ

ずりをしながら、小さい斧とホースラディッシュソースのチューブを手にしているとも。でも私たちはいまやおたがいにとって最後のごちそう。私たちの運命はもうここまできてしまった。
お腹が鳴る。お腹がほえている！　私はホースラディッシュソースのチューブのふたをはずして、斧をしっかり握った。そして、かつて愛していた男にゆっくりと近づいていった。

やれやれ。あたしはため息をついて本をとじた。それから本をバッグにいれて、草の上にごろんとなった。

そよ風が、目をとじてごらんとささやく。鳥が歌をうたってくれる。空想にふけるのにピッタリな日。空想のしかたをおぼえていれば、だけど。

でも目をとじても、空想はできなかった。気づいたら考えてた。なんでサマーは日ごとに謎が多くなってきたんだろう。悲しそうになってきたんだろう。なんか、サマーがあたしにうつって、あたしがサマーにうつったみたいな感じ。そして、ふと思った。もしかしたらサマーはずっと、あのお日さまみたいな明るさの下に暗いものをかくしているのかもしれない、って。

17

つぎの日は、午後二時に〝エイリアンの要求をムシ〟。あたしが先に着いてサマーを待つ。こっちに歩いてくるサマーは、完全に下をむいてる。顔をしかめてるのかなと思ったら、視線をあげてこっちを見たとたん、笑みを浮かべた。はじめて見る、サマーの全開じゃない笑顔。近づいてくるにつれて、表情がどんどん妙な感じになる。


「えっ、なに?」

「ハーイ」サマーがいう。

「ハーイ。なんなの、その顔?」

「思い出してたの」サマーが手をのばしてきて、あたしの肩をつつく。「はじめて会ったとき、ベティがどんなメイクしてたか」

「あ」

「二日目はさらにパワーアップしてたよね。パンクなゾンビ人形かと思っちゃった」

どうリアクションすればいいかわかんなくて、あたしは右から左、左から右へ重心をうつしてた。

「あれ、楽しいよね」サマーは、いま気づいたみたいにいう。

「楽しい?」

「ハロウィンっぽくて」

たぶん顔をしかめてたと思う。

「しかも、めちゃくちゃかわいい」

あたしは靴をはいてない足を見おろした。「ありがと」

「アイシャドウとか、使いきっちゃったの?」

「ううん。最近使ってないだけ、かな」

サマーがあっ、と声をあげる。「そうだ、おもしろいこと思いついた！」

「なに？」

「ベティがわたしになって、わたしがベティになる！」

「どういうこと？」

「わたしをパンクなゾンビ人形みたいにメイクしてよ！　で、ベティがわたしになればいい。今日一日だけ」

急にテンションがさがる。「あたし、サマーになれるとは思えない」つまり、キラキラのサーファーガール。

サマーは両手であたしをドンと押した。ふざけてだけど。「なれるってば！　さ、メイクグッズ、とりに行こう！」

さっさとコテージにむかうサマーのあとをついていく。サマーはさっさと生垣をまわりこんで玄関のドアまで行った。自分のコテージみたいに。いままでここに泊まった子、全員と友だちだったみたいに。っていうか、そうだったのかも。

サマーはあたしがドアをあけるのを待って、バスルームまでついてきた。キャビネットをあけて、サマーの顔を見つめる。

「本気？」

サマーがうんうんとうなずく。「なってみたいの！〈ピンキー・プロミス〉ではじめて会ったときのベティみたいに」

やれやれ。「わかった。よくわかんないけど、わかったよ」

メイクポーチをもってサマーを連れてベッドルームに行く。サマーをベッドにすわらせると、窓からさしてくる日差しにサマーのピカピカの肌がきわだつ。

サマーの前においたスツールにすわって、まずは白いファンデからスタート。サマーの場合、健康的なツヤをかくすために何重にもぬらなきゃいけない。つぎにアイボリーのパウダーをはたいて、ブラックのアイシャドウをぬり、上下にブラックのアイランを引いて、マスカラを三度ぬり。七月二日のあたしとおんなじ。サマーがだんだんメイクの下に消えていき、やがてまったくちがう子になった。あたしの知らない子。それからサマーの金色の長い髪をいくつかに分けると、それぞれを束ねてくるっとおだんごにした。悪魔のツノみたいに頭からツンツンつきだしてる。

少しはなれて仕上がりをチェックしてると、サマーがこっちをニヤニヤ見てて、その姿がなんだかドラマティックで胸がドキドキした。まるで、戦うゾンビのプリンセスみたい。

「どう?」

「上出来」

サマーがパッと立ちあがってバスルームにかけていく。うれしそうなさけび声がきこえてきた。

「めちゃくちゃ気に入った!」

あたしもバスルームに行って、サマーのうしろから鏡をのぞく。

「わたしは悲しみに沈んでいる」サマーが鏡のなかの自分にむかっていう。

「ただのメイクじゃん」

「わたしの人生は悲劇だ」

「リムーバーで落ちるよ」

「ゾンビが目玉をすすりに来る！」サマーは恐怖の表情を浮かべて、それから鏡のなかのあたしを見た。そして笑ったけど、ほんものの笑みにも、そもそもサマーの笑みにも見えない。「こんどはベティの番！」

自分の顔を見つめる。サマーと比べるととんでもなくつまんなく見える。「あたし、サマーにはなれない」

「なれるってば！　すでにこっちに来た日より日焼けしてるし。なんか照れて赤くなってるみたいに見える。あと、髪をくしゃくしゃっとしてスプレーかければ、海水でバサバサになってるみたいに見えるし。それと、ベティは水着着て、わたしはベティの服着ればいいね」サマーが目を見ひらく。「あの“DEATH”Tシャツ着たい！」

四本の手であたしの髪をくしゃくしゃにしてから、棚で見つけたヘアスプレーを使って一日海で過ごしたみたいにかためる。サマーは、黒い“DEATH”Tシャツ、ダメージデニム、スカルとクロスボーンを描いた黒のハイカットのコンバースであたしの仮装をした。もちろんサマーは、ベストな状態のあたしなんかよりも、ずっとずっとカッコいい。

あたしはサマーみたいなかっこうをしたけど、水着は自分のビキニ。太陽の下で二週間すごしたので、脚はもう死人みたいじゃない。泳いだりボディボードしたりで、手足がアスリートみたいになってきた。でも、ぜんぜんサマーじゃない。

「外に行っておひろめしよう！」サマーがいう。

ドアから出て生垣をまわりこみ、坂道をくだる。サマーは三番通りの前に来るとピタッととまった。

「この通りわたるの、ムリ！」サマーが大げさにさけぶ。

ちょっとー。「ひとのことからかってる？」

サマーが首を横にふる。「目つぶってるから、連れてって！」

いわれたとおりにする。

あたしたちは坂道を歩きつづけて、メインストリートをわたった。すれちがう人たちがみんなサマーをまじまじと見る。めちゃくちゃステキなゾンビの人形みたいだから。みんな、どっかで見たことあるはずなんだけどだれだか思い出せない、みたいな目。

さらに二ブロック歩いて公園を横切って、砂浜に出る。

「カモメこわい！」サマーがさけぶ。「あと水も！　津波も塩も海藻も人魚もこわい！」サマーが期待をこめた視線をこちらにむける。リアクション早く、みたいに。

「だいじょうぶだよ」あたしはうんざりしながらいう。「手つないでてあげるから」

波打ちぎわまで、手をつないで歩いていく。サマーは立ちどまらずに、波立つ海のなかへジャバジャバ入っていく。ひとのデニムとコンバースをはいたまま、あたしをぐいぐい引っぱりつづけて、そのうち腰まで水につかった。

「こんなのヘンだよ。こんなの楽しくない」あたしはいった。

サマーはさらに進もうとする。もっと深いところへ行こうとする。あたしは必死でサマーを押しとどめた。

「なんでこんなことするの？」どんなにがんばっても、サマーのほうが力が強い。

「わたしの番だから！　ジュイエ、わたしが悲しむ番！」

「サマー、どうしたの、こわいよ！」

「サマーって呼ばないで！　サマーなんて、もううんざり！」

サマーの目がギラギラしている。黒い雲が海のほうから流れてきて、七月なのにブルーバードよりもめずらしい。サマーは海の底からあらわれた魔女で、雲をあやつっているのかも。

あたしは手をふりほどいて、サマーからはなれた。「もうやめて！」

暗い海が逆巻く。するどい白波が立つ。

「やめない！」サマーがさけぶ。

本気でこわくなってきた。前に読んだ本に出てきた女の子みたい。ゾンビにかまれて急にダークサイドに落ちたみたいに見える。

そしてサマーは、いきなり泣きだした。顔をゆがめて、からだをふたつ折りにして、髪を海にひたして。震えながらすすり泣くサマーのからだに、波がぶつかってくだける。

とうとうサマーはからだを起こして、とぼとぼと歩きだした。さっきとは逆方向、砂浜にむかって。

ガクッと砂にひざをつく。海を背にして。

あたしもサマーのとなりにひざをついた。じっと待ってたら、サマーのすすり泣きはおさまって、呼吸も落ち着いてきた。やがてきこえるのは海のとどろきだけになった。

あたしはサマーの背中に手をおいた。「どうしたの？」なぐさめようとするけど、もどかしい。サマーがやっと顔をあげて、鼻をふいた。黒いメイクが波でにじんで、とんでもなく泣きさけんだあとみたいに見える。

「見せなきゃいけないものがある」サマーが立ちあがって、かわいた砂の上をうつむいたまま歩きはじめる。

あたしはだまってついていった。なにを見せるつもりだろう。心がざわざわする。あらゆる疑問がぐるぐると頭にうず巻くけど、声には出せない。サマーはだまったまま。あたしたちは砂浜をはなれて、メインストリートをわたった。きこえるのは、サマーの——あたしのだけど——ずぶぬれのスニーカーとジーンズがビシャビシャいう音だけ。

ヒルストリートを通って、四番通りに入る。二階建てのガレージがある家の前まで来ると、サマーはそのまま私道に入っていった。舗装された道で、敷石のあいだから草が生えて幾何学模様をつくっている。直に踏むと気持ちがいい。

ガレージはもう、ガレージとして使われてない。空の色の二階建ての住居。サマーはドアをあけて、先頭に立って入っていく。そこには、サマーがずっとあたしにかくしてた世界があった。

明るいインテリア。エレベーターがある。でもあたしはサマーのあとをついて白いペンキでぬった手すりをつかんで階段をのぼり、二階へむかった。サマーが踊り場で立ちどまって、こっちをふりむく。声をひそめていう。

「ルールがある。悲しまない。泣かない。いいことしか考えない。残念がらない。つねにポジティブ。わかった？」

「わかった」

ルールはそれでいいけど、だからなんなのか、さっぱりわかんない。胸がぎゅっとなる。サマーが右側にあるドアをノックして、なかをのぞきこみながらだれかにむかってきいている。

「ちょっと兄さんと話したいんだけどいい？」

返事はきこえないけど、すぐにナースウェアを着た中年の女の人が出てきた。そして、サマーを上から下までじろじろ見た。びしょぬれの服に、にじんだゴスメイク。それから、なんなのかしらみたいな顔であたしを見ながらだまって階段をおりていった。

サマーがついてきてと手招きして、部屋に入っていく。「ハァーイ、ごきげんよう！」急に陽気な口調で声をかけて、サングラスをおでこにあげる。「友だち紹介したくて。ベティ、兄さんのハンクだよ。ハンク、あたらしい友だちのベティ」

「ジュイエだけど」あたしはいった。そんなの、めちゃくちゃどうでもいいと思いつつ。木の床に根が生えたみたいにドアのところから動けない。あたしは立ちすくんだまま、病院みたいなベッドに寝てる、やせ衰えた若い男の人をじっと見つめた。

「またマリアにサイレント・トリートメントされたみたいだね」サマーがベッドサイドのラジオをつけると、クラシック音楽が流れてくる。ハンクはぼんやりと遠くを見つめている。「ほら、こっち来て」サマーがあたしにいう。「ハンクはかみついたりしないから。ま、かみついてほしいくらいだけど、かみつけない。食事はぜんぶ、栄養チューブでいれてる。一日二回。ごちそうさまって」
サマーがハンクの枕元のイスにすわって、あたしにも身ぶりですわるようにいう。あたしはベッドにつないである電源コードをまたいで、サマーのとなりに行った。

「ハンクのことは世界でいちばん好き」サマーがハンクのおでこにはりついた髪をはらう。ハンクは気づいてないみたい。「南カリフォルニアのジュニアでいちばんのサーファー。もう一度波に乗りたくてうずうずしてるはず」サマーが腕で鼻をこする。「わたしたち、よくいっしょにサイコーの時間を過ごしたんだ」サマーがハンクのほうにかがみこんで、肩をトントンする。「いまでも、だけど」

サマーはハンクにきかせるためにしゃべってるみたい。あたしにじゃなくて。だけどハンクの表情はかわらない。サマーにそっくりだ。サマーが、食べることもなくてお日さまを見ることもなくてベッドから出ることもない男の子だったら、きっとこんなふう。

「医者たちは植物状態っていってるけど、わたし、さんざん調べたんだ。〝最小意識状態〟っていうほうが正しいはず。そのほうがずっと見こみあるし。人工呼吸器もいらないんだよ。肺がめちゃくちゃ強いから。それにおもしろい本を読んであげると、笑ってるのがうっすらわかるときがある。あと、いまでも物語や音楽が好きだし、車いすでバルコニーに出て海をながめるのも好き。木や屋根のむこうに見えるんだよね。いまやってみるか、きいてみてもいいんだけど、どうやら嘆きのマリアがからだふいてたところみたいだから。ってことは、もうマッサージしてもらったのかな。でしょ？」

サマーはハンクにたずねるけど、ハンクは遠くをぼーっと見つめたまま。あたしはあんまりじろじろ見ないようにしてた。かわりにまわりに目をやる。ボウルとスポンジ、くし、『老人と海』が、テーブルの上のランプの横においてある。部屋じゅう、消毒液のにおいがしてる。両びらきのドアがバルコニーにむかってあけはなたれて、海が見える。ありえないくらい遠くに。

「じゃ、ベティとわたしはこれから遊びに行ってくるから。あとでもどったら本読んであげる。いい？　マリアに音楽消されないようにね。愛してるよ」

サマーはかがみこんでハンクのほっぺたにキスをした。ハンクは気づいてない。

「ベティも愛してるって。ずっと会いたいってうるさかったんだから」

ウソばっかり。しかも、それでハンクのきげんをとることもできない。だって、きこえてなさそうだから。

「じゃ、また、ハンク。会えてうれしかった」あたしはいった。

そして、ニッコリした。ハンクのためか、自分のためか、サマーのためか。それからサマーのあとについて部屋を出た。サマーはうしろ手にドアをしめると、すーっと息を吸い、立ちどまってふーっと吐いた。それから、うなずく。「行こう」

あたしはサマーのあとについて階段をおりた。

一階のリビングに行くと、介護士のマリアが肘かけイスから立ちあがった。サマーはマリアにむかって天井を指さすと、正面のドアにむかっていく。

あたしたちはだまったまま、オーシャンパーク大通りにむかって歩いていった。サマーを元気づけるようなことをいいたいのに、どんな言葉がいいのかも、そもそもそんな言葉があるのかもわからない。ききたいことは山ほどあるけど、なにをきけばいいのかわからないし、なんにせよ返事をすることでサマーをさらにへこませちゃったらいけない。

三番通りをすぎるとき、いまとなってはこわがってた自分が恥ずかしくなる。それからメインストリートまで行って、二番通りにもどり、ヒルストリートをわたったころ、ようやく目的もなく歩いてることに気づいた。もしかしてサマーは、あたしを巻こうとしてるのかな。あたしにどっかに行ってほしいけど、いえないでいるのかも。

とうとうサマーは立ちどまって、こちらをむいた。「ポストカード、書こうか?」

「うん」

サマーが早足でメインストリートまで歩いていく。怒ってるみたいに見える。あたしはぴったりついていった。かびくさい古本屋にとびこむと、ラックからポストカードの束をつかむ。二十枚くらいあって、ぜんぶおなじビキニ姿のおばあちゃんの写真。ビーチコマーのゴミ拾いで、杖をついてたグラディスみたい。

「これください」サマーがカウンターにポストカードをばさっとおく。

「やあ、サマー」カウンターにすわっていた長髪のおじいさんがニッコリする。「今日はまたおもしろいかっこうしてるね」おじいさんが、なにごとだ? みたいにあたしにむかって眉をくいっとあげてみせる。あたしは肩をすくめた。

サマーがお金を払っておつりを受けとる。それからあたしたちはとなりのヴィーガンカフェに行った。サマーが店の前に出ているイスにどさっとすわる。あたしはテーブルをはさんだむかいにすわった。

「ペン！　ペンがない！」サマーがイラッとした顔できょろきょろする。

あたしは立ちあがって、店のなかに入っていった。すいてるけど、おいしそうなにおいがする。カウンターのむこうにドレッドヘアにノーズピアスをした女の子がいて、ペンを貸してくれた。サマーのところにもどって、ペンをわたす。サマーはありがとうもいわずにペンを引ったくると、ポストカードにさっそくペンを走らせている。あたしは目をそらして、となりの古本屋さんのウィンドウをながめた。ボブ・ディランやジミ・ヘンドリックスのアナログレコードとか、シルヴィア・プラスやジャック・ケルアックのすりきれた本が飾ってある。読んだことないけど、いつか読んでみようかな。

「はい」サマーがポストカードをこっちによこす。受けとると、サマーはすぐに二枚目にとりかかる。

もらったカードを見てみると、なぐり書きしてあった。

ペンありがとう。いまちょっと明るくなれなくてごめん。

どういたしましてとか、気にしないでいいよ、いつも明るくしてる必要ないんだから、とかいおうかと思ったけど、だまってた。サマーが二枚目をこっちによこす。受けとると、サマーはすぐにまた三枚目にとりかかる。

ハンクは、中学の卒業式の夜にケガした。友だちといっしょにプロムナードでバカ騒ぎしてて。

噴水で。立ち入り禁止の看板のうしろにまわって写真とってたとき、足をすべらせて頭を打って、ひざくらいの高さしかない池でおぼれた。

ポストカードから顔をあげて、深呼吸する。なぐり書きしてるサマーを見守って、ポストカードをよこしてきたらすかさず受けとる。

南カリフォルニアのジュニアでいちばんのサーファーが、噴水でおぼれた。見たこともないほどの大波とか、すごいことがあったとかじゃなくて。バカみたいだけど、ちっともおもしろくない。

目に涙がたまってくるのがわかる。でもサマーは怒ってるみたいだ。つぎのポストカードをわたしてきた。

入院初日は、だいじょうぶそうに見えたんだよ。口もきけたし。でも、脳みそがどうしようもなくふくれちゃって、どんどんわるくなっていった。

想像してみる。サマーが書いていることを、感じてみる。

長いこと、プロムナードに行けなかった。噴水の前を通れなかった。

サマーのペンを走らせるスピードがゆっくりになる。言葉をさがしてる。さっきまでどんどんあふれてきてたのに。もう一枚、ポストカードをこっちにすべらせてきた。

ルールを決めたんだ。ハンクの部屋に悲しみはもちこみ禁止って。だから、ハンクの時間がただすぎてくのを見てることしかできない。なにもかもだいじょうぶみたいなフリしかできない。

ポストカードから顔をあげると、サマーがこっちを見てた。

「ハンクはビッグカフナになるはずだった」サマーがいう。

「どういうこと？」

サマーが目の前のテーブルに視線を落とす。「ビッグカフナってのは、そのビーチでいちばん重要なサーファーってことなの。いいビーチならどこでも、ビッグカフナがひとりいる。ボードがからだの一部みたいに波に乗るサーファー。あと、姿をあらわすだけでどんな争いごともおさめることができる人でなきゃいけない。ビッグカフナが波に乗ってるときは、だれも割りこまない。そしてみんな、いまのビッグカフナが夕日のむこうに消えたときには、ハンクがあとをつぐと思ってた」サマーは首を横にふった。「こんなの、オーシャンパークにとって最悪。だれにとっても最悪」

サマーの静けさを、サマーの遠い目を、あたしは見守っていた。解決方法をもとめられてるように感じる。サマーにとって、いまとはちがう現実をもとめられてるみたいに。もとめてるのは、あたしかもしれないけど。

「待ってて」サマーは立ちあがって、店のなかに入っていった。ドレッドヘアとノーズピアスの女の子に話しかけて、プラスティックのおもちゃのバケツがぶらさがったカギをもらう。それを使って化粧室のドアをあけると、入っていった。

あたしはポストカードをテーブルの上においたまま、急いで店内に入っていった。

化粧室のドアごしに、サマーの泣き声がきこえる。ハッキリと。サマーは世界じゅうにむかって、大っきらいだとさけんでる。プロムナードも噴水も大っきらいだと。

ドレッドヘアとノーズピアスの女の子があたしの前に来て、両手でナマステポーズをすると、ちょこんとおじぎをした。「あの……なかに大事な子たちがいろいろおいてあるんだけど、だいじょうぶかな？」

「大事な飾りをこわすんじゃないかってこと？」

女の子がうなずいて、またちょこんとおじぎをする。

「わかんないけど、たぶんこわさないと思う」あたしは女の子から化粧室のドアに視線をうつした。

「あの子がこんなふうになってるの、はじめてで」

ドアのむこうのすすり泣きはやまない。胸が痛くなる。

「フレッシュでおいしいオーガニックジュースをのめば、少しは気分よくなるかな？」

「うん、なるかも」

女の子が早足でカウンターの奥にむかう。ジューサーをカチャカチャやってるらしいのがなんとなく動きでわかる。

サマーはしくしく泣きつづけ、たまにわけのわからないことを口走ってる。だけどだんだん泣き声が小さくなってきて、かわりにジューサーの音が大きくなってきて、そのとき、胸がつぶれそうなつぶやきがきこえてきた。

――ねえ海、お願いだからわたしをのみこんで。

「サマー?」返事はない。もう泣き声もきこえない。「お願い、出てきて」

しばらく待つ。

そして、やっと声がした。「そっちは最悪」

まわりを見まわす。ここはオシャレなヴィーガンカフェだけど、サマーのいうことはよくわかる。

「うん、そうだね。だけど、サマーがとなりにいてくれたらぜんぜんちがう」少し待つ。「こっちにはサマーが必要」

少しして、カギがカチッとはずれて、ノブがまわった。サマーが出てくる。涙でぼろぼろの顔で、ヨレヨレになって。

「ハグしてほしいって顔」サマーがいう。

「そっちもね」

あたしはサマーをハグした。サマーもぎゅっとしてくる。

そのとき、ドレッドヘアとノーズピアスの女の子が近づいてきた。おいしそうなジュースのグラスをもって。

「あの、おとりこみちゅうわるいんだけど、カギを化粧室のなかにおいてきてない？」

ふたりで外のテーブルの前にすわって、サマーはストローでジュースをのんだ。グラスの底に残ったジュースをずずっと吸って、よし決めた、みたいに息をフーッと吐く。「もうひとつ、お願いがある」

「いくらでもお願いしていいよ」

「ハンクと話さなきゃいけない。ハンクの部屋のルールを破らなきゃ。いっしょにいてくれたら勇気が出る」

「わかった」たのむ相手をまちがってる気がするけど。でも、できるだけのことはする。

あたしたちは四番通りまで坂道をのぼっていき、階段をあがって、ハンクの部屋にもどった。太陽がかたむきはじめて、部屋じゅうに午後の日差しがあふれてる。サマーはしばらくドアのところに立って、ハンクを見つめていた。それからまた、ベッドにいちばん近いイスにすわる。あたしもとなりにすわった。

「ハンクはわたしを一度もじゃまもの扱いしたことなかったね。ダサい妹、みたいに。どんなときでも、お姫さまみたいに接してくれた」

サマーはハンクのほうに手をのばして、パジャマの襟をつまんだ。

「辛抱づよく、サーフィンを教えてくれた。毎日、放課後に。学校に行く前のドーンパトロールにも連れてってくれた。わたしがはじめて波をとらえたとき、そばにいてくれて、めちゃくちゃうれしそうにしてた。自分がはじめて波に乗ったみたいに」

サマーは手の甲でハンクのほっぺたをなでた。

「そのあとオーティスといっしょに、あたしが乗ったボードを頭の上に高々とかかげて、あたしのことを王族みたいに運んでくれて、すれちがう人みんなに自慢してた。あんなヤバい波、はじめて見た、みたいに。こんなヤバい波乗り、はじめてだって」サマーがゆっくりと首をふる。「あのときほど幸せを感じること、もうないと思う。まわりの人みんなに投げキッスして、わたしが魔法のシャワーをふりまいてるみたいだった。ハンクは、わたしのことをめちゃくちゃ自慢してたよね」サマーがあふれだしそうになる涙をこらえる。「いつだって自慢の妹でいたいと思ってる。ハンクが自慢の兄さんなのとおんなじに」

あたしは手をのばして、サマーの肩においた。自慢の妹に決まってるじゃん。そういいたかったけど、だまってた。

「もうすぐいなくなっちゃうんだね」サマーがハンクの耳元でささやく。声がつまってる。「きっとさみしくなる。ものすごく」サマーの顔は、悲しすぎて別人みたいだ。

それからサマーは、ベッドのハンクのとなりにもぐりこんだ。ハンクの頭に頭をもたせかけ、腕でハンクのうすべったい胸をつつむ。ブラックメイクが涙でにじんでドロドロのサマーは、死にかけの人によりそう死人みたい。

わたしは、ハンクのとなりで横になっているサマーを見守っていた。ひざのあいだで組んだ自分の手を見つめながら。コテージにもどったら、目標リストにもうひとつ加えよう。

・サマーがあたしを助けてくれたようにサマーを助ける

バルコニーのむこうに目をやると、遠くから波がつぎつぎと海岸に打ちよせている。視線をもどしたとき、サマーは眠っていた。

18

つぎの日、サマーは悲しみなんて忘れちゃったみたいに見えた。いつもとおなじように、生まれたての太陽みたいにピッカピカな朝が来たって感じ。少なくともそう見えた。

サマーとあたしはメインストリートに行った。サマーはハンクのスケボーに乗って、あたしはサマーのスケボーを運んでいる。スケボーなんて人生で五分くらいしかしたことないし、ここの歩道はでこぼこが多くて、人やら犬やらベンチやらをよけるのはあたしの能力の限界をこえてる。サマーのほうは、足にスケボーをつけて生まれてきたみたいにスイスイ進んでいく。

歩道のむこうに、あのムカつくふたり、ウェイドとひっつき虫が見える。むこうもスケボーに乗って、こっちにむかってくる。

サマーもふたりに気づいた。〈ドリフトウッド〉って名前の古着屋さんの前でとまると、ボードを蹴りあげて両手でつかんだ。

「この店、見よう！　カッコいいものがよく見つかるんだ」

サマーのあとから店内に入っていく。メインストリートにぎっしり軒をつらねるせまいお店のひとつで、めずらしい品物がごちゃごちゃと並んでる。古着だけじゃなくて、雑貨もたくさん。カウンターにいた女の人が顔をあげてニッコリする。お客はあたしたちだけだ。

ラックにかかった服を見てまわる。「あっ、これ！　ヴィンテージ」サマーが店のむこうでさけんだ。古いヴァージョンのビーチコマーTシャツをかかげてる。「これ着れば、生まれたときからビーチでゴミ拾いしてたみたいに見えるね。うわ、これ、グラディスがわたしたちくらいのときに着てたものかもよ」

あたしはニッコリした。指で本棚の低い段をなぞってたら、ベンチにぶつかった。その前にピアノがおいてある。

サマーのスケボーをベンチにおいて、そのとなりに腰かけると、指を鍵盤にのせた。さわったの、ものすごく久しぶりな気がする。

頭のなかで、数年前に習った曲が鳴る。ママがずっとコテージで流してるラジオのザ・ビーチ・ボーイズ・チャンネルでよくかかってる『素敵じゃないか』って曲。陽気な歌だけど、つくった人は実際こうはならなかったんだろうなって感じてしまう。だけどなぜだかこの曲をきくたび、ほんとうにそうなればいいのにって想像しちゃう。夢みたっていいじゃん、みたいに。というか、なにもかも思いどおりにいかないとき、夢みることがたったひとつの希望なのかも。

あたしは目をとじた。鍵盤で両手が正しい位置をさぐる。指で音符をなぞり、耳でその音をきく。

ピアノの前にすわるのは久しぶりだから、また顔なじみになるのに少し時間がかかる。

そして、一、二、三、四とうなずいて、弾きはじめる。

この曲を弾くのは数年ぶりだけど、指がおぼえてて、音がつぎつぎに鍵盤から生まれる。

目をとじたまま、あたしは自分が奏でる音に耳をすませていた。ピアノはそこそこ調律されてて、お店の音響もわるくない。セメントの床にひびく音が、ラックにかかった服で消される。あたしの演奏もそこまでひどくないけど、テンポがちょっとのろいかも。曲の明るさを感じるのに少し苦労してる、みたいな感じ。

一小節を弾いたら、歌詞がきこえてきた。ふたりがいるこの世界、ってところ。目をあけると、サマーがベンチのわきに立ってた。

「つづけて！」

「うたってた？」

「ううん……うん。ちょっとだけ」

鍵盤から手をはなす。「すっごくきれいな声」

「ベティの演奏、すごいよ！　ピアノ弾けるってどうしていわなかったの」

ありがとう、っていおうかな。きかれなかったから、っていおうかな。だけどそのどちらでもなく、いきなりあたしは何週間も頭からはなれなかった秘密を吐きだした。

「ピアノ、得意っていうか。ずっと好きだった。ママにファーンともうつきあうなっていわれた理由は、あたしがたいせつなピアノの発表会をサボったから。あたしがママにウソついたから。発表会でおそろしいことが起きる予感がするってファーンにいわれたって。だから行くのがこわいって。ママにさがされてるあいだ、あたしはずっとモールにかくれてた」

サマーがあたしを見つめる。その先をつづけるのを待ってる。

「ママはあっさり信じた。ファーンは内気で暗い話が好きだから。あとモールをうろついて世界のおわりについて考えてばっかいるから。死んだペットの魂と交信したり、心霊術のまねごとしたり。だからちょっと、気味がわるいって思われがち。だけどファーンはぜったい、あたしの発表会でおそろしいことが起きるなんてことはいわない」

両手をまた鍵盤におく。

「ファーンは友だちがたくさんいるってタイプじゃない。かなり……かわってるから。だけど、よくあたしを笑わせてくれる。それに、やさしい」ピアノにむきなおる。「ファーンは友だちがいて当然。だけど、あたしはファーンにふさわしくない」

ハイドンの交響曲の最初のほうの音を出す。発表会で弾くはずだった曲。そして手をとめて、もう一度気づいたら『素敵じゃないか』の出だしを弾いてた。イントロのあと、また手をとめる。

「話してくれてありがとう」サマーの手が左肩におかれるのを感じる。「だけど、発表会に行かなかったほんとの理由は？　ミセス・サルデーニャに発表会でよくないことが起きるっていわれたの？」

答えない。心の準備ができてないから。いまはまだ。ピアノを見つめたまま、あたしの人生をめちやくちゃにしたヤツのことを考えてた。昔は寝る前に本を読んでくれて、キャッチボールを教えてくれて、あたしのピアノをきくのが大好きで、いつも発表会では最前列にすわっていて……。

気づいたら、両手で鍵盤をたたいていた。バンッと、怒りにまかせて。いやな予感みたいに、混ざりあった音符がただよっている。

「ごめんなさい」あたしはお店の人にむかっていった。

せめてミストレス・スカーフィアのせいにしてたら、まだファーンと仲よしでいられたかも。

ほんとうのことをいってたら、まちがいなくファーンと仲よしでいられた。

あたしはサマーのかんたんな質問には答えなかった。それでもサマーは立ち去らずに、ファーンを裏切ったわたしからはなれずに、そばにいてくれた。

「弾いて。『素敵じゃないか』を弾いてよ」サマーが、念押しするようにかがみこんでくる。「弾いてくれたらうたうから。歌詞、ぜんぶ知ってるんだ。いまのわたしたちにもっとも必要な歌だって気がする」

あたしは弾いた。サマーがうたう。涙でかすんで鍵盤がよく見えないけど、それにサマーも何度か喉をつまらせてたけど、まちがいない。サマーがいうとおり、あたしたちふたりに必要な歌だ。

しばらくして、あたしたちは海沿いの遊歩道に行った。ヘルメットのストラップをしっかりしめて、スケーターや、自転車やスクーターやありとあらゆる車輪つきの乗り物に乗った人たちが走っていくのをながめる。ほんとうは遊歩道というか、ヴェニスからサンタモニカをこえてパシフィック・パリセーズまで海岸沿いを何キロもつづくただの歩道だ。

「大きくてすいてる駐車場とかで練習できないの？」

「ドッグタウンにはないから。それにここ、練習にピッタリだし。坂がないし。車も来ないし」サマーが答える。

あたしは自分の足元をじっと見た。サマーのスケボー。サマーはハンクのに乗る。サマーはサーフィンを習う前にスケボーを練習したそうだ。かなり似てるからこうやって慣れるのがいちばんだと思うって。

「どっちの足を前にするんだっけ？」

「左足。それがやりにくいと思ったら、グーフィースタンスってことだから、右足を前にすればいいよ。だけど、左足がムリって思ったらにしたほうがいい」

たぶんあたし、グーフィースタンスなんじゃないかな。マヌケそのものだから。でもいちおう、左足を前にした。黒いコンバースをはいた足をスケボーの先頭においたとたん、転んでおしりをついてしまった。ボードが転がっていって、通行レーンがふたつある遊歩道をはずれて砂につっこんでいく。

「だいじょうぶ、その調子」サマーが手を貸して立たせてくれる。「だけど、おしりから転ばないようにしてみて。体重をボードにのせとく。落っこちるのは重心がうしろにいってるからだよ」

ボードをとりに行って、もう一度乗る。左足を前にして、サマーにいわれたことを思い出しながらボードの上でバランスをとる。右足で押して、ゆっくりと前に走りだした。

「ちょっとだけ重心を左右に移動させて進んで」サマーがいう。「ここの遊歩道はカーブがゆるくて走りやすいんだ」

右足でキック。もう一回。それから右足を左足のうしろにおいた。

「上手上手」サマーがいう。あたしのすぐうしろをついてくる。あたしたちはすごくゆっくり進んでる。あたしがゆっくりしか進めないから。ローラースケートとかスケボーとか自転車に乗った人たちがどんどん追いこしていく。

「できそうならもう少しスピードあげてみて」サマーがいう。「その先のカーブまで行ったら、頭をかたむけるだけで曲がれるから」

「わかった」あたしは二回、右足でキックしてスピードを出した。サマーはなんてことなくうしろをついてくる。一回、二回、三回キック。どんどん進んでいく。

「カーブでスピードをゆるめないで」サマーがいう。あたしはもう三回、キックした。ほんの少しだけ腰を曲げて、頭を左にかたむけると、ボードもおなじように動く。カンペキにカーブを曲がって、またまっすぐになった。

「バッチリ！　天才！」サマーがさけぶ。それからとなりに並んできて、ニカッとした。「やったね、ベティ！」

サマーのほうを見て走ると、すぐに右にそれてしまう。車輪が砂にはまって、あたしは転んだ。サマーがカンペキにストップしてから、わざとあたしのとなりに転がりこんでくる。

「何回転んだかは問題じゃないんだよ」サマーがいう。「何度だってやりなおせばそのうち、足に車輪がついて生まれてきたみたいに感じはじめるから」

あたしは立ちあがった。サマーもとなりに立つ。

「あたしは足に車輪がついてる」あたしはいった。

サマーがあたしの足を見おろして目を細くする。「見えた。生えてきてる」

あたしは遊歩道にボードをもどして、足をおいた。キック、キック、キック、一瞬左にかたむいて、レーンの中央を走る。追いぬいていく人が少なくなってきて、そのうちまったくぬかされなくなった。反対方向を進む人に、危なっかしそうに見られなくなってきた。

桟橋に着いたころには、サマーがとなりに来ても、こわくて転ぶことがなくなった。パシフィック・パリセーズまで行って、もどってきて、そのころにはほんとに足が車輪になってた。

そのあと、あたしたちはメインストリートのスムージー屋さんの前に出ているイスにすわっていた。〈スムージー・ツナミ〉っていうかわいいお店で、どのテーブルにもガラスびんに差したお花が飾ってある。三週間前はツナミなんて名前がついたお店に来るのもこわかったはず。でも、もう平気。

「さ、はじめるよ」サマーがポストカードを何枚か、いつもの大きなトートバッグのかわりにもってきてた小さなメッシュのバッグからとりだす。セラピーカードを書こう、とサマーがいいだした。なんのことかわからなかったけど、まあそのうちわかるだろう。「じゃ、わたしからね。一行目を書くから、つぎはベティ、そのあとまたわたしって感じで」

「わかった」

サマーがイスの背にもたれて、もってるペンをかむ。

あたしはスケボーで通りすぎていく男の人を見ていた。両手を合わせてナマステの形にしている。この町の人ってナマステが大好きらしい。

サマーが前かがみになってなにやら書いてから、ポストカードをひっくりかえしてテーブルの上をスーッとすべらせこちらによこす。

「速達でーす」そういいながらペンもこちらによこす。

ポストカードには、サングラスをかけたイルカの絵がついていた。白い日焼け止めが鼻についてる。

ひっくりかえしてみる。

ファーンへ

あたしはサマーを見つめた。「なんで？」

サマーが肩をすくめる。「さあ？　そのうちわかるよ。そういうものだから」

あたしはまたカードを見た。まだまだスペースはたくさんある。カードの上にペン先をつける。

七月はオーシャンパークっていう場所で過ごしてます。

ひっくりかえして、ペンといっしょにサマーにわたす。サマーはカードを見て、にっこりした。すぐに書いて、こっちにすべらせてくる。

モールはありません。

こんどはあたしが笑う。そして書いた。

かわりに、スケートボードができる道があります。

ポストカードをサマーのほうに押しもどす。サマーもすぐに書いてもどしてきた。

あと、乗れる波があります。

つぎの言葉はどうしようか、一生懸命考えた。

あと、こわがってるあたしに勇気をくれるサマーっていう女の子がいます。サマーといると、繭のなかにとじこめられた青虫じゃなくてチョウチョになったみたいな気がします。

サマーにカードをもどす。サマーはその言葉をじっと見つめてから、手を胸にあてた。スーッと息を吸って、しばらくとめて、また吐く。それからあたしを見た。

「このカードはここまででいいんじゃないかな」サマーがカードを、なにも書いてないあたらしいカードといっしょにこっちによこす。「こんどはベティから」

「待って。もう少し、ファーンに書きたいことがある」

サマーがふしぎそうな顔をする。そして、片方の口角をクイッとあげた。「わかった。どうぞ」

一枚目のカードにはもうスペースが残ってないから、あたしはつぎのカードに最初の言葉から書きはじめた。こんどの絵柄はサーファーガールの絵文字。小さい字で書きはじめる。伝えなくちゃいけないことがたくさんある気がするから。

ファーンへ

ごめんなさい。ママに、ファーンにいわれたことのせいでこわくてピアノの発表会に行かなかったってウソつきました。ファーンが、こわいことが発表会で起きる予感がしたっていってたからって。ほんとうは、いつも最前列で観ててくれたパパがいないことで傷つくのがこわかったから。パパがママ以外の女の人と遠い場所にいるって思ったら悲しすぎて弾けなくなるって思ったから。だけどママがいってた、モールに行きすぎっていうのは一理あると思う。もっと冒険したいし、ファーンといっしょに冒険したい。いっしょにしてくれる？　八月に話せるかな？　ごめんなさい、ゆるしてください。

ジュイエ

メッセージを書いたほうを下にしておく。「スペース残ってなくてごめん。これは、切手貼って出さなきゃいけないと思う」

サマーのほうにカードをすべらせると、サマーは読んで、首を横にふった。

「いわなくちゃいけないこと、わたしもこんなふうに伝えられたらいいのにって思うよ。これはなにがなんでも出すべき」

もうひとり、ポストカードを出したい相手がいる。だから、積んであるカードから一枚、あたらしいのを手にとった。こんどのは、砂のなかに頭まで埋まってるおばあちゃんの写真。両目にサンドダラーをのせている。クスッと笑って、ひっくりかえした。自分が真顔になるのがわかる。まずはひと言、書いた。

パパへ

——

そこでやめて、メッセージを書いたほうを下にしてサマーのほうにすべらせた。サマーはひっくりかえすと、お腹にパンチをくらったみたいな顔であたしを見つめた。

サマーがまたカードを見る。髪が目の上にハラリと落ちてくるけど、はらいのけない。サマーは短い言葉を書いて、こちらにカードをよこした。

ここにいないこと、怒ってる

そのとおり。あたしは追いうちをかけた。

　パパはあたしとママの人生をめちゃくちゃにした

カードをサマーにもどす。サマーはあたしを見つめて、書いて、またこちらによこす。

　あと、ハンクは見えてないしきこえてないけど、やっぱり傷ついてるからね

えっ？　あたしはサマーを見つめた。「だれのパパのこと？」

サマーが、ん？　と眉をあげて、自分を指さして、胸のあたりをつつく。

「サマーのパパ、家にいないの？」

サマーがうなずく。

「ハンクの事故のあとから？」

サマーがまたうなずく。「うちのパパ、ハンガリーでケーブルテレビの撮影技師してるんだ。ロサンゼルスにだっておなじような仕事、山ほどあるのに、はるか遠くの地で仕事するしかないみたいなフリしちゃって。はなれてれば、ハンクが弱っていくのを見なくてすむから。ひと月に二日くらいしか家にいない」

あたしはテーブルのむこうに手をのばした。サマーが自分の手をあたしの手に重ねる。だけどうつむいて、長い金色の髪で顔をかくしてる。

あたしたちは、しばらくそうやってた。あたしの手をにぎってる、こんがり日に焼けた手を見つめる。サマーの腕のうぶ毛を見つめる。通りすぎていく人たちは、ふしぎな光景を見るような目でこちらをながめている。あたしは、どんなふうに見えてるんだろうと思ってる。

とうとうサマーが顔をあげて、髪をはらいのけた。負けないから、みたいな顔をする。

「ベティならいなくならなかったよね」サマーがいう。

あたしは、あいまいに首をふる。

「あのころ、ベティのことは知らなかったけど、もし知ってたとして。ベティならいなくならなかったと思う」

あたしはまた首をふった。サマーのいうとおりならいいけど。

「だってベティは、わたしが知ってるなかでいちばん強くて勇気があるから」

ヘンなこというな。あたしはフッと笑った。でも心のどこかで、サマーのいうとおりだって信じはじめてる。そしてべつのどこかで、あたしがいなくならないのは勇気があるからじゃなくて、その正反対だからとも思ってる。

19

さんざんスケボーしてから、あたしたちは坂道をのぼってそれぞれの家にボードをおきに行った。三週間ここで過ごして、だんだんほんとうの家みたいな気がしてきた。ほんとうに住んでるみたいに感じてきて、どんどんそうだったらいいのにって気持ちが強くなる。つぎに〝エイリアンの要求をムシ〟したときにサマーにその話をした。あたしはショーティに着がえてた。サマーもだ。サマーはわきにピンク色のサーフボードを抱(かか)えて、もう片方(かたほう)のわきにグリーンとブルーを混ぜてくすませたようなシーフォームグリーンのボードを抱えてる。

「もうそろそろいいんじゃないかな」サマーがニヤッとする。「もうエラ生(は)えてきたでしょ。手も水かきになってきたし」

あたしは手を見つめた。右手と左手。黒いネイルはすっかりはげてるけど、あたしがかわったのはそれだけじゃない。気持ちがちがう。この坂道もすっかり短く思える。遠くできらめくダークグリーンの海は、あたしの肌(はだ)と髪(かみ)の香りがする。

「だけどまず、ボードに慣れてもらわなくちゃ。わたしのボード、使っていいよ」サマーがピンク色のほうをこちらにむける。「わたしはハンクのを使うから」

ピンク色のボードをサマーから受けとる。グラスファイバー製だっていうけど、ここのところ乗ってたボディボードよりかなり重たい。立てると、あたしの背丈より少し高い。わきの下に抱えて、また坂をくだりはじめた。

「サーフィン教室ではもっと長いボードを使ってる。二七〇センチ以上あるやつ」サマーがいう。「それくらい長さがあったほうが、立ちやすいから。でも、海に入ってサーフポイントまで何度も運ばなきゃいけないことを考えると、かなり扱いにくいんだ」サマーはオーシャンパーク大通りへと入っていく。あたしもついていく。「クロコダイルとレスリングしてるみたいで」

「クロコダイルのたとえはやめてもらえる?」

「こっちの短いボードは乗ったままでいるのはちょっとたいへんだけど、楽しいし、軽い。だから、たくさん波に乗っても疲れにくいんだ。長いボードなんか運んでたら、海に入るまでにクタクタになっちゃう。ま、今日は砂の上で練習するだけだから。あと、写真撮ろう」サマーが肩からかけたメッシュのバッグを指さす。

坂道をどんどんおりていく。ドクター・スースの絵本みたいなハチドリのビュッフェの下を通る。三番通りをすぎたとき、三っていう数字がこわかったことなんて遠い昔みたいに思えた。わるい夢からさめたみたいに。

腕も脚も、さんざん歩いたり泳いだりしたおかげでオーシャンパークに来たときよりずっと強くなってる。だから海岸も前よりずっと近く感じるし、サーフボードがボディボードより重たいのはたいした問題じゃない。抱える腕を三回しかかえないで、波打ちぎわに到着した。

「ここがいいね」サマーがいって、自分のボードをぎりぎりまだかわいてる砂において、海のほうにむけた。「となりにボードおいて」

いわれたとおりにする。

サマーは海のほうを手で示した。「波に乗るときは海じゃなくて岸のほうをむくんだけど、いまは海を見てるほうが気持ちいいから」

「そうだね」

「まず、サーフィンの神さまにお祈りしなきゃ」サマーはボードの上に脚を組んですわると、目をとじてヨガの蓮華座みたいなポーズをとった。立ったままながめてると、サマーが目をあけて顔をしかめる。「はやく！　怒らせないようにして！」

きょろきょろすると、サマーに注目が集まってるのに気づいた。だけど、理由はいつもとおなじ。サマーはこんな妙なポーズをしててもめちゃくちゃカッコいい。だから、あたしもピンクのボードをおいて、脚を組んですわった。

「親指を人差し指とむかいあわせ！」サマーがわめく。

あたしはいうとおりにして、人差し指と親指でループをつくり、手の甲をひざの上にのせた。お香がたかれて銅鑼が鳴るお寺で瞑想してるみたい。

サマーがあたしをチラッと見てにっこりする。「くりかえして。おお、波の神々よ」

「どうしてもやらなくちゃなの？」

「波をつかまえたいならね」

えーっ。

「ハンクに教えてもらったときも、これでめちゃくちゃうまくいった」

そんなふうにいわれたら拒否できないじゃん。あたしは背筋をしゃんとした。

「くりかえして。おお、波の神々よ」

「おお、波の神々よ」

「ネプチューンよ、リトル・マーメイドよ、チャーリーツナよ、シーモンキーよ」

「ネプチューンよ、リトル・マーメイドよ、チャーリーツナよ、シーモンキーよ」

「あなたの怒りの波にわれを乗らせたまえ」

「あなたの怒りの波にわれを乗らせたまえ」

「そして、われのかわいい友ジュイエを傷つけることなかれ」視線のすみっこで、サマーがニヤけてるのが見える。

「そして、われの友サマーを傷つけることなかれ」

「ブンシャカラカ」

「ブンシャカラカ」

サマーがパッと立ちあがる。あたしも立った。サマーがサーフボードの流れ止めのコードを足首に巻く方法をやってみせてくれる。それから波待ちのあいだはどういう姿勢でいればいいか、教えてくれる。ひざ立ちか、腹ばいのどっちかだ。あと、波が来たら指をピッタリつけて両手をカップの形にして効果的にパドリングする。サマーが立ちあがったので、あたしもまねして立った。

「サーフィン教室ではよく、一、二、三、四の手順を踏んで立つポップアップのやり方を教えるんだけど、それをぜんぶちゃんとやってたら、四番目のポジションをとるころには波につぶされるか置き去りになるかのどっちか。一気に立ちあがらなくちゃダメ」

「あたしにできる？」

サマーは腕をあたしの肩にまわしてきて、トントンした。「もっちろん！　たぶん。ヨガのポーズで体幹きたえられてるはず。あとボディボードの成果も。いい、見てて」

サマーはボードの上に腹ばいになって、肩ごしにうしろを見る。

「いい、ほら、波が来た。水をすくいあげてパドリングしてスピードつけるよ。かわりばんこに左手、右手、左手、右手。波がつま先にキスしたら、ポジション一から四にスムーズに移行する」

サマーはバネみたいにしゃがんだポジションをとった。足は平行。そこからゆっくりとからだをのばしていき、半分立ちあがった状態になる。

「両足とも、ボードのまんなかの線を踏んでる。前足はボードの中央。うしろ足はボードのテールから三十センチくらいはなれたところ」

サマーがやってみせてくれる。サーフィンのポーズは、ヨガの戦士のポーズとそっくりだけど、右腕はからだを横切って両手を前方にむけてバランスをとる。サマーのいう、サーフ戦士だ。前足に体重をかけるとスピードがあがり、うしろ足にかけるとゆっくりになる。方向転換は、スケートボードの要領とほぼおなじだそうだ。波に乗りおえたら、浅瀬でおりなきゃいけない。砂浜まで行くのはボディボードの場合はいいけど、サーフィンだとダメらしい。

「たまの転倒は避けられないから」サマーがいう。危険もあるっていいきったのははじめて。「倒れたら、うしろにむかって進もうとしたほうがいいよ。腕と脚を広げてスピードをおさえる」サマーはこっちに一歩近づいてきて、らしくないマジメな声でいう。「もし前に転倒したら、とくに頭から落ちた場合だけど、顔と頭を腕で守る。こんな感じ」サマーは頭のうしろに両手をおいて、肘をこっちにむけた。「やってみて」

あたしはサマーのまねをした。腕が自転車のヘルメットになったみたいに。

サマーがうなずく。「うん、いいね。じゃ、ポップアップの練習しよう」

今度はあたしが腹ばいになった。手のひらを下むきにして、あばら骨とボードのあいだにいれる。

「うん、できてる。うしろ見てみて」

あたしはふりかえった。売店が見えるけど、波がもりあがるのが見えたつもりになる。

「水をすくって。サイコーの波が来たよ」

あたしは砂をすくって、想像上の波にそなえてスピードをあげた。

「手のひらをつく！」

あたしはあばら骨の下にいれた手の指や手首を曲げて、立ちあがる準備をした。

「ジャンプ！」

パッと立ちあがって、右側にからだをひねる。奇跡的にしゃがんだ体勢になって、バランスを失って砂につっこみそうになりながらも、なんとか倒れなかった。そのまま立ちあがってサーフ戦士のポーズをとり、両腕を左に動かして、ボードのノーズのほうにむけた。

「ベティ！　スゴいよ！」サマーがあたしのまわりをぐるっと歩いてフォームをチェックする。「だけど、あんまりいそいでまっすぐ立たないで。ひざをゆっくりのばすことで、きちんとしたバランスをとれるから。波の表面をすべりおりるまでは、垂直になるのは避けたいんだよね」

「うん。で？」

「めちゃくちゃあっという間だけど、いちばん楽しくて興奮する瞬間。そのあいだボードに乗りつづけていられたら、そのままサイコーのライディングができる可能性が高いんだよ」

あたしはサマーの説明をきき逃さないように耳をすませながら、ボードに腹ばいになって、水のつもりで砂をすくってパドリングして、それからポップアップしてゆっくりと立ちあがり、スケボーのときみたいに重心を調節した。あんまり前に立ちすぎないように、かといってうしろすぎないように。だけど練習してるあいだずっと、サマーが波の神さまにいったことが頭から消えなかった。サマーはあたしのことをかわいい友っていったのに、あたしはただの友としかいわなかった。ほんとは、うつくしいとか魅力的なとかいいたかったのに。

三十分くらいポップアップの練習をしてたら、腕も肩もじんじんしてきた。

「撮影会！」サマーがさけんで、砂の上においていたバッグをとりに行くと、スマホをとりだした。

「じゃ、ボードの上に立って海岸のほうをむいて」

「ここ、海岸だけど」

「わかるでしょ。売店のほうを見て」

あたしは売店のほうを見た。

「足の位置を調節しないと転倒するよ。どっちにしても転倒はするんだけど、少なくとも波に乗ってるフリして」

あたしは左足を前において、右足を平行する位置においた。どちらもボードの中央の線を踏(ふ)んで、つま先は横をむく。ひざを軽く曲げて、すわってるのと立ってるのの中間くらい。

サマーがスマホを手にとる。通信プランに入ってなくて画面が割(わ)れてるスマホだ。

「やるぞって顔して。ただし幸せそうにね」

あたしはニコッとした。ポーズはくずさない。だけどサマーは顔をしかめてスマホをおろす。

「これじゃダメ。髪(かみ)がぬれてない」サマーがきょろきょろする。「動かないで」

動いた。ちょっとだけど。まっすぐ立ったまま、サマーが近くで遊んでる子どもからオモチャのバケツを借りるのをながめる。サマーはちょうどよくよせてきた波にバケツをつっこんだ。こっちをふりむきながら、浮(う)いていた海藻(かいそう)を拾って、かけもどってきた。

あたしは、黄色い小さなバケツをじっと見おろした。「頭から水かけるつもり？」

サマーがあたしの頭から水をかける。「え、なんて？」

顔から水がしたたり落ちるのを待って、目をあけた。サマーはニヤニヤしてる。それから海藻をあたしの頭にのっけて顔からたらした。

「本気？」

「わ、サイコーかも」サマーは海藻の位置を調節してる。ほっぺたから目のまわりをぐるっと。それから後(あと)ずさりして、スマホをかまえた。「ひざ曲げて」サマーがこっちを見て目を細くする。「波打ちぎわでバシャバシャやってるうちに波乗りエリアに来ちゃった人たちに気をつけて。で、サメがいるフリして」

あたしは腕をすとんとおろした。「サメはビッグカフナが追いはらってくれるっていってたじゃん」

「追いはらったよ。まあ、パンチくらわせた」サマーが、あたしがやる気をなくしてるのに気づいていった。「わかった。サメはいない。水中爆弾があるフリして」

「なんて?」

「ま、いっか。いいから笑ってて。サイコーの波に乗ってるみたいに。うん、いいよ。もう一回」サマーがスマホをおろす。「カンペキ」

あたしはまっすぐになった。髪と顔にはりついた海藻をはがす。「その写真、送ってくれる?」ファーンに見せたい。口をきいてくれたら、だけど。

「ムリ」サマーがバッグを手にとって、スマホをほうりこむ。「忘れちゃった? 通信プラン入ってないし」

「ううう。なんで入ってないの?」いったとたん、後悔した。家計が苦しいとか? だけどけっこう自由にお金つかってるように見える。

サマーはあたしから目をそらして、海のほうをむいた。波をじっと見つめて、そのむこうに目をやって、ずっと遠くを見る。ぬれた砂のほうにゆっくりと歩いていく。しゃがんで、人差し指でなにやら書いている。右に移動しながら、文字を砂に書く。それからまたこっちをむいて、しばらくするとバッグとボードがおいてあるところにむかった。

「二度とメール見たくないから」サマーがいう。

サマーにむかって手をのばしたけど、遅かった。サマーはもう前を通りすぎていた。だから波打ちぎわに目をこらして、波が押しよせてきて砂に書かれた文字を洗い流すのを見つめた。サマーが二度と見たくない文字が、波に洗われて消える。

――すぐに帰ってきて！　ハンクがケガしたから。

20

つぎの日、あたしたちはサーフポイントをすぎて、波が生まれる前のおだやかな場所に浮かんでいた。あたしたちのからだの下で水がもりあがり、海岸のほうへ進んでいくけど、波がくだけるのはあたしたちがいる場所をすぎてからだ。あたしはサマーのピンクのボードの上にうつ伏せになっていた。サマーはとなりで、ハンクのシーフォームグリーンのボードの上にいる。

「さてと、ポップアップやって見せて。はい、波が来るよ」

あたしは海のほうを見た。

「ちがうってば。練習してるだけ」

あたしはレールをつかんでる自分の両手を見つめた。レールっていうのは、サーフィン用語でボードの両サイドのこと。「手、これでいい？」

サマーが首を横にふる。「ボディボードならレールにしがみついてていいけど。あと、サーフボードに乗ったまま波のなかをくぐりぬけるときとか、ポイントまでパドリングしていく途中とかもね。だけどいい？　ポップアップするときは、両手はあばら骨とボードのあいだ。顔をこれからむかう海岸のほうにむかってグイッとあげて、一気にしゃがむ。ぜんぶの動作を一瞬のうちにね」

やれやれ。ため息をついてから、すーっと息を吸って、手のひらをあばら骨の下につっこんで、一気に上半身を起こした。だけどボードがぐいっと動いちゃって足元からはなれて、あたしは水中に落下した。足首とひもでつないでなかったら、ボードが流されてたとこだ。

「おしい」サマーがいう。「つま先をもうちょっとだけボードのノーズに近づけて。左足をもう少し前に出して、バランスがちゃんととれてから立ちあがる」

「やってる」

「わかってるよ。がんばってる。それにね、波をつかまえるには、その前に何度か転倒するのは当たり前だから」

「わかった、わかった」

あたしはまたボードの上に腹ばいになった。何度も、何度も。

そして何度も、何度も、バランスを失って落っこちた。

「転倒はプロになってきた」

「もう一回。もう少しだから」サマーがいう。

信じられなかったけど、もう一回やってみる。手のひらをあばら骨の下にいれて、指と手の甲を曲げる。今度は自分がひざと足を前にして左足を前に出すんじゃなくて、ボードをこっちに引きよせてるみたいな感覚があった。しっかりしゃがんだ姿勢でボードに着地して、少しだけからだを起こす。

ウソみたい。信じらんない。あたし、海のまんなかでサーフボードの上に立ってる。大陸があたしの前にひざまずいている。

「ベティ！　やったね！」サマーがさけぶ。

あたしはニヤッとして、足元を見つめた。左足が前、右足がうしろ。いつでもつぎの姿勢にうつれそう。

そのとき、ボードがグラッとして、あたしは水のなかにドボン。

サマーが笑う。あたしも笑った。だって、もうできるってわかったから。一回できれば、あとはだいじょうぶ。

何度もやって、腕も肩もクタクタになった。

「ね、いいにおいがしない？」サマーがきく。「陸のほうからふく風のせいで波がぼやけて質がわるくなってるけど、この風、売店の宣伝もしてるみたい。わたしもう、ポートベロマッシュルームバーガー一択」サマーが鼻からすーっと空気を吸いこむ。「あとオニオンリングも」

うん、いいね。でも。「その前に波をつかまえない？」

サマーがニヤッとする。「本気？　今日はもうじゅうぶんって感じじゃないの？　わたしなんか、ベティがボードから落っこちるの見てるだけでお腹すいてきちゃった」

あたしはサマーに水をはねかけた。「一回だけやってみない？　っていうか、どうせ岸にむかうんだし。でしょ？」

「たしかに。いいね、その根性。じゃ、いい？　ボディボードとおんなじ要領だからね。波が来たらパドリングで前進して、波のスピードに負けないように。そのほうが、波をつかまえる余裕が生まれるから。波が足を押してきたら、すぐポップアップ。できれば、波の先端の真上がいいんだけど、そうしたら波の前におりて、角度をつけて進む。スケートボードでターンに入るときとおんなじだよ」

「わかった」

「ほんとに？」

「モチロン」あたしはこわくなんかない、みたいなフリをした。

サマーがにっこりする。「よーし、ベティ、練習の成果を見せて」

あたしたちはうつ伏せのままパドリングして、サーフポイントに近づいていった。ゆっくりと進み、サマーが選んだ場所に行く。

「よし、と。いい、波がどんな表情するかが見える？　波は背中をむけてるけど、ここにいれば表情はかなりちゃんと見えるはず。だからここからか、もしかしたら少しだけ下がるかもだけど、パドリングでスタートして、先端の真上でポップアップ」サマーが肩ごしにふりかえって、もりあがりを確認する。「いい？」

あたしはうなずいた。

サマーがあたしからパドリングではなれていく。あんまり近づいてると、ぶつかりあっちゃうからだ。サマーがシャカをして、あたしもシャカを返す。サマーは小さい波が近づいてくるたび、じっと見つめてはこっちにむかって首をふる。

そして、サマーがさけんだ。

「これ！　つかまえて！」サマーがパドリングで近づいていく。鳥を追いかけるネコみたいに狙いを定めて。あたしもサマーのあとを追う。最後に左をチラッと見たとき、波がすぐうしろに来てるのを感じた。あたしはボードをプレスして、ポップアップした。

いけた、と思った。一瞬、目の前に海岸が見えた。だけどその光景がぐらりとゆれて、宙返りをして、あたしはまっさかさまにボードのノーズのむこうの水のなかに落っこちた。

波がおおいかぶさってくる。おでこが底の砂にあたり、鼻から塩水が入ってくる。水があたしを引きずって、あたしをとらえてはなさない。ボードにつけた流れ止めのコードが足首を引っぱる。

こんなことになるとは思ってた。たぶん、わかってた。足を水につけたら最後、けっきょく海の底。何十兆リットルもの塩水の重みに押さえつけられて身動きもできない。貨物列車にひかれたみたいにあたしは海底をごろごろ転がる。

だけど、波はとうとうあたしの上を通りすぎていき、あたしは浮きあがって、空気をもとめてあえぎながら、海面に顔を出した。

どうしようもなくゲホゲホ咳きこみながら、なんとかボードの上にはいあがる。頭を低くしたままボードにしがみついていたけど、やがて岸にむかって弱々しく水を蹴りはじめた。

また、波が押しよせてきた。あたしはまたボードから落っこちる。なんとかはいあがったとき、サマーが近づいてきた。

「だいじょうぶ？　ね、だいじょうぶ？」サマーはパニクってる。「うわっ！　頭！」サマーの目があたしの生えぎわをさまよってる。「わたしの名前！　わたしの名前、わかる？」

「サマー」

サマーはあたしをじっと見守りながら、横むきに水を蹴る。海岸が近づいてくる。

「で？　自分の名前は？　おぼえてる？」

あたしはにっこりして、浅瀬でボードからおりた。「ベティ」

サマーがムスッとした顔のまま笑う。「うん。たしかに」すぐにピタッとよりそってくる。

あたしはかわいた砂浜に倒れこんだ。サマーがとなりにひざをついて、ボードにつないでるコードをあたしの足首からはずす。砂はあったかいのに、海からふいてくる風で寒気がする。しょっぱい鼻水がだらだらたれる。ひどく咳きこんで、口から塩水を吐いた。小さいスナガニが一匹。まちがいなく、あたしの口から出てきた子だ。

「横むきになって」サマーがいう。「咳はつづけてて」サマーは立ちあがって、両腕をライフガードの小屋にむかってぶんぶんふった。

咳をしつづける。うー、頭イター。砂をじっと見つめてたら、日に焼けて引きしまった脚とライフガードの赤い短パンが見えてきた。

「どうした？」低い声。

「いっしょに波乗りしてた」サマーが答える。「ボードから落っこちて頭を打ったの。わたしがふりかえったら、ドボン。そこからしばらく波にもまれてたはず」

「上むける？」ライフガードのお兄さんがひざをつく。「目を見せてくれる？」上をむく。このお兄さん、サマーのお気に入りのライフガードのジャックだ。

「アイタタ」サマーが声をあげる。

ジャックが顔をしかめた。「メタメタにされたみたいだな」医療的な診断じゃなくてあくまでもライフガード的見解だけど、まあそのとおりって気がする。「頭、どんな感じ？」

「ガンガンしてる」咳きこんで、ちょっと吐いた。うー、恥ずかしい。

ジャックが立ちあがる。ライフガードの小屋のほうに手をふって、なにやら合図を送る。「お約束じゃや、〝ハックシャック〟行きだな。そんだけ咳が出るってことは、かなり強くやられてるってことだ。脳しんとう起こしてないか、確認しなきゃだな」

「わたしもいっしょに行く」サマーがいう。かなりあせってる。

「どこへ？」

「ハックシャック。救急外来だ」ジャックが答える。

あたしは首を横にふった。「ムリ、行かない」

「行かなきゃいけないんだよ」サマーがいう。

サマーを見つめると、ハンクのことを考えてるのがわかった。ああ、そうか……。

「わかった」あたしはいって、サマーのほうに手をのばした。「ついててくれる？」

「はなれない」

サマーがあたしの右腕をさする。ごしごしされすぎて痛くなってきたけど、口には出さない。ジャックもずっとついててくれて、あたしとまわりを同時に見はってる。ライフガードがあとふたり、かけつけてきた。

ライフガードの救急用の車が到着した。砂浜を走るためにタイヤが太くて幅が広くて、オモチャみたい。あたしは担架にのせられた。サーフボードにのってる気分。頭を海底で打ったから首が曲がらないように固定しよう、といってるのがきこえる。ジャックがあたしたちのボードをもって、ライフガード小屋においとくからといった。

砂浜から道路に出ると、あたしは車をおろされて、ふつうの救急車に乗せられた。サマーが救急隊員に、自分は姉だから同行するという。ライフガードたちはもちろん、そんなのウソだとわかってたけどだまってた。

あたしは背中を固定されてすわらされた。サマーはあたしの横で、ずっと腕をさすっててくれた。サイレンが鳴りひびく。うわ、そんな大げさにしなくていいのに。窓から、空が見える。走っていくと、ホテルのタワーとか街灯とか木とかが立ちならんでるのも見えてきた。

あたしは目をとじた。そしてつぎに目をあけたら、病院に着いていた。救急車の扉がひらく。サマーにつきそわれて、あたしは救急外来に運ばれた。

カーテンで仕切られた小さい部屋に直接つれていかれる。サマーと救急車に乗ってた隊員が看護師さんの質問に答えてる。白衣姿の人がふたり、あたしを担架から角度が調節できるベッドにうつした。洗濯バサミみたいなもので人差し指をはさまれる。サマーが毛布をかけてくれた。あ、そういえばあたし、ショーティ着てるんだった。

「お名前は？」若い看護師さんがたずねる。スポンジ・ボブのナースウェアを着てる。

「ベティ」

「本名はジュイエです。わたしがベティって呼んでて」サマーがすかさずいう。

看護師さんがにっこりする。「ここがどこか、わかりますか？」

「ハックシャック」

看護師さんがまたニコッとする。見た目からしてきっとサーファーだ。パドリングできたえたっぽい肩と、髪に入ったハイライト。モニターを見つめてるから、あたしも見た。ママが医者だから、これって酸素がじゅうぶんに吸えてないってことだとわかる。肺からヒトデがはいだしてくるような感じがする。

「すぐに医師が来ますから」看護師さんがいう。

あたしは上半身を起こした。砂粒のざらっとした感じがする。むきだしの脚とひんやりしたシーツのあいだにはさまってる。サマーが近づいてきて、あたしの手をにぎった。咳を一回したら、とまらなくなった。口をふさいでた手のひらを見ても、ヒトデは出てきてない。

「はいはい、どうなさいましたか？」ききおぼえのある声。毛布をかぶってちぢこまってたら、ママが入ってきた。カルガモのお母さんみたいにぞろぞろ引きつれてきたのは、五、六人の研修医。ママは記録がはさんであるクリップボードを手にとった。

「さてと」ママが書いてある情報を読みあげる。「女性。十二歳。頭部打撲で海水を誤嚥。肺を聴診して、頭部と胸部のレントゲンを撮ります。脳しんとうのプロトコルと、呼吸器の観察管理。まあ、あなたたちはこれだけ海に近い病院で働くことになったんだから今後も何度も経験するはずね」

ママはやっとあたしのほうを見た。ショックで一瞬、ひざから力がぬける。もってたクリップボードを落として、カウンターをつかんでからだを支える。研修医がクリップボードを拾う。あたしが目を合わせないようにしてると、ママは立ちなおってすぐに行動を再開した。

「こんにちは、お嬢さん」知らない人みたいにふるまってる。ズキズキ痛いあたしのおでこを、指先でなぞった。「お名前を教えていただけますか?」

「ベティ」

サマーがすかさず割って入ってくる。「ジュイエです。わたしがずっとベティって呼んでただけです」

サマーは、ママだとは思ってない。オーシャンパークに来た日に〈ピンキー・プロミス〉で見てるけど、きっとわからないはず。だけどママのほうはおもしろがってるみたいにサマーを見ている。

「ベティ?」

研修医のひとりがママに顔を近づけていう。「サーファーの俗語で、魅力的なサーファーガールって意味です」

えっ? 心電図モニターに表示されてる数字が大きくなって、脈がはやくなる。サマーにずっとベティって呼ばれてたけど、そんな意味だなんて知らなかった。

ママがあたしのほうを見る。「ここがどこか、わかる?」

「ハックシャック」

またしても研修医が通訳する。「サーファーのスラングで病院です」

「で、どうしてここに来たかわかる？」

ママはあたしのことなんか知らないみたいにふるまってるから、あたしもママの目を見ない。「ワイプアウトしてネプチューンカクテルのみこんだ」

またしても研修医が顔を近づけてくると、ママはだいじょうぶというふうに手をふった。「いわんとしてることはわかるから。首に痛みはある？」

あたしは首を横にふった。

ママが両手をこちらにのばしてきて、あたしの首のうしろと両側をさする。ママの指がふれるのを感じて涙があふれてきそうな気がするけど、ぜったい泣くもんか。

「このあたり、痛くない？　こっちは？」

あたしは首をぶんぶんふる。

ママの手が引っこんだ。「こちらをむいてまっすぐすわって、深呼吸をして」ママがあたしのショーティのジッパーをおろして背中を出す。聴診器がふれてヒヤッとする。「もう一度。ゆっくり深呼吸してくれる？」ママがジッパーをあげて、一歩はなれる。「どうやら大きな問題はなさそうね。まず、足を高くして、頭が肺の下になるようにして。肺のなかにたまってる海水が流れやすくなるから。それからタイレノールをのませて頭頂部にアイスパックをあてて、頭部と肺をスキャン。深刻なことが起きていないか、念のために確認して」研修医たちがうなずいて、それぞれもってるクリップボードにメモをとる。

ベッドの足のほうがあがって、頭が低くなる。すぐに、肺がひっくりかえされたシャンプーのボトルみたいな感じがした。底に残った最後の一滴までしぼりとられてるみたい。

ママが看護師に指示書を手わたす。看護師が出ていくと、ママは研修医たちにむかっていった。

「全員、五分休憩。あとで休憩室で」研修医たちはうなずいて、散っていった。ママはそれを見送ると、カーテンをしめて、あたしのベッドわきのイスにすわった。

「ほんとビックリした」

あたしは目を合わせない。「知らない人みたいに。あたしなんかただの研究材料なんだね」

ママがコホンと咳ばらいをする。「患者と深い関わりがある場合、処置をほかの医師にまかせなきゃいけない決まりなの。自分で担当したかったから知らないフリをしたのよ」

「え、お母さん？」サマーが目を丸くする。「まさかハックシャックで会うとは思わなくて気づかなかった！」

ママがニッコリする。「サマーね」

「こんなことになっちゃってごめんなさい。ベティ……っていうかジュイエは、すごく上達したんです。かなり泳げるようになって。たぶん、わたしが急かしちゃったせいで……」

「いいのよ」ママが口をはさむ。「ここに連れてきてくれて、ほんとうに助かったわ」

「サマーはライフガードみたいなもんだから」あたしはいった。

「ほんとうね」ママがいう。

「あの……これからもジュイエと遊びに行くの、ゆるしてもらえますか？」サマーがたずねる。

ママはふしぎそうな顔でサマーを見た。「もちろんよ。ジュイエによくしてくれて感謝しているのよ」ママがサマーの肩に手をおく。「あなたたち、救急隊員に姉妹だっていったでしょ？」サマーが気まずそうな顔で笑う。「レントゲンを撮ってるあいだジュイエについててくれるなら、あとでタクシーを呼ぶからいっしょに帰りましょう」

「はい、お願いします」サマーはいった。

レントゲンを撮って、ママの許可がおりると、あたしたちは三人で四番通りにもどった。サマーとママは親友みたいにおしゃべりしっぱなしで、あたしはおでこにアイスパックをあてながらムスッとしてた。コテージの前でタクシーからおりると、サマーはバイバイと手をふって、ライフガードの小屋からボードをとってくるといってもどっていった。

コテージのなかは、リビングにあわい光があふれていた。ソファにごろんとすると、ひらいた窓からそよ風が入ってきて四番通りを走る車の音がときおりきこえてきて、眠くなってきた。

目をあけると、ママがソファの前にすわってこちらを見てた。太陽は沈んでたけど、コテージのなかはまだ暗くない。

「気分はどう？」

ちょっと考える。「バカみたい」

ママはあたしのおでこにかかった髪をそっとはらいのけた。一瞬、娘の髪をなでてる母親みたいだったけど、ううん、ちがう。医者だからケガ人のようすをみてるだけ。

「テラスにアロエが育ってるから、すり傷が残らないように貼るといいわね」

ママが立ちあがって、ドアのほうに歩いていく。

「ERなんか行きたくなかった」あたしはちょっと声をはりあげた。

ママが立ちどまる。「そう。わたしはうれしかった」

腕で目をおおった。「あたしが海底めがけて落っこちておぼれかけたのが、このくだらないバケーション中に自分の母親にやっと会う口実をつくるためだと思ってるなら、大まちがいだから」

ママはだまって突っ立ってる。「責めてなんかいないわよ」

「ママがいる病院にむかうって知ってたら、ちがう病院に行ってくださいってたのんでた」

ママがコホンと咳ばらいする。口をひらいたとき、声がかすれてた。「ここにいるあいだ、かなりいそがしくなるってことは伝わってると思ってた。少しでもいっしょに過ごせるだけで楽しいけど、ほとんどの時間は仕事と学会に割かなきゃいけないから」

ママはじっとしてる。なんとなく、うつむいてるのを気配で感じる。それから、またこちらに顔をむけた。「あなたが病院に来たとき、一瞬わからなかった。すごく健康的に見えたから。太陽と海のおかげね。あと、あなたの話し方」声で、ママがほほ笑んでるのがわかる。あたしは腕をどかしてママの顔を見た。「まったくの別人みたいだった。すっかりサーファーガールね」

「まだ波はつかまえてない。むしろつかまった。あたしはつかまえてない」

「そう。でも、誇らしいわ」

あたしは立ちあがって、まっすぐにベッドルームにむかうとバタンとドアをしめた。あけっぱなしの窓から外を見る。遠くに、屋根や木々のむこう、坂をくだったところに、海がある。見えないけど、風で感じる。

あたしはリビングにもどっていった。ママはまだ、さっきとおなじ場所に立ったまま。

「なんで誇らしいの？」

ママが顔をあげてこっちを見る。「こんなにきれいで勇敢な女の子が、数週間前にオーシャンパークにいっしょに来た子と同一人物だなんて信じられないもの。ずいぶん成長したのね」

あたしはまたベッドルームにもどって、今度は静かにドアをしめる。

ママにいわれたこと、イヤな気はしない。

机の引き出しをあけて、目標リストを見つめる。

- 運動不足を解消して外の空気を吸う
- 恐怖に立ち向かう
- 快適ゾーンから出る！
- あたらしい友だちをつくる
- サーフィンを習う？
- ファーンのことをちゃんとする
- ママと距離をちぢめる
- サマーがあたしを助けてくれたようにサマーを助ける

リストはどんどん長くなってる。でも、それでいいのかも。だって、リストが長くなるうちは、あたしが強くなってるってことだから。

引き出しをしめて、窓の前に行く。深呼吸をして、左足を前に出して、戦士のポーズをとった。脚を曲げて、感じた。自分の強さを、自分のバランスを。そして、いつか乗る波を。

21

つぎの日、サマーとあたしはスケートボードを抱えて坂道をのぼっていた。もう一回スケボーに立ちかえって、遊歩道で練習した。サマーが、スケボーから落ちないようになればなるほどサーフボードからも落ちなくなると考えたからだ。

四番通りまでの坂は急すぎてボードでのぼるのはムリだし、一日じゅう遊歩道をすべってクタクタだった。

サマーはさっきからおとなしい。このごろ、こっちのモードに入ることが多くなってきた。でもハンクに会ってからはもう謎じゃないから、あたしがなんかいったりしたりしたんじゃないかって心配になることもない。だけど、それで安心するなんて罪悪感だ。だって、原因はあたしなんかよりずっと深刻で重大なことだとわかってるから。

角を曲がって四番通りに入って、サマーの家の前に着いた。サマーが立ちどまる。

「見せたいものがあるんだけど見る？」サマーがくたびれた感じでいう。

あたしはうなずいた。見たい。

サマーが玄関のドアまでの小道をどんどん歩いていく。家に入ると、なかはしーんとしていた。サマーのあとをついて階段をのぼっていく。ハンクの部屋のドアのむこうから、介護士のマリアがスペイン語で歌をうたってるのがきこえてくる。だけどサマーは短い廊下の反対方向にむかって歩いていった。エレベーターをすぎると、しまったドアにアクアブルーの画用紙を切りぬいたアルファベットでサマーの名前が貼ってある。サマーがノブをまわそうとして、ふと手をとめる。真顔で小さな声でいう。

「笑わないで。からかわないで。批判しないで」

あたしはわかってる、と首をふった。「ぜったいしない」

ドアがあくと、サマーの世界が広がっていた。好きになるしかない世界。壁はサーフィン雑誌のポスターで埋めつくされていて、一面ライトブルー、アクアブルー、オーシャンブルー。それとシーフォームグリーンと金色の太陽。歯型がついて使えなくなったピンク色のサーフボードが飾ってあって、その下にある窓はあけっぱなしで、サマーの愛する太平洋が遠くで静かにきらめいているのが見える。

サマーはベッドの足元にひざをついて、下から靴箱を引っぱりだした。ベッドの上にすわって、となりを手でとんとんする。すわると、写真が目に入った。ベッドサイドのテーブルの上にあるフレームに入った写真。たぶん二、三年前のサマー。となりに立ってる男の子はきっとハンク。元気いっぱいの、イケメンサーファーボーイ。ビーチにふたり並んで、それぞれのサーフボードを立ててニコニコしている。「たいせつに思ってるのが一個しかない、とかじゃないから」サマーがいう。

写真に見入ってたあたしは、サマーの顔を見た。「サーフィンってこと？」

サマーがうなずく。「ひとつのことしか考えられない、とかじゃない」

「わかってるよ。だけど、だとしても、サマーの場合はピッタリなものを選んだと思う」

「むこうがこっちを選んだのかも」サマーがくちびるをぎゅっと結ぶ。自分の運命について考えてるみたいに。

「箱、なにがはいってるの？」あたしはたずねた。

「ただの……」サマーは途中でやめて、だまって箱のふたをあけて、わきにおいた。

なかはがらんとしてて、貝が何個か入ってるだけ。

「見てもいい？」そうたずねると、サマーがうなずく。

かわききったうす茶色のタツノオトシゴの形をしたものを手にとってみる。コオロギくらいの大きさしかない。食パンの袋をとめてあったネジネジの金具で、小さいプラスティックのカウボーイ人形をくくりつけてある。タツノオトシゴに乗って投げなわをしてる。

ハチドリが一羽、窓からシュッと飛びこんできて、あたしの頭の上ではばたいている。なになに、そのなか、なにが入ってるの、みたいに。そして満足そうにうなずくと、また窓から広い空へとはばたいていった。

タツノオトシゴを箱にもどして、一ドル銀貨ほどの小さいサンドダラーをとりだした。小さいパンケーキみたいだけど、細かい模様が描いてある。

形の整ったカニのハサミもある。日に焼けて白くなってる。

どこも欠けずにもとの形を保ってる貝がらが二枚。こんなきれいなの、なかなか見つからない。

この歯は、まちがいなくサメだ。きっとかまれたときにサマーのおしりの肉に残ってたやつだろう。

ライトブルーのシーグラスがひとつ。つまみあげて、窓からさす光にかざしてみた。

「これ、わたしが海の夢を見るときの海の色」サマーはいった。

ひとつだけ、手をふれずにおいたものがある。髪の毛の束。小さいビニール袋のなかに入ってる。

サマーとおなじ金色だけど、きっとサマーのじゃない。

どれをとっても物語がある。だけど、その物語をサマーが語ることはできない。少なくとも、口に出しては。

ああ、あたしも、なんでもいいからこの箱のなかにあるものとつながっていたらいいのに……気づいたらそう思っていた。ほら、これがワイプアウトしたときに吐きだしたスナガニだよ、みたいに。これはあのとき拾ったボトルのキャップだね、とか。だけどすぐに、そんなこと願っちゃダメだと思った。自分が箱のなかの一部になりたいなんて。こんなに神聖なものたちの仲間入りをしたいなんて思っちゃいけない。ほら、この小さいコルクのふたのガラスびん、あなたの名前が書いてある米粒が入ってるよ、なんて。

「ハンクのこと、ずっとかくしててごめん」サマーがいう。

あたしはシーグラスを箱のなかにもどした。「ぜんぜんいいよ。わかるし」

「で、これが、わたしの秘密の箱」サマーが視線を箱からひらいた窓へとうつす。「これ以上ベティにかくしごとしないようにする」

「あたしも」そういいながら、あたしの秘密ってなんだろうって思ってた。あったとしても、サマーのみたいにキラキラしててうつくしいかな、って。


その夜、ベッドのなかであたしはまた、サマーのベッドの下の箱のことを考えてた。入っていたものひとつひとつの物語を想像する。あたしにもあんな箱があったらいいな。サマーがオーシャンパークじゃなくてレイクショアに住んでたら、箱のなかになにをいれるだろう。きっと、葉っぱと虫の死骸とカタツムリの殻。湖でスキーをして、木のぼりをする。

レイクショアにもどったら、あたしもしよう。そういうものにもどろう。氷のはった湖でスケートしたり、木にのぼったり。小さいころに、パパがいたころにしてたみたいに。もう一回できるはず。

うとうとしながら、ぼんやり考えてた。朝になってもまだそう思っていられるかな。というか、一週間後、レイクショアにもどってからもまだ。あたしに勇気を教えてくれたこわいもの知らずの女の子がそばにいなくても、そう思っていられるかな。

22

目がさめたらママがベッドの横に立ってた。満足そうにニヤニヤしてる。

あたしは起きあがった。「え、なに？」

ママは、ただいまお楽しみ中ですってときの服を着てる。サマードレスで、ワンピースの水着のひもが肩からのぞいてる。「べつに」

「なんでまだいるの？」

ママがベッドのはしっこにすわる。「今日は病院に行かない日よ。忘れちゃった？」

「知らない」疑いがむくむくわいてくる。「きのうあたしがワイプアウトしたからじゃなくて？」

ママが首を横にふる。「それは二日前。だいたいずっとカレンダーに休みって書きこんであったけど？」

「あ」

「だから一日じゅう、いっしょにいられる」

そうなんだ。この前一日いっしょに過ごすはずだったときはランチ食べる前にフラれたけどね、とはいわないでおこう。「サマーにいわなくちゃ。十時に〝エイリアンの要求をムシ〟する約束だから」

「ママもいっしょに〝エイリアンの要求をムシ〟したいな。それってなんなのかは知らないけど。

サマーにもう一度会いたい。この前みたいな場所じゃなくて」

あたしはあいまいに笑った。ママが出ていくと、ベッドにすわったまま、ママといっしょにサマーに会うのってどんな感じだろうと考えた。

あ、ワッフルが焼けるにおい。あたしはベッドから出た。朝食にワッフルなんてうれしいけど、あたしが食べてるときも、ママはテーブルについたまま病院関係の書類を読んでる。オフの日も、仕事から解放されないんだな。

「で、そのエイリアンに反乱(はんらん)を起こすってのはなんなの?」ママがメガネごしにこっちを見る。

「〝エイリアンの要求をムシ〟。そのうちわかるよ」

しばらくして、ママとあたしはビーチ用のグッズをもって家を出た。ママは七月二日のあたしみたいに白くて、コースターみたいにレンズが大きいサングラスをしてる。歩くたびにビーサンがパタパタいう。

「着いた」あたしは歩道を指さした。

ママが目の前を見おろす。「エイリアンの要求をムシ」サングラスを鼻の上に押(お)しあげる。「で、なにするの?」

「待つの。待ち合わせ場所だから」あたしはママから目をそらした。日焼け止めで真っ白な鼻の頭とデカレンズのサングラスから。ビッグカフナのバンガローのほうに目をやる。ドアの横にサーフボードが立てかけてある。

すぐに通りのむこうにサマーの姿が見えた。はなれたところからでも、サングラスをしていても、サマーが目を細くしてるのがわかる。あたしのとなりにママが立ってるのをふしぎがってるみたいに。でも、サマーは笑ってる。気づいたらあたしは胸がドキドキして、手のひらに汗がにじんできた。たぶん、ERで会って以来だからママがサマーにどんなふうに接するのか心配なんだと思う。サマーを非難するようなことをいったらどうしよう。

「ハイ、ベティ！」サマーがいいながら近づいてくる。「ハイ、ベティのママ！　またお会いできてうれしいです！」

「アビーって呼んでちょうだい」ママが手を差しだす。

サマーはママの手をとらずに、あたしにサーフボード二枚をあずけてママをハグした。それから、からだをはなすといった。「サマーって呼んでください！」

ふたりの表情をじっと見つめる。どうやらER事件のあとでふたりが気まずいんじゃないかって心配してたのはあたしだけみたい。

ママがほら、というふうにビーチバッグをかかげていう。「今日はわたしもごいっしょさせてもらおうと思って」

サマーがあたしにむかってニヤッとすると、ママにも笑いかける。「やった！　サーフィンは？あ、いえ、だったら水に入るだけでも。ベティはめちゃくちゃ進歩したんですよ」サマーは目を見ひらいて、あたしの肩をパンチしてきた。それからまたママのほうをむいた。「ボディボード教えてあげます！」

ママは少女みたいに目をかがやかせて、立ったままもじもじした。げっ、恥ずかしい。

だけどその直後には、あたしたちはサーフボードをボディボードと交換して、オーシャンパーク大通りの坂道をくだっていた。サマーはあたしのことなんかすっかり忘れたみたいにはしゃいでる。話しかけるのはママにばっか。

「ボードは売店のとなりで借りられますから。現金もってますか？　あ、っていうか、もってるに決まってるか。あとで、わたしたちがいつも売店でなに食べてたか、見せてあげます。あの売店、レベル高くて。オニオンリング、好きですか？」

「ええ、もちろん……」

「で、ビーチの帰りはたいてい、〈ピンキー・プロミス〉によるんです。あそこで会ったの、おぼえてますか？」

「ええ……」

「わたし、ベティとアビーのうしろに並んでて。あのときふたりとも、すっごくかわいくて！　そのあと、ふたりがうちの近くのあのコテージに入っていくのを見かけたんです。それ以来ずっと、ベティと仲よくしてて！」

あたしたちはメインストリートで信号待ちをしている。あたしはサマーをじっと見つめていた。サマーの口からそんな話をきくのはヘンな感じがしたから。網戸の下にカードを差しこんだのはわかってるけど、仲よくしたくてわざわざそんなことをしたのかななんて調子にのった想像はしてなかった。なんとなく、たまたまだって思うことにしてた。

あたしたちは波打ちぎわに陣(じん)どってビーチタオルを広げた。ママはボディボードの練習にそなえて日焼け止めをぬりたくった。あたしはショーティを着てたから日焼け止めが必要な範囲(はんい)はせまい。そもそも七月の頭と比べてかなり真っ黒だ。

いったん海に入ると、ママは才能を発揮(はっき)した。どうやらあたしのスキルはぜんぶ、ママから遺伝(いでん)したものらしい。ママは初挑戦(はつちょうせん)で波をつかまえて、八割(わり)くらいはカンペキに乗りこなした。ママとサマーは、めちゃくちゃ楽しんでる。あたしはだんだん、ママに腹(はら)が立ってきた。なんか、友だちをとられたみたいな気がする。あと、あたしといっしょに過ごすといってたくせに、これってサマーと過ごしてるようなもんじゃん。ママは気づいてもいないけど。

「楽しんでる？」ママがたずねる。あたしたちは並(なら)んで波待ちをしてる。ママがまんなか、その右にあたしで左にサマー。

「めちゃくちゃサイコー！」あたしは作り笑いをした。

ママもにっこりして、ふりむいて波を確認(かくにん)する。乗れそうにない波が来る。できればその波に乗ってママから、ふたりからはなれたい。だけどムリ。それに見苦しい姿(すがた)は見せたくない。

「あとでパパとジュヌヴィエーヴとFaceTimeすることになってるんだ」あたしはいった。気づいたら口から出てた。しかもウソ。

ママは答えない。だけど、笑顔(えがお)が消えた。波が来ないかとふりかえってる。

「パパはジュヌヴィエーヴのどこがいいんだと思う？　っていうか、そりゃ美人だったりはするけど、頭わるいじゃん」

ママがイライラを顔に出す。「パパとあの人の話をいまもちだしたのは、なんか意図があるの?」

あたしは首を横にふる。「ううん。ただ、ジュヌヴィエーヴってこういうの上手いんだろうなと思って」

「ばーん!」サマーが大声を出す。サマーがどういうつもりでそんな声を出したのかはわかる。だけど、あたしはこっちを見つめてるママを見ていた。

「ママを傷つけようっていう意図?」ママがたずねる。

返事ができないうちに、大波がおそってきた。あたしたちはつぶされて、海のなかに引きずりこまれた。波が怒りくるってる。泡がはげしく音を立てながらあがっていく。やっと波から解放されると、手首にくくりつけたボディボードにぐいぐい引っぱられて、あたしは空気をもとめてあえいだ。するとママが自分のボードの横に顔を出した。顔に髪の毛がべっとりはりついて、ゴホゴホ咳をしてる。そのままわきめもふらずに岸にむかってパドリングをはじめた。ボードが手首からはずれるけど、置き去りにしてどんどん泳いでいく。

「ママ!」

ママは返事もしないでそのまま泳いでいく。ずっと咳きこんでる。あたしはボディボードに乗って、ママに追いつこうと足を蹴った。

サマーはもちろん波をつかまえて、乗りこなしていた。そしてもちろん、サマーのほうが先にママに追いついた。心配そうな顔をしてる。ふたり並んで浅瀬を歩いて砂浜にむかっていく。ママのボードがぶつかってきたけど、そんなのムシ。沖に流されちゃって、レンタル屋さんに罰金払わされても知ったこっちゃない。

だけど、あたしもとりあえず砂浜にむかった。だれかが心配だからじゃなくて、クタクタだから。

ふたりはタオルの上にすわっていた。サマーが、ぶるぶる震えるママを見守って、あたしのタオルをママの肩にかけている。

「きっとだいじょうぶだから」サマーがあたしの表情をうかがってから立ちあがった。「ボードとってくるね」

サマーが流されたボードにむかって走っていく。浅瀬でくだける波にもまれてはずんでいる。あたしはママのほうを見ていった。

「つぶされたね」

ママがうなずく。

「さんざんだったね」

ママがまたうなずく。

「それって……」あたしはママをじっと見おろした。「パパが出てったときもそんな感じだった？」

ママがこっちを見あげて、日差しの強さに目を手でおおう。

「落っことされて、ぐるぐるもまれて」

ママが首を横にふる。「パパがいなくなったときのほうがもっとひどかった」

「ほんとに？」あたしはサマーのほうをチラッとふりかえった。ママのボードを抱えて歩いてる。

波打ちぎわからあたしたちを見つめて、それから目をそらして海のほうを見た。「パパがいなくなったときのこと、なんにもいわなかったじゃん」

「そうだった？」ママが首をふる。「たぶん、強く見せようとして必死だったのね」

ママはいま、ぜんぜん医者っぽくない。命を救ってる人にはとても見えない。どっちかというと、ボロボロで助けが必要な人みたい。

「いじわるいってごめん」あたしきっと、一年以上も前に起きたことでママが泣くところを見たかったんだ。

「いままでのことぜんぶ、ごめん」ママがいう。

そんなふうにあやまってほしくない。そんなのイヤだ。

「きっと……きっとママは、まだ息継（いきつ）ぎするチャンスがなかったのかも」

あたしがいうと、ママがかすかに笑う。

あたしはママのとなりにすわった。「一、二、三でいっしょに深呼吸（しんこきゅう）しない？」そんなすばらしい考え、どっから出てきたのかわからない。だけど、すばらしい考え。「海の底に引きずりこまれたけど、大波はすぎていって、やっと浮上（ふじょう）して空気が吸（す）えた、みたいな感じで」

ママがうなずく。「いいわね。いまこそやるべきって気がする」

「だけど、本気で大きく息を吸わなきゃだよ。ずっとほしかったみたいに」

「わかった」ママは泣きそうに見える。「ずっとほしかった」

「あたしも」あたしはひざに手をおいた。「いい？　一、二、三！」

あたしたちはすーっと大きく息を吸った。真っ暗な海の底から海面に顔を出したみたいに。あんまり大きな音を立てたから、カモメがびっくりして、バタバタッとはばたいて飛びたつ。あたしたちの右側で毛布の上に寝かされていた赤ちゃんが泣きだした。あたしは手のひらを口にあてて笑いだした。ママも笑う。それから腕をあたしにまわしてきた。ママが笑ってるのを見るのは、泣かせるよりずっといい。

波打ちぎわで、サマーが逆光の夕日に照らされている。黒いシルエットのなかに、笑顔がキラリと浮かぶ。

この瞬間、なにもかもが完璧に思える。

「ピアノの発表会をサボったのは、パパが最前列にいないのに演奏するなんてムリって思ったからなんだ」ふいに口から勝手に言葉が出てきた。

ママの視線を感じる。だけど、ママはなにもいわない。

「ファーンのせいにしたのは、そんな気持ちを認めたくなかったから。パパのせいで悲しんでるなんて思いたくなかった。パパなんかに人生めちゃくちゃにされるもんかって思ってた。だってパパはあたしを愛してるってことになってるから」

「わかるわよ」ママが遠い目をする。「それに、パパはあなたを愛してる」

「ファーンにごめんねっていってもいい？」

「もちろん」ママがうなずく。「なんでも好きなようにいえばいい」

「あと、ママにもあやまりたい。ウソついたから」

「了解。理由も了解」

「ごめんなさい」

ママはしばらくだまってた。あたしもだまってる。サマーは波を蹴(け)りながら、チラチラこちらをふりかえってる。ふたりっきりにしてくれてるんだ。

「もっとちゃんと話をすべきね。痛(いた)いときは」ママがいう。「心が痛いとき」

「うん、でもいまはもういい」あたしはいった。

「いまはいいわね」ママもうなずく。

ママの足が目に入った。赤くなりはじめてる。「そこにも日焼け止めぬったほうがいいよ」あたしはビーチバッグに手をのばした。

23

海の夢を見てる。海は、サマーのベッドの下の箱に入ってたシーグラスの色。サマーが夢みる色とおんなじ。あたしは波にゆられるように眠(ねむ)りにさそわれて、ひと晩(ばん)じゅう、そうやってゆられていた。だけどそこは、明るくて果てしない砂浜(すなはま)で、ほかにはだれもいない。あたしだけ。波はよせては返して、押(お)しては引っぱる。

ぐいぐい引っぱられて、目がさめた。目をあけると、暗い窓(まど)の白いカーテンのむこうから手がのびてきて、あたしの腕(うで)を引っぱってる。

「ベティ！」あせったようなささやき声。

あたしは起きあがってカーテンをあけた。窓のむこうにサマーのおもしろがってるような顔が見える。

「よかったー、悲鳴あげられなくて」サマーがいう。

目をごしごしする。「自分でもよく悲鳴あげなかったと思う」

「手伝ってほしい。ショーティ着て。はやく！　見ないから」

まだ疲れがとれない。カーテンを引いて、そのまま突っ立ってると、またカーテンがあく音がした。

ふりかえると、サマーの心配そうな顔が見える。

「しめたのは、プライバシーのため？　それとも手伝いたくないから？」

「プライバシー。ちょっと待ってて」

サマーはほほ笑んでまたカーテンをしめた。あたしはパジャマを脱ぎすてて、バスルームに直行した。ショーティがシャワーのところにかけてある。まだちょっとしめってるし、朝の四時に着るには気持ちわるい。

「急いで！」サマーはあたしがもどってくるとささやいた。「窓から出る？」

自分が家をそんなふうにぬけだすなんて想像もしたことない。だけどいわれてみると、なんだかワクワクする。サマーが窓から後ずさりしてはなれると、あたしは頭を出して下を見た。地面はやわらかくて平らに見える。あたしはサマーにタオルをわたして窓をできるだけ広くあけると、片足を出し、もう片方の足も出して、それからストンと着地した。

「行こう！」サマーがいって、先に立って走っていく。

「どこに？」

歩道に出ると、サマーの家のほうにむかった。

「すぐにわかるから」

この時間はどこもしーんとしてる。一台も車とすれちがわないままサマーの家に着いた。サマーがドアに忍び足で近づく。あたしもあとをついていく。ポーチで、サマーがくちびるに指をあてた。

「ママを起こしたくないんだ」そうささやいて、ドアをあける。

あたしたちはこそこそ階段をあがり、ハンクの部屋の前に行った。ふいにこわくなってきた。

「なにするつもり？」あたしはささやいた。

「ハンクを誘拐する！」サマーがドアをあけて、そーっと入っていく。あたしはとり残されたくなくてあとを追った。ハンクのベッドのわきに車いすがある。

「車いすに乗せるよ。わたしがわきの下をもつから、ベティは足ね。一、二、三で。いい？　一、二、三」

ハンクは軽くて、ジャガイモの袋みたいに生気が感じられなかった。しかも、中身が半分くらいしか入ってないジャガイモ袋。車いすにうつして、しっかりすわらせる。サマーがまずは胸、それから足首をバンドで固定する。

「体重なんてほとんどないね」サマーが腰に手をあてていう。「十五歳だよ。ほんとならわたしを運んでくれる側なのに」サマーはハンクの枕の上にメモをおいて、それから車いすのうしろにまわった。

「行こう。エレベーターにのせるよ。ドアしめてきてね。そーっと」

エレベーターがチンというと、サマーがヤバッという顔をする。一階に着くと、あたしが先に立って玄関のドアをあけた。板がわたしてあって、ポーチから外に出るためのスロープになってる。

「わたしのボード、もって」サマーがうしろを指さす。

さっきは気づかなかったけど、ポーチの手すりにボードが立てかけてあった。そのボードを抱えてサマーのあとをついて歩道に出る。

「どこ行くの？」

「ドーンパトロールに決まってるでしょ」

背筋がゾクッとする。こわいけど、ワクワクする。ヒルストリートを、あたしが念のため車いすの前に立って歩く。数歩おきにふりかえって、早く行きすぎてないか確認した。

「これって犯罪じゃないよね？」

「当たり前でしょ！　ハンクはわたしの兄さんだよ。ママには殺されるだろうけど。でも、きっとサイコーのはず」

「ハンクにサーフィンさせる気？」

あれ、車いすがついてきてない。ふりかえると、サマーがうつむいている。金色の髪が地面につきそうなくらい下をむいて、笑いをこらえてる。やっと顔をあげた。

「まさか。ハンクはサーフィンしないよ。ま、やらせたらしそうだけど」サマーがまた坂道をごろごろと車いすを押しはじめる。「ハンクは見物」

ハンクに見えないのはわかってるけど、想像すると楽しくなってきた。サマーは前にあたしが三番通りをこわがってたとき、スケボーに粘着(ねんちゃく)テープでつないでやろうかってふざけてたから、ハンクをサーフボードにくくりつけるイメージが浮(う)かんでくる。

ひと気(け)のないメインストリートをわたる。ネイルソン通りとバーナード通りにも、だれもいない。そして、砂浜(すなはま)に着いた。だけど、車いすは車輪が細くて砂浜を進めないことがわかった。ぜんぜん回転しない。

「マジかー！」サマーが砂浜のむこうにある暗い海を見つめる。ぼんやりした霧(きり)が海面から立ちのぼってこちらに流れてくる。水に入ってる人がふたり見える。

しわがれた声がうしろからきこえてきた。「手伝いが必要かな？」

ふりかえると、ウェットスーツを着たおじいさんがいる。施設(しせつ)にいるようなおじいさんじゃなくて、髪(かみ)もひげも白くてぼうぼう。サーフボードのノーズを砂に突(つ)きさして、高齢(こうれい)なのに強そうだ。

「兄を海の近くに連れていきたいんです。わたしがサーフィンしてるところを見せたくて」サマーがおじいさんからハンクに視線(しせん)をうつす。「サーフィン教えてくれたのは兄だから」

おじいさんがニッコリする。「そして、ハンクに教えたのはわたしだ。知っているかぎりのことはすべて教えた。そしてハンクは、すぐれたサーファー(ホットドッガー)になった」おじいさんが前に出てくる。「わたしのボードを運んでくれたら、わたしがお兄さんを運ぼう」

サマーがニッコリする。「ありがとう」

おじいさんはかがみこんで、ハンクのわきの下に手をいれると、肩(かた)にかつぎあげた。「おいで、ハンク。波をつかまえに行こう」子どもをベッドに運ぶ強くて大きなお父さんみたいだ。

サマーがおじいさんのボードをもって、あたしたちはあとをついていった。おじいさんが砂を踏みしめるたびにハンクの細い髪がふわふわゆれる。

百歩くらいで、波打ちぎわに着いた。サマーが頭をぽりぽりかきながらいう。「すわらせたいんだけど、ベティに支えになってもらってもいい？　イヤじゃない？」

「ぜんぜん」

あたしは砂の上にすわった。おじいさんがハンクをおろして、あたしのひざにもたれさせる。ハンクは羽も生えてない小鳥みたいに弱々しい。か細い足が砂に埋まってる。

サマーがパジャマを着てるハンクの脚の位置を直す。「頭を固定してる器具がはずれないように見ててね」

あたしはうなずく。「うん、見てる」

サマーはハンクの前にひざをついて、パジャマのシャツのいちばん上のボタンをとめると、立ちあがった。

おじいさんが両手をパンとたたく。「今朝はいい波が来そうだ」おじいさんが自分のボードをひもで足首につなげる。「理想的な波だ。コーデュロイ生地のように整っている」

サマーがおじいさんのほうをむいてニッコリする。「だから今朝、ドーンパトロールしようと思って来たの」そういってハンクのほうをむく。「それに、ほぼ誘拐だから、ママが寝てるあいだじゃないと来られなくて。共犯者になってくれてほんとうに助かりました」

「お安いご用だよ」おじいさんはボードをもって、波にむかってかけていく。

サマーはそのうしろ姿を見送ってから、あたしのほうを見てニコッとした。「あれが、ビッグカフナ」

あたしは、その姿を目で追った。背筋にダーッと震えが走る。神話の登場人物を見たみたいな気分。そうか、あたし、いまのいままで、ビッグカフナなんて実在しないんじゃないかと思ってたんだ。

サーフィンの世界って、どんどん深く、すごくなっていくみたい。

サマーがハンクの前でひざ立ちになる。かがみこんでハンクにぐっと近づいて、おでこをハンクのおでこにくっつける。そして、きこえるかきこえないかくらいの声でハンクに話しかけた。

「今朝は大波が来るよ、兄さん。きこえるでしょ」サマーが波のほうをふりかえる。「感じてるよね」サマーがハンクの肩をぎゅっとする。「兄さんのためにつかまえてくる」

サマーは足首にボードをつなげると、ボードをもって、海にむかってかけていった。ざばざば入っていき、パドリングでハンクとあたしから遠ざかっていく。しばらくして、はなれたところに姿が見えてきた。暗い海から立ちのぼる白い霧のあいだに、ピンク色のボードにひざをついて、砂浜のほうをむいている。ビッグカフナがサマーのとなりにいる。サマーがビッグカフナを見てから、ふりかえってもりあがる海面をたしかめる。サマーがボードにうつ伏せになって、パドリングしてむかっていく。それからからだの下で生まれてどんどん大きくなる波にしゃがんで乗ると、そのまま波の前方をすべりおりて、右にむかって曲がる。

サーフィンのことはそんなに知らなくても、サマーがうまく波をとらえたのがわかる。ここからはかなりはなれてるし、波音がかなり高いけど、サマーがよろこびの声をあげたのがハッキリきこえた気がした。

「ハンク、サマーだよ。妹のサマー」気づいたら話しかけていた。喉にこみあげてくるものがある。「サマーが波をやっつけてるよ」

東の空がだんだん明るくなってきて、波をすべりおりる霧をあやしげにきらめかせている。サマーは波をうまく乗りこなし、見事にすべりおりていく。何度も、何度も。すごい。すごすぎる。波をつかまえて浅瀬に来るたびに、サマーはニカーッと笑いながらハンクとあたしに手をふる。それからまたくるっと回れ右をして、あらたな波に乗るためにサーフポイントを目ざしてもどっていく。あたしはサマーを見つめながら、自分がおなじことをしているところをイメージできるくらい目に焼きつけた。

とうとうサマーがボードを砂浜に引きずってきて、足首からコードをほどいた。波打ちぎわでしゃがんで、海水に浮かんでいる細長い海藻を拾う。こちらに歩きながら、海藻をリースの形にする。朝日が水平線から顔を出すころ、サマーがハンクの横にひざをついて、ハンクの頭に海藻のリースをかぶせた。

「わたしのサーフィンの王子さま」サマーがハンクのほっぺたにキスをする。

サマーはハンクのとなりにすわって、ハンクのぐんにゃりした手をにぎりながら、波を見つめていた。それからハンクの骨ばった肩に頭をもたせかけた。しばらくのあいだ、あたしはハンクが倒れないように支える無言の柱になっていた。それでまったくかまわない。むしろうれしい。こんな光景を見ることができて、その場にいることができて。

海がやさしい風を送ってくる。波がくだけ、カモメが鳴いている。

霧が消えていく。

ジーンズの裾をロールアップしたおばあさんが、波打ちぎわで貝がらをさがしている。

そして、朝番のライフガードがやってきた。ぜんぶで六人、赤い短パンと白いTシャツ。ビーチのあちこちにあるライフガードの小屋にそれぞれ配置される。六人がこちらに近づいてくる。みんな、サマーを知っている。ハンクのことも知っている。ハンクがきこえてるみたいに話しかけている。ライフガードは仕事だけど、それ以前にサーファー仲間でもあるから、ハンクにはきこえなくてもジョークをいってからかってる。でもハンクは笑うことができないし、ライフガードたちも心からは笑ってない。

とうとうライフガードたちはハンクをサーフボードにのせて、一、二、三でかつぎあげた。それがライフガードのやり方だから。ライフガードが棺をかつぐ人たちみたいに、ハンクを車いすへと運んでいく。海から、波からはなれていく。

24

七月二八日。あたしはまだ波をつかまえてない。サマーとあたしは今日、三時間ずっと海の上にいたけど、あたしはワイプアウトにつぐワイプアウト。腕はぐにゃぐにゃでスープにつかってたヌードルみたい。波に乗りあげては、落っこちるのくりかえし。とうとう、もうムリってところまで来た。

「売店で思いっきり食べまくろう」サマーがいう。あたしたちは海からあがって歩いている。「それもトレーニングのたいせつな一環だから」

あたしはぼんやりと笑った。タオルをビーチバッグにつっこんで、ボードを抱えて歩く。

砂浜をはなれて遊歩道に出ると、売店に列ができていた。ボードをおいてテーブルを確保すると、カウンターのほうにむかう。

「げっ」サマーが声をあげてピタッと立ちどまる。

「えっ?」サマーの視線を追うと、列の最後尾に男の子がふたり見えた。独立記念日と、あとはビッグカフナのパーティで会ったあのムカつくふたりだ。なぜか縁があるらしい。迷惑きわまりないけど。「あ、ああ」

サマーが背筋をしゃんとする。「いいよ、行こう。もうアイツらを避けるの飽きた。こんなの、決着つける」サマーが列のうしろにつく。ふたりのすぐうしろだ。

どうしよう。心配でそわそわする。どんないじわるなことをいわれるかもわからない。だけどうしろからふたりを観察してると、独立記念日で見たときより、パーティで見たときより、ちっちゃく感じる。おんなじストリート系の髪型をしてるのがふいに、ふたりの自信のなさをあらわしてるように見えてくる。ふたりそろって、ダボついた短パンからつきでているガリガリの脚に、チェッカー柄のヴァンズ。どっちもスケボーをもってる。

しばらくそのまま立ってたけど、サマーがいきなり背の高いほうの背中をつついた。その子がふりむくと、もうひとりもふりむく。

「なんだ、おまえか」そいつがニタニタ笑いながらサマーにいう。それからあたしを上から下までじろじろ見た。「死体をうまいこと生きかえらせたもんだな」いじわるないい方。あたしの真っ黒なゴスメイクが、太陽と波のあいだに消えていったことをいってるんだろう。

「ね、そこのたしかウェイドだったっけ」サマーがいう。「いいこと教えてあげる。あんたたちのこと、ゆるしてあげるよ。あんたはハンクが昏睡状態になったときにいきなりわたしに近づいてきた百万人のうちのひとりだったけど、もういいから」サマーは横をむいてペッと唾を吐き、どんなにムカムカするかを見せつけた。おとなしいほうが、生きかえるんじゃないかとこわがってるみたいにその唾をじっと見おろしている。「兄さんがもうわたしを守れなくなったとわかったとたんに近づいてくるとは、ずいぶん勇気ある行動だよね」

ウェイドがギクッとする。「オレ……」

「それに、あんたがグーフィースタンスかどうかなんてどうだっていい。っていうか、あんたみたいな初心者のヘタクソ、相手にしてないから」

ウェイドは口をあんぐりあけている。目がちょっとうるんでるみたい。きまりわるそうに目をそらした。

もうひとりのほうが、サマーからあたしに目をむけた。眉をぐっとよせて、それから目をそらすと、メニューボードを見つめる。

サマーはあちこち見まわして、それからあごをくいっとあげてメニューをながめた。なに食べようか考えてるようには見えない。いじめっ子をボコボコにして勝ち誇ってるようにも見えない。

あたしもメニューボードを見た。みんなが見てるから。そして、背の高いほうの背中を見た。ウェイド。ウェイドはスケートボードを右腕から左腕にもちかえて、また右腕にもどした。左の手首に糸を編んでつくった友情のブレスレットをしている。たぶん自分でつくったんだろう。それとも、海のむこうのだれかがつくったものをおみやげもの屋さんで買ったんじゃないかな。ママがかわいいっていうようなお店。

「オニオンリング、シェアする?」サマーが沈んだ声のままいう。

あたしはうなずいた。「うん、そうしよう」

うしろを見ると、だれもいない。あたしたちはまだ列の最後尾だ。

なんかないかな、みたいに空を見あげる。だけど、ただの空。

とうとうウェイドたちの番が来て、カウンターをはなれていった。つぎはあたしたちの番。

サマーがカウンターに近づく。「ハイ。オニオンリングひとつ。あと、わたしはマンゴースムージ

―」

「あたしはココナッツ」あたしはいった。

「いらっしゃい、サマー」カウンターの女の子がレジを打つ。「十ドル」

サマーが、えって顔をする。「スムージーふたりぶんの注文、入ってる？」

女の子がうなずく。「ええ」

「あとオニオンリングも？」

「あの子からオニオンリングのお代はもらってるわよ」カウンターの女の子が、並んでるテーブルのほうに合図する。「背の高いほうの子。好み、わかってるみたいね」

「あ」サマーはお札をゴソゴソやってる。あたしは自分のぶんのお代をわたした。

ふたりとも支払うと、〝クールなお客様用〟って書いてあるプラスティックのジャーにチップをいれる。サマーはやけにおとなしい。調味料置き場でケチャップとホットソースとナプキンをとってるときもだまったまま。考えこんだまま、ケチャップを小さなカップに注ぐ。カップに五個。それからもう一個。それぞれにホットソースをかけている。サマーが七個目に手をのばした。

「もういいんじゃない？」あたしはいう。

サマーは答えない。だまって空っぽのカップをもとにもどした。目の前のトレイをじっと見つめてから、ディスペンサーからナプキンを数枚とる。目をとじて、しばらくそのままじっとしてる。ぎゅっとつむったまま。それからふいにテーブルのほうにむかう。あたしはスムージーを両手にもってあわてて追いついた。

空いてるテーブルは、あたしたちがボードを立てておいたひとつだけ。でもサマーはくるっとむきをかえて、あのふたりがすわってるテーブルにむかった。砂浜に近い、大きなパラソルの下にあるテーブルだ。あたしも並んでついていく。

ふたりが顔をあげる。サマーはトレイをもったままもじもじしている。

「ふたつある」サマーがウェイドにいう。「オニオンリングごちそうさま。あとは、初心者のヘタクソっていってごめん。ここ数か月投げつけてたゴミみたいな悪口ぜんぶ」

背の低いほうが、コホンと咳ばらいをする。「初心者のヘタクソってのは当たってるしな」

ウェイドがフレンチフライを投げつける。

「あと」サマーがいう。「歩道でスケボーしてるとき、けっこうイケてるよ。いつかコツを教えて」

「おまえもな。波に乗ってるとき、イケてる」ウェイドがいう。「まちがいなくハンクの妹だ」

ウェイドの言葉で、サマーがもっていたトレイがかたむいた。もう少しでオニオンリングと小さいケチャップのカップがすべり落ちそうになる。よかった、スムージーはあたしがもってて。

「それって……うん、たぶん、いままで人からいわれたなかでいちばん当たってるかも」サマーは視線を落として、トレイをまっすぐにする。「まあ。ごちそうさま。ごゆっくり」

ウェイドがシャカをする。もうひとりも。あたしはスムージーをもった手をあげたけど、なんかダサい。シャカみたいにクールじゃない。だけど、だれかがスムージーもたなきゃいけないし。

自分たちのテーブルにもどろうとして、サマーがふいに立ちどまってふりむいた。「あと、ハンクがケガしたあとに友だちになろうとしてくれたのもありがと。たぶんあのときはまだ、心の準備ができてなかったから」

ウェイドが眉をよせてうなずく。クールだぜ、問題ないよ、みたいに。だけど内心、感動してるのがわかる。いまにも泣いちゃいそうって感じだ。

テーブルにもどってサマーと並んですわると、オニオンリングがおいしすぎて涙があふれそうになってきた。サマーがケチャップのなかにホットソースを混ぜた理由、わかった気がする。サマーっていつもこう。いちばん刺激的なことをもとめて、あらゆることに冒険を見つけようとする。植物状態と真逆のものならなんでも。そんなことを考えてたら、指があたった。同時におなじオニオンリングに手をのばしたから。

「どーぞ」サマーがいう。

「そっちこそどーぞ」

サマーはニコッとしたけど、目がうるうるしてる。オニオンリングを手にとって、ソースにつけて食べる。思わず見とれてたあたしは、目をそらして自分もオニオンリングをとった。

「で、なにがあったの？　ウェイドと？」あたしはたずねた。

サマーがやれやれと首をふる。「ハンクはいつも、だれに対してもクールだった。いまもそうだけど」指のあいだに食べかけのオニオンリングをはさんだまま、サマーは砂浜を、そのむこうの海を見つめる。「わたしと同い年の男子たちって、ハンクをこわがってるとこがあったんだ。ハンクが波のレジェンドだから。南カリフォルニアのジュニアチャンピオンだから。で、ハンクがケガしたら、いきなり男子がこぞってわたしに近づいてきた。やたらなれなれしく。あのときはわかんなくて。それがただのやさしさなのか、それとも……」サマーはため息をつく。「なんだろうね。カノジョになれよ、みたいな。どっちもムカついた。だって、わたしに話しかけてくるようになったのは、ハンクが……」

いなくなったから。サマーは口にしなかったけど、心の声がきこえてきた。サマーは食べかけだったオニオンリングをソースにつけて、口にほうりこんだ。

「あの子たちのせいじゃないのにね、ハンクに起きたことは。だけど、とにかく頭に来た」サマーはスムージーに手をのばして、絶望的な目であたしを見た。「これからはだれがわたしを守ってくれるんだろう？」

サマーの手に自分の手を重ねることしかできない。あたしが守るよ。そういえたらいいのに。でもあと三日で、あたしはいなくなる。

25

午前中はビーチコマーたちのグループといっしょに海岸のゴミ拾い、午後は波を追いかけて、もうクタクタ。サマーとあたしはサーフボードをわきに抱(かか)えたまま海岸をはなれてメインストリートにむかっていた。あたし、いっちょまえのサーファーに見えてるかも。日に焼けて、腕(うで)も脚(あし)もたくましくなって、髪(かみ)には天然のハイライトが入ってる。でもまだ、一回も波をつかまえてない。まともにポップアップできるようになったし、海岸線もちゃんと正面に見てるのに、いざ波をテイクオフしてすべりおりようとすると、決まってワイプアウト。波がすりぬけちゃうときもあるし、波の前に落ちてつぶされちゃうときもある。一回もうまくいかない。サマーにガッカリしてるのを見せないようにはしてるけど、もう残り時間が少ないからあせってる。

引き出しにしまった目標リストが頭のなかでやいのやいのと主張してる。ほとんど進展があったけど、波のことだけは白黒ハッキリさせなきゃいけない。ミシガンに帰ってからオーシャンパークのひと月を思いかえすとき、波をつかまえたかつかまえなかったか、そのどっちかだ。

七月二九日。もうすぐぜんぶがおわる。

オーティスに笑顔であいさつしながら〈ピンキー・プロミス〉に入っていく。あたしはもう前のあたしじゃないから。オーティスは、波をつかまえたかきいてこない。見るからに観光に来た家族を接客してたからってのもあるけど、もう何度かたずねてて、つかまえられてたらあたしが自分からいうと思ってるから。あたしの顔を見ればわかるはず。

あたしたちの番になった。サマーはショーケースをのぞきこんで今日のフレーバーをながめ、あたしはサマーをながめてる。冷蔵ケースの照明があたってサマーの目がキラキラしてる。室内なのに、サマーが髪を耳にかけてこっちをむくと金色がきらめく。肌も、お日さまをとじこめたみたいにかがやいてる。

フレーバーはいつも八つしかなくて、そこもこの店で気に入ってるところ。決めなくちゃってあせらなくていい。

サマーがショーケースを見ながら首をかしげる。「ピスタチオがさみしそう」

たしかに。ほんのちょっとしか残ってなくて、はしっこに追いやられてる。

カウンターのむこうで、オーティスがコホンと咳ばらいする。そっちを見ると、オーティスがあたしを見つめてた。

「ピスタチオは終了になるんだ。もうすぐ夏もおわりだから」オーティスがいう。

あたしのことをいわれてるみたい。あたしはピスタチオでサマーは夏。自分の気持ちをピスタチオに重ねるなんてヘンだけど、そんな気がした。

サマーが熟考ののちついに決心、みたいにうなずく。「じゃ、ピスタチオにする。応援のために」

オーティスがニコッとしてアイスをすくいはじめる。

「ホイップクリームたっぷりね」サマーがいう。

「了解、ボス」

サマーはこっちをむいた。うれしそう。

「ピスタチオって、はじめて会ったときにベティが注文してたフレーバーだよね。七月一日に」サマーがいう。

「おぼえてるんだ」

「もちろん。わたしがなに食べてたか、おぼえてる?」

一瞬考える。「うしろに並んでたから、サマーが注文するときはもう、あたしたち外に出てたじゃん」

サマーはニコッとしたけど、ちょっとガッカリした笑顔。だけど、あたしがウソついたのをサマーはわかってる気がした。だって、おぼえてるから。サマーがカップをもって外に出てきたのも、フレーバーがチェリージュビリーだったのも、ホイップクリームと砂糖漬けのチェリーがトッピングされてたのも、サマーが首をかしげてホイップクリームをぱくっとしたのも、それからあたしが見てるのに気づいて、ニコッとしたのも。

オーティスがサマーにピスタチオのアイスをわたす。サマーの瞳がさらにキラキラする。

「なんにする?」オーティスがあたしにきく。

「おんなじもの」

オーティスがあたしのアイスをすくいに行く。あたしはサマーのほうをむいて、トッピングのチェリーをとるのを見つめる。

「これ、ほんもののサクランボとはぜんぜん似てないね」そういって、茎からかじりとる。「なんか、サクランボがあやしいキャンプに送りこまれてキャンディになってもどってきたみたい」

あたしはほほ笑んだ。サマーの声に、サマーの言葉に。サマーに。

「外のベンチで食べる?」サマーがきく。

「うん」

オーティスのほうを見ると、あたしのピスタチオをもって腕をのばしてる。あたしはアイスを受けとった。

「今日はおごりだ。さみしいピスタチオを幸せものにしてくれたから」

サマーがカウンターに両手をおいて、身をのりだす。「オーティス、愛してる！」それからこっちをむいて、ほらやって、と手招きする。

「ありがとう、オーティス」あたしはいった。

あたしたちは小さな店のドアからメインストリートの歩道に出た。窓に接してるベンチにすわる。

「かんぱい！」サマーがいって、カップをこちらにかかげる。

「かんぱい！」あたしもいって、カップを合わせた。

食べながら、涼しい風のなかを通りすぎていくすべてをながめる。キャンバスバッグを斜めがけした郵便屋さんが、配達するものはないけどオーティスに手をふる。車が走っていく。わきにボディボードを抱えた家族連れ。子犬がリードにつながれて、ブランドもののサングラスをかけてムスッとした顔をした女の人に連れられて散歩してる。

ホイップクリームを食べおえてピスタチオアイスに到達。おいしーい。あんまりおいしくて、悲しくなる。こんなにステキなもので悲しくなるなんて、ほんとうにイヤ。

「オーティスにたのんでホイップクリームもっとのっけてもらおうっと」サマーがいう。「いる？」

あたしは顔をしかめた。「自分の魅力を利用してタダでせしめようなんて、ひととしてどうかと思う」

サマーがなにいってんの、って顔で笑う。「魅力を利用？　オーティスは、もうオトナだよ。それにオーティスの頭のなかにはサーフィンしかないし。でも、オーティスのことは大好き。めっちゃステキって思う」

「どーぞどーぞ、いってらっしゃい」あたしはスプーンをアイスにザクッとさした。「あたしはいらない」

サマーが立ちあがる。「すぐもどるね」

店に入っていくサマーのほうは見なかった。ずっとじろじろ見てるなんておかしいから。かわりに、ヴェニス行きのビッグブルーバスが通りすぎるのをながめる。それから、ゴミ箱をのぞきこんでるホームレスのおじさん。紙袋をとりだして、なかを見て、またゴミ箱にもどしてる。

そういえばこの町に来たときより、日差しがやわらかくなってる。残り日数がどんどん減っていく。もうほとんどない。

センチメンタルな気分が一気にぶちこわされた。サマーがドアからとびだしてきて、「成功！」といいながらとなりにすわる。食べかけだったアイスの上にとんでもない高さのホイップクリームのタワーがのっかってる。サマーがクリームにかぷっとかぶりつくのをあたしは見つめてた。またしてもスプーンを使わないので、口のまわりがクリームだらけになる。サマーはそのクリームをペロッとなめた。

「地元にこういうお店ある？」サマーがこっちをむく。あたしはメインストリートの日あたりのいいほうに視線をうつした。

「こんなオシャレなとこはない」サマーのほうに視線をもどす。今度はスプーンでピスタチオアイスをすくって、ホイップクリームといっしょに食べてる。

「ここがどうしてこんなにステキかわかる？」サマーがカップをスプーンでトントンする。「もちろん、オーティスとかホイップクリームの追加とかをのぞいて。あと、おいしいのも。それと、波にもまれた午後のリフレッシュに最適ってことものぞく」

　あたしはもうひと口食べながら首を横にふった。日に焼けた自分の足をじっと見つめる。足のあいだにタバコの吸いがらが落っこちてる。耳をすませて、じっと待つけど、サマーはなにもいわない。だから、とうとうあたしはサマーを見た。こっちを見てニコニコしてる。

「ちょっと待ってて」サマーはキャンバス地のトートバッグに手をつっこんで、スマホをとりだした。割れた画面を何度かタップして、こっち側にむける。

「なに見せられてるの？」

「この子。この子が、ここがこんなにもステキな理由」

　あたしはスマホをサマーから奪って画面の写真をズームした。ビーチにいる女の子。髪はぬれてて、海藻を頭にのせて顔にたらしてる。笑ってる。サイコーの波に乗ってワイプアウトした、って感じだ。おめでとうっていいたい。ネプチューンカクテルをたくさんのんでますように。

　あたしは肩をすくめて、スマホをサマーに返した。「この子だれ？」

　サマーが指を広げて胸におき、目を丸くして口をあんぐりあける。「ふざけてる？」

　あたしは首を横にふる。

「もう一回よく見て」サマーがスマホをまたこっちによこす。

　写真の女の子をじっと見つめる。めちゃくちゃ幸せそう。はちゃめちゃやって、大はしゃぎ。目は、笑ってる口元の前にたれさがってる海藻とおなじ緑色。ピカピカの白い歯。

？？？

そのとき、女の子のくちびるの上にほくろがあるのに気づいた。口元をズームする。頭のなかで反転させる。ほくろがあるのは、くちびるの左側のちょっと上のあたり。スマホをもってないほうの手を口元にあてて、左にずらす。指先が、ちょっとだけもりあがった黒い小さな点にあたる。

「これ、ベティだよ。ベティがここを、世界でいちばんステキなアイスクリーム屋さんにしてるんだよ」

胸(むね)がいっぱい。サマーにそんなふうにいわれて、そんなすばらしいことをいってもらえて。スマホがスルッと手から落ちる。サマーから目をそらしたけど、サマーは手をあたしの肩(かた)において自分のほうをむかせる。サマーが笑ってる。あたしはおでこにあげてたサングラスをかけた。

「ダメ、かくさないで！」サマーがあたしのサングラスに手をのばしてはずす。あたしの目をのぞきこんで、なにかをさがしてるみたいにじっと見る。

あたしはあんまりニヤニヤしないようにしたけど、やっぱりめちゃくちゃ笑顔(えがお)になってる。しかも、泣きそう。幸せだってバレたくなくて、必死でがまんする。目をそらさないようにがんばるけど、どっちにしろいまは顔をそむけられない。だって、あたしはいま、サマーのかがやきを吸(す)いこんで味わってる花みたいになってるから。ポエムみたいなことといっちゃって、ぜんぜんうまくないのはわかってる。少なくとも、もっといい言い方があるはず。だけど、そんなことはもうどうでもいい。

返事したいけど、なんていったらいいかわからない。だからあたしはサマーの目からくちびるに視(し)

線をうつした。上くちびるにホイップクリームがついてるから。

「えっと」サマーがやっと口をひらく。「今夜はプロムナードに映画でも観に行く？　それともお茶しながらポストカードを書きっこする？」

でもあたしは全身がかたまってて動けない。ううん、それよりひどくて、引き波に足元をすくわれてるみたい。それか、離岸流に巻きこまれて海に引きずりこまれそうになってるみたい。危険な海の底に。

サマーがふしぎそうな顔をする。「だいじょうぶ？」

答えられない。だけどあたしの顔はサマーに近づいていく。スローモーションで。自分の顔がサマーのほうに動いていくのがわかったのは、サマーの目がだんだん大きく見えてきて、ホイップクリームが増量してる気がしたから。あたしの知ってるかぎり、ホイップクリームは自然に増量なんかしないはず。夢を見てるみたいな気分のなか、サマーの上くちびるの熱で溶けはじめてたホイップクリームが、どんどんあたしのくちびるに近づいてきて、やがて……鼻と鼻がぶつかって、ホイップクリームの味がした。

車のクラクションの音で、あたしはハッとした。夢からさめたみたいに。そしてあたしの顔は、ホイップクリームがさっきまでついてたくちびるからはなれていき、そしてサマーの姿全体が見えてきた。サマーは、見たことがない表情をしてる。

おどろいてる？　おもしろがってる？

「え？　いまの？」

夢見心地が消えていく。かわりに、心臓のばくばくと、恐怖で息がつまりそうな感覚。

「あたし……だって、口にホイップクリームがついてたから？」質問みたいにいう。理由があってのことみたいに。

サマーは笑った。

そして、あたしはパニクった。アイスクリームのカップが歩道に落っこちて、あたしはベンチからとびあがった。どこかの犬のリードにつまずいて転んだけど、すぐに立ちあがって走りつづける。ひざをすりむいて、なにがなんだか頭がごちゃごちゃで、あたしは信号ムシしてメインストリートをわたった。坂道をのぼってると、自分の足が歩道をペタペタ踏む音がきこえて、肺が焼けつくように熱い。やっと四番通りに着いて、〝エイリアンの要求をムシ〟をとびこえて、コテージにかけこんでベッドルームに直行すると、意味もなく窓をしめて、枕に顔をうずめる。あたし、なにしちゃったんだろう。

呼吸が落ち着いてくると、枕に顔をうずめたまま思いついた。サマーは追いかけてこなかった。あたしの名前を呼んで引きとめなかったし、走ってついてこなかった。だまってほったらかし。

ほっとした？

胸が痛い？

なにがなんだかわからない。

26

つぎの朝、早く目がさめすぎた。あたらしい一日をはじめる勇気がまだ出ないのに。おなじくらいこわいふたつの可能性がある。ひとつ目のシナリオは、サマーに会って、あれっていったいぜんたいどういうつもりかってきかれること。ふたつ目は、サマーに避けられること。あたしはひたすら、どういうつもりであんなことをしたのか悩みつづける。

リビングにすわってると、白いブラインドから光と風が入ってくる。ビーチボーイズを流して元気を出そうとするけど、逆に悲しくなってきた。

ぼーっとすわったまま、きのうのことを頭のなかでリプレイする。どうしてあんなことになっちゃったんだろう。

ホイップクリームのせいじゃない。ホイップクリームを大惨事の原料にしてはいけない。ホイップクリームはおいしくて、ひとのくちびるについたのをなめるなんてのがいくらヘンな行為とはいえ、もっとおかしなことやヒサンなことはいくらでもある。

そうだ、わるいのはあたしの足。あたしのしょうもない足が勝手に逃げだした。サメが陸地に出るもんならサメから逃げるみたいに。ゾンビに追いかけられてるみたいに。まあ、ゾンビ映画のファンならだれでも知ってるように、ゾンビはめったに走らないんだけど。

サマーはあのとき、ホイップクリームがついてたからっていうあたしの言い訳を信じてたかもしれないのに。キスじゃなくて、って。なのにあたしの足が、さっさと裏切った。

あたしの足の勝手な行動のせいで、考える時間もなかった。サマーに、サマーはサイコーの親友だとも、サマーに会えたのは人生でいちばんうれしいできごとだったとも、いえなかった。だけど、サマーに対する気持ちはたぶんそれだけじゃない。自分にさえかくしつづけてた秘密に気づいてしまったみたいな感じがしてる。

だれもいないコテージにすわって、いまさら考えても一日遅いよねと思っていたら、スケートボードが走ってくる音がして、ドキッとした。ゴゴゴ、ゴゴゴ、ゴゴゴゴゴーッ。だけど、音はうちの前でとまらない。ゴゴゴ、ゴゴゴ、ゴゴゴゴゴーッ。あたしは走ってドアの前に行き、背の高い生垣のむこうの歩道に出た。四番通りを見わたすと、背中にボディボードをくくりつけた男の人がスケボーに乗ってUターンをしてオーシャンパーク大通りのほうにもどっていく。

またコテージにもどると、網戸の下にカードがはさまってるのに気づいて、あたしはとびついた。さっきはどうして気づかなかったんだろう。だけど拾ってみると、〈ジーノ〉のピザのクーポンだった。ガッカリ。あたしはなかに入って、テレビでアニメを観た。ビーチボーイズを流したまま。

十時五分前、あたしは外に出て〝エイリアンの要求をムシ〟した。ただ立ってるなんてバカみたい。待ち合わせしてるわけでもないのに。だからしゃがんで靴ひもを結びなおして、理由があってここにいるんですみたいなフリをした。靴ひもをほどいて、結んで、もう片方もおなじことをはじめる。男の人が大声でしゃべってる声がきこえてきた。ひとりでわめいて腕をぶんぶんふりまわしながらこっちに歩いてくる。あたしは立ちあがって、あわててコテージにかけもどった。片方の靴ひもがほどけたまま。生垣のうしろにかくれて、その人を警戒して耳をすます。

「アライグマにイチジクをとられたんだ！　あの目つきのわるいヤツらめ！」

通りすぎるとき、ジャケットとズボンが目に入った。黒い革靴まではいてる。だけど、スーツはヨレヨレでほこりっぽくて、顔は日に焼けて、髪はベトベト。まさに世界のおわりの五日後って感じ。文明化された世界はおわって、最後の日に着てたスーツ姿でオフィスから歩道にふらふら出てくる。もはやピザを注文することも、水道から水が出てくることもない。トイレはつまり、ゴミはたまっていく。みんな、時代遅れの服を着てさまよい、どんどん汚れて日に焼けて、そのうち飢えか喉のかわきかゾンビか、もしかしたらアライグマのせいで絶命する。

この人だけの世界のおわり。たぶんちょっとヘンになってる人。残りの世界はまだおわってないけど、この人にとってはおわったようなもの。

あたしは生垣のうしろから出てきて、世界の終末スーツを着た男の人とは逆方向にむかって歩きだした。

これはあたしの世界の終末一日目。こうやって終末ははじまる。

十時五分、あたしはまた〝エイリアンの要求をムシ〟して、サマーの家をチラチラ見ながら通りすぎた。ドアをノックはしたくない。お呼びじゃないのがこわい。あたしに会いたかったら、〝エイリアンの要求をムシ〟するはず。あたしはヒルストリートを右折して、二十歩ほどくだってから回れ右をして、忘れものしちゃったみたいな感じでもどってきた。なんてことない感じでサマーの家を見る。

こんなところに家があったっけ、みたいに。だれが住んでるのかも知らないみたいに。それからまた〝エイリアンの要求をムシ〟。ほぼ無意識に。サマーはやっぱりいない。

こんどは左折してオーシャンパーク大通りに出ると、坂道をくだりはじめた。三番通りの標識をバンッとぶったたきながら通りすぎる。ひとをさんざんこわがらせてなんなのよ、って。ヘンな考えをふきこむミストレス・スカーフィアにムカつきながら。それから図書館に入っていき、なかを歩いて、司書のジョーにニッコリしてまた出てきた。メインストリートを行ったり来たりして、お店のなかを見たり、本屋をのぞいたり。オモチャ屋さんのショーウィンドウにうつる自分の顔が目に入って、ゆっくりと手を顔にもっていく。自分がゴスファッション一式を身につけて出てきたこと、忘れてた。黒いマスカラをびっしりまつ毛にぬりたくり、スカルとクロスボーンを描いた黒いコンバースをはいてる。記憶にないのに、真っ白いファンデも肌色のパウダーも黒いアイラインも黒いアイシャドウもしてる。夢からさめずにぼーっとしたままメイクしたらしい。きっと悪夢。サマーをとりかえしたくてやったらしい。初日みたいに、サマーを自分に引きよせたくて。それとも、もうサマーはもどってこないってあきらめたからやったのかも。

歩道を引きかえして、〈ピンキー・プロミス〉に入る。オーティスはいない。カウンターのむこうにいる店主のおじいさんがニッコリする。アライグマにお金とられちゃって、っていって、走って出た。

坂をのぼって、四番通りの小さいスーパーによる。サマーといっしょにたまに行って、水やらおやつやらを買ったお店だ。通路は二本しかないから、サマーがいないのはすぐにわかる。だけど、ビッグカフナがレジの列に並んでた。長い髪はボサボサで、裸足で、サングラスをかけてるから目は見えない。あたしに気づいて、かすかにほほ笑む。あたしもほほ笑んだけど、ちゃんと笑顔になってたかどうか自信がない。レジの前を通りすぎるとき、ビッグカフナがなにを買ってるのかチェックした。ライ麦パン、バナナ、トイレットペーパー、アボカド一個。

こんなふうにおわるはずじゃなかった。だけど、たぶんあたしはずっと、こんなおわりにむかって進んでたのかもしれない。バカみたいで、ぜんぜんもとめられてないことのせいで、すばらしくてステキだったことがぜんぶ台なしになる。サメとか隕石とかお墓から出てきたゾンビとかのせいじゃない。あたしのこのバカな足が、その場にいたい気持ちとは裏腹に、勝手に走りだしたせい。

午後になって、コテージの前のテラスにすわってると、スマホが光った。パパがFaceTimeしてきた。ムカムカしてしゃべりたくないけど、とりあえずとる。

「やっ、ジュイエ！」パパはバスローブを着てる。

「なに、その顔？」

パパは緑色になったほっぺたに指先をあてた。「ああ、パックだよ。もう寝るところだ」

ふんっ。「ちょうどよかった。いいたいことがあったから。あたし、ピアノやめた」

パパの笑みが消える。「やめた？」

「そ。かわりにサーファーになる」

「できるようになったのか？」

「うん。ドッグタウンでかなりいい線いってる。だけど、あたしがピアノやめてもガッカリしないで。っていうか、パパは女の子とスイスにいるんだから、どっちにしてもあたしがピアノ弾くところを見ることはないわけだし」

パパがぽかんとする。パックがひび割れる。「ジュイエ、パパは……」

「あたしがピアノをやめたのは、パパのことを思い出しちゃうからだよ。パパがあたしとママにした仕打ちにめちゃくちゃムカついてるから。パパはあたしたちの人生をめちゃくちゃにした」

「ジュイエ、ごめん。なにがあったかは知らないが、パパは……」

「あたしはまだ、パパにそばにいてほしかった！　パパが父親をやめるなんて勝手に決めていいわけじゃないんだからね！」

あたしはわめきちらした。「パパなんか大っきらい」だけど、そうさけんだのは電話を切ったあと。だって、ほんとは大きらいなんかじゃないから。ただ、頭にきてた。どうしようもなく頭にきてた。わめきちらすと、あたりはしーんとした。小鳥がチュンチュン鳴いて、風が生垣からそっと入ってくる。スマホをチラッと見たけど、パパはかけなおしてこない。

コテージのなかに入って、ベッドルームに直行する。引き出しからリストをとりだした。短いえんぴつで「パパ？」と書く。それからまんなかに太い線を引いて消す。

ミッション完了。自分の気持ちはパパに伝えた。いまのあたしにできるのはそれしかない。望んでることじゃない。パパがやったことをなかったことにしたり、ぜんぶ忘れてもとどおりになったりすることもない。だけど、それがあたしにできるすべてだ。

ママはここに来てからいつも帰ってくる時間よりはやく帰ってきた。まだ暗くもなってない。あたしがへこんでるのにすぐ気づいたのはたぶんゴスメイクのせいだけど、帰るせいだと思ったらしい。
もちろんそれもあるけど、帰るのにサイアクのおわりだってのが大きい。

ママがメインストリートのお店からテイクアウトしてきて、ふたりで大きなテーブルで食べた。最後の晩餐。夏のおわり。サマーはいない。

このテーブルも恋しくなるんだろうな。この町もきっと恋しくなる。〝エイリアンの要求をムシ〟したくなるし、それを教えてくれた女の子にも会いたくなる。

料理は見た目はおいしそうなのに、ぜんぜん味がしない。

とうとうあたしはフォークをおいた。木の広いテーブルをはしからはしまで見て、それからママを見る。「ファーストキスっていくつのときだった？」

ママが顔をあげて、ナプキンで口をぬぐう。くちびるをふく。

「ママのファーストキス？」ママは、天井に答えが書いてあったっけ、みたいに視線を動かした。

「高校生のとき。ジュイエより年上になってからよ」ママがワイングラスに手をのばす。「なんでそんなこときくの？」

「ちょっとした好奇心」あたしはフォークをもった。

ママがワインをすする。「そんなことを想像したくなるような男の子に出会ったの？」

ちょっと笑うけど、目はお皿にむけたまま。「ううん」

「そう。まあそのうちね」

サヤエンドウをフォークにさす。「女の子に出会った」

ママが顔をあげて、食べていたものをのみこむ。「そう？」

「で、もうキスした」

「そう」ママはまたワインをすする。ちょっと口からこぼれた。

「コメントなし？」

ママは背筋をのばして、テーブルから少しはなれた。「ちょっとおどろきはしたけど」

「女の子だってことに？」

ママはすぐには答えない。言葉を選んでるのがわかる。

「たぶん、ジュイエがだれかとキスするのを想像してたとしたら、相手は男の子だったでしょうね。だけど、それはかまわない。おどろいたのはたぶん、ママのかわいい娘がファーストキスしたってことだと思う」

「相手はサマーだよ」

ママはニコッとした。もっとニコニコしたいんだけどいちおう控えめに、みたいなニコッ。またワインをのんで、コホンと咳ばらいをする。「サマーはかわいくてチャーミングな女の子よ。ジュイエのファーストキスにこれ以上の共犯者は思いつかない」

なんでママにこんな話したんだろう。しかも、ママに話すまでキスだってハッキリ自覚もしてなかったのに。なんだか、ママにサマーとキスしたって話さなきゃ、現実だって確認できないような気がしたせいかも。だけど、サマーは共犯者なんかじゃないというつもりはない。サマーはキスを返してこなかった、なんて。あたしが走って逃げてぜんぶを台なしにしちゃったことも、いうつもりはない。

そしてママはきっと、あたしがミジメなのはママに話したことと関係があるって想像もしてないだろう。

「でもね」ママは急に保護者ぶっていった。「ひと夏の体験としてはそれでじゅうぶんかもしれないわね」

じゅうぶんなんかじゃない。この夏が、それでおわるなんてイヤだ。だけどきっと、サマーとのことはそれでおわりなんだ。

夕食後、この七月のあいだ使ってた食器を棚に片づけてから、あたしたちは坂道をおりて散歩した。ママは三番通りの前を通りすぎるとき、めずらしそうな顔であたしを見てた。ママがメインストリートでエスプレッソを買って、それから最後のアイスを食べに〈ピンキー・プロミス〉に行った。店に入ると、オーティスがカウンターのむこうからニコニコしてくる。

「こんばんは、お嬢さんたち！　今日が最後かな？」

あたしは口をひらくこともできない。ママがかわりにいった。「ええ、明日の飛行機で帰るの」

オーティスが期待をこめた目でこっちを見る。「来年の夏、また会えるよね？」

みんなの視線を感じる。来年またもどってくるかどうかはあたし次第みたいに。そしてもどってきたとして、サマーがまたいっしょに海に行ってくれるかも。あたしは答えずに、質問をした。「サマーに会った？」

オーティスは一瞬、あたしを見つめた。「サマーに会ったかって？」ニコッとして、あたしのいつものフレーバーをすくいはじめる。「えっと、今日は会ってないな。だけどここひと月、きみがここに来てからずっと……あのときもいまみたいにハデにオシャレしてたっけ……とにかくあのときからというもの、サマーはハンクの事故の前みたいに幸せいっぱいで明るくて無邪気な女の子にもどってた」オーティスがカウンターから身をのりだしてきて、ピスタチオのカップを差しだしながら、問いかけるような目であたしを見つめる。「それまでのサマーはもうずっと行方不明だ。昔のサマーがもどってきてくれて、ほんとうによかった」

あたしもにっこりした。だけど、泣きそう。泣きそうなのがハッキリわかる。

「そしてそれってさ、オーシャンパークのサーファー全員にとってうれしい知らせなんだ」オーティスがつづける。「本人以外みんなわかってることだけど、サマーはとくべつなんだ。サマーにはその素質がある」オーティスはショーケースをしめて、こちらにまわりこんできてカウンターをふきはじめた。「サマーはいつか海の神の使いになる。波の聖職者になるんだ」オーティスがひざまずく。王族を前にしてるみたいに。頭をさげると、長い金色の髪が顔の前にばさっとかかる。「ビッグカフナだ」

「わあ」思わず声がもれる。

サマーが、そんなふうにいわれてるなんて。このひと月、あたしがすっかり夢中になった理由を思い出して、あたしはもう涙がとまらなくなって、オーティスにバイバイのハグをした。オーティスがママにもハグをする。あたしは、ヨガの練習をつづけることを約束させられた。来年の夏、またもどってくることも。

少なくとも、その約束のひとつは自分の意志で守れるな。

コテージにもどると、あたしはベッドにごろんとなって天井をながめた。もうすぐあたしのものじゃなくなる部屋の天井。ママが荷物をつめてる音がする。自分が荷造りをするところを考えるだけで、たえられなくなる。ぜんぜん知りたいとも思ってなかった場所なのに。荷物を出したいとも思わなかったスーツケースなのに。

あたしはベッドからおりて、ママの部屋に行った。ママの大きなスーツケースがひらいてて、半分くらい服がつまってる。たたんでいたママがふりむいて、こっちを見た。

「サーフィンできるようにがんばったんだ。でも、一回も波をつかまえられなかった」

ママが同情するように笑う。「きっとそのうちできるわよ」

「サマーはサメにかまれたんだよ。このあたり」あたしはうしろをむいてママに見せた。「傷痕、見たんだ。だけどサマーはそれでもサーフィンが大好きで、そのときもすぐにでも海にもどりたかったんだって」

「そうなの？」

「サンフランシスコにいたときだって。ここにはビッグカフナって呼ばれてるおじいちゃんのサーファーがいて、サンタモニカ湾からサメを追いはらってるの。サメの鼻にパンチをくらわせるんだよ」

ママはおもしろがって笑った。「ウソでしょ？」

「ほんと。ビッグカフナはここから一キロもはなれてないところに住んでる。オーティスがさっきいってたの、きいたでしょ。いつかサマーがつぎのビッグカフナになるって」ママはほとんど使ってない水着を両手でもって立ちあがった。あたしは両腕(りょううで)をわきにつけたまま立ってる。

「この町、大好き」そう口にしてはじめて、心からそう思った。「帰りたくない」

ママが手からはなした水着がスーツケースのなかに落ちる。「そんなに好きなら、来年もまた来ましょう。サマーとは手紙のやりとりをすればいいわ」

あたしは苦笑いをした。それじゃ、ちがうんだよ。そんなの、ひと月もつづかない。それにあたしがずっといっしょにいた女の子は、もうあたしに会いたがってない。

あたしは荷物をつめた。明日着て帰る服と、寝(ね)るときの服だけ残して。ショーティだ。ショーティを着て寝るなんてしょうもなさすぎて、自分がイヤになる。ショーティを着てベッドに入ったら、この七月のあいだずっと望んでたことを思い出した。ずっと望んでたのにできなかったふたつのこと。サマーに会った日にリストにつけ加えたふたつの目標だ。

- あたらしい友だちをつくる
- サーフィンを習う?

そのうちひとつは、一度はかなったのにダメになっちゃった。せっかくできた友だちから、逃(に)げてきちゃったから。

眠れるわけがない。自分のしたことを後悔して、自分をあわれんで、ずっと起きてよう。歯をみがいてあけっぱなしの窓の下のベッドに横になったら、海と、あとハチドリのビュッフェの香りがふわーっとただよってきた。なんだかあたしのからだはこのひと月ずっと、この香りにつつまれてたような感じがする。七月はずっと、走りまわったり、泳いだり、ボディボードしたり、スケボーしたり、サーフィンをしようとしたり。その七月のあれこれにあたしはふいにつかまって、ぺしゃんこにされて、とりこまれたように感じた。そして、荷物をつめこみすぎて砂にボトッと落っこちたビーチバッグみたいに、あたしはストンと眠りに落ちた。

27

長くのびる海岸線。カンペキな一日。溶けていく氷みたいにきらめくコーデュロイの波。そんな夢を見ていた。

あと、夢見ていたのは、サマーが教えてくれたことぜんぶ。正しい波を見きわめる方法。この波と思ったらためらわずにパドリングしていき、ポップアップして、カッコの記号みたいにからだを丸める。一連の動作をこなして波をつかまえたことは一度もないけど、夢のなかではぜんぶカンペキにできてた。

だけど、そこにサマーの姿はない。

目をあけると、サマーがいた。夢のなかじゃなくて、窓から顔を出してこっちにむかって腕をのばし、あたしのほっぺたを指先でつついてる。サマーが手をぱっと引っこめるのと同時にあたしは静かに起きあがった。ひと晩じゅう、寝ないでサマーを待ってたみたいに。胸がドキドキする。だけど、おどろいたからでもこわいからでもない。

「悲鳴あげられなくてよかった」前にもおなじことをいってたけど、今日は悲しそう。「で、ドーンパトロールの準備オッケーってとこ？」声が沈んでる。怒ってるみたいに。どうしたのかな。「もちろん。ボードふたつ、もってきてる？」

「もちろん」

立ちあがると、サマーが窓から後ずさりではなれる。あたしは窓から外に出た。サマーはシーフォームグリーンのボードを抱えてる。あたしは立てかけてあったピンクのボードをつかんだ。歩道に出て、オーシャンパーク大通りの坂道をくだっていく。

夜明け前の町は絵ハガキみたいに音がない。犬もほえてないし、コオロギも鳴いてないし、車も走ってない。あたしたちは言葉を交わさない。きこえるのは、すっかりかたくなった足の裏が歩道を踏むペタ、ペタ、ペタ、ペタ、という音だけ。

いっそのこと、キスするなんておかしいってハッキリいってほしい。無言でいられるほうがキツい。メインストリートをわたるとき、とうとうサマーが沈黙を破った。「ものすごくなりそう」

少し待ったけど、それ以上の説明はない。「波？」

「うん。波」

遊具がおいてある小さい公園を通りぬける。

そして、つま先が砂にふれて、波打ちぎわのほうに歩いていきながら、サマーが下をむいたままいった。「こんな朝に波をつかまえられたら、世界のてっぺんにいるような気がするよ。すべてがカンペキで、決しておわらないみたいな感じ。で、いきなり押しつぶされて制御不能になる。気づいたら砂の上をはってて、ネプチューンカクテルを吐きだしてる。で、おしまい」

またしても、その先を待ったけど、またしてもそこまで。「波のこと？」

サマーはボードのノーズを波打ちぎわの砂に突きさした。「ぜんぶ」転がってる海藻を蹴る。「波も。友だちも」サマーの視線が海のほうにさまよう。「ハンクが死んだことも」

あたしの両手からボードが落ちて、足首にぶつかる。「ハンクが死んだ？」

サマーはなにもいわないで、いきなり砂にどすんとおしりをついた。あたしは脚がガクガクして、サマーのとなりに腰をおろした。腕をサマーにまわして、こちらに引きよせる。

「それできのう、会えなかったんだ？」

サマーがうなずく。

ああ、あたしってどうしようもない。自分のことばっかり考えて。自分の心配ばっかりして。ハンクが死んだからサマーは一日じゅう姿を見せなかったのに。

サマーが手を差しだす。あたしはその手をとった。あたしたちは並んで、よせる波を見ていた。遠くの暗い海に白い波頭が見えて、ひと気のない海岸に打ちよせてくる。

「きのうの朝、目をさましたら、ハンクはもういっちゃってた。ハンクの部屋に行ったら、ママがとなりに寝てて、頭をハンクの肩にのっけてた。ママはなにもいわなかったけど、すぐにわかった」

目に浮かんでくる。

「で、わたしもハンクをはさんでママの反対側にもぐりこんだ。そのままベッドの上で二時間くらい、ハンクの話をしてた。くだらない話ばっか。大昔のハンクの笑い話。あと、波のことも」サマーがこちらをむく。「ママに、ハンクを誘拐してドーンパトロールに連れてったこと、話しちゃった」

「なんていってた?」

「知ってたら殺してた、って」サマーが笑う。そして、目をごしごしこする。「だけど、よかったっていってた。ハンクはぜったい感じてたはずって。波のうねりも、海の霧も。あと、これから先わたしが波に乗るたびにハンクはちゃんと見てるだろうともいってた」

「きっといっしょに波に乗ってるよ」あたしはうなずいて、きっとそうだと自分にもいいきかせた。

うん、きっとそう。

「ベティがいなかったらムリだった」サマーがいう。「ベティがこの数週間、そばにいてくれたから、ハンクのことで現実に直面する勇気が出せた。ハンクの部屋のルールだって、破れた。ちゃんとおわかれがいえた。あと、ドーンパトロールにハンクを連れだせた」

サマーの視線を感じるけど、目を合わせられない。だからあたしはただ、海を見つめて眉をぎゅっとよせていた。泣いちゃわないように。

「ベティにわたしの世界を見せてるうちに、自分がこの世界をどんなに愛してるか思い知らされた。

あと、ハンクがこの世界をどんなに好きだったかってことも」

「あたしも大好きだよ」声が喉のところにつかえる。イソシギが一羽、引いていく波を追いかけて、ぬれた砂をくちばしでつついている。

サマーがため息をつく。「今朝は波がはげしすぎる。っていうか、慣れたサーファーだったら楽しい朝になるかもしれないけど、連れてくるんじゃなかった」

「最後のチャンスなんだよ」あたしはいった。ふいに気づいた。あたしにとってこのチャンスがどんなにたいせつか。どれほど切実に波をつかまえたいと願ってるか。一回でもいいから。サマーがハンクを最後に一回、この愛する海岸に連れてきたいと願った切実さがよくわかる。

「だけど、今朝の波は荒すぎる」サマーが首をふる。「たぶん、やめといたほうがいい」

しわがれた声がうしろからきこえてきた。「ハンクだったら行くな」

ふりかえらなくてもわかる。ビッグカフナだ。背が高く、神話のような姿で、ウェットスーツを着てボードをわきに抱えている。あたしたちの横に来て、ボードを砂に突き立てる。目の前の景色をしっかり見きわめて、うなずく。それをくりかえす。「ああ。ハンクなら行く」ビッグカフナがかがんでボードと足首をコードで結ぶと、あたしたちにむかってにっこりする。だけどそれは、海岸にすわって海を見つめているときのようなやさしいほほ笑み。愛するものがすべて遠くにただよっていってしまい、もどってきてほしいと切に願いながら待っているときみたいなほほ笑み。そして、ビッグカフナは波にむかって歩いていった。

サマーはビッグカフナのうしろ姿を見送っていた。いまにも泣きだしそうだ。口に水をふくんだままみたいな顔で涙をこらえている。

「ハンクなら行く！」親しげな声がして、オーティスがフルウェットスーツを着て通りすぎていった。親指と小指でシャカをする。サマーは悲しそうに笑ってシャカを返した。あたしもシャカをしたけど、オーティスはもう波にむかって歩いていってしまった。

「ハンクなら行く！」赤い短パン姿のライフガードが、サマーにむかって想像上の帽子にちょこんと手を添えるしぐさをして、シフト前に波をつかまえようと海にむかっていく。サマーはナマステのおじぎをして、両手をお祈りみたいに合わせた。

そうか、これはハンクに敬意をはらうための儀式。サーファーたちはもう、仲間のひとりが早すぎる死をむかえたことを知っている。波予報のように、サーファーたちには自然に伝わる。

ギジェットが、波待ちの空いてる場所を見つけようと海岸を歩いていく。「ハンクならまちがいなく行くでしょうね」サマーに投げキッスをすると、サマーもお返しする。

目の前の光景を見つめていたら、背筋にざーっと震えが走った。熟練のサーファーたちはみんな、波を読むのにじゅうぶん明るくなるタイミングを正確に知っている。ドーンパトロールのいちばんいい時間帯に、数十人の波を愛するサーファーたちがひと気のない海に広がっていく。

「ハンクなら行く」あたしはいって、立ちあがった。かがみこんで、目の表情でサマーに気持ちをさとられないようにして、足首にボードをつなぐ。

だけどサマーは首を横にふる。「もうわかんないんだ。自信がない」声を、胸の痛みにつまらせている。

あたしは砂を蹴った。「ここまで来てあきらめたくない。このひと月、サマーはあたしがこわがってるときにいつもそばにいてくれた。今度は、あたしがサマーのそばについてる番だよ」あたしはサマーに背をむけて、荒れる海のほうを見た。それからサマーにむかって手を差しのべた。「さ、行こう」

サマーが顔をあげる。それからあたしの手をとった。あたしはサマーを砂の上から引っぱりあげて、立たせた。

「乗るときは、いっしょだよ」また声がひび割れる。

サマーが背筋をのばす。肩をぐっと引いて、波のほうをまっすぐ見る。「わたしはまちがいなくハンクの妹」そういって、逆巻く暗い海にむかってうなずく。「そして、ハンクなら行く」サマーは手のひらで目をごしごしふいて、かがんでボードを足首につなげた。それからからだを起こし、やっと笑った。悲しみより幸せのほうが多いほほ笑み。「いっしょに乗る」

胸が高鳴る。わたしたちは、バシャバシャと海に入っていった。一日目みたいに足首まで水につかって、それから一週目みたいに腰までつかる。打ちよせてくる波をジャンプしてこえて、荒波にたたきつけられて、大波につぶされそうになりながら、とうとう波が生まれるサーフポイントをこえると、ボードに腹ばいになった。

浮かんだまま、呼吸を整える。サマーがこっちをむく。あたしのピンクのボードがサマーのシーフォームグリーンのボードにゴツンとぶつかる。「いける？」サマーがきく。

「うんっ、いく！」返事をしながら、あたしには勇気がある、そういいきかせる。だけど本気だ。

なぜか知らないけど、いける。

すると、サマーは眉間にしわをよせて、ボードのノーズをじっと見つめた。「波に撃沈して二度とチャンスがないといけないからいっとく。あのとき……あのホイップクリームのとき、笑ってごめん。口にクリームついてたからっていわれて、ガッカリしちゃったのをかくそうとしたんだよね。キスだといいなと思ってたから」

わたしはサマーのボードに手をのばして、こちらに引きよせた。「あれは、自分がバカみたいに思えたからそういっただけ」

サマーとあたしの目が合う。あたしはいった。

「あれ、正真正銘、キス」

「あ、うん」

そのとき、太平洋が気をきかせてあたしたちをさらに近づけた。ボードの上に腹ばいになってるあたしたちの顔がとなりあわせになる。このポジショニングって……。もう、しないほうが不自然。だけどそのとき、巨大なブルーバードが真上からおそいかかってきた。あたしたちはボードから海に転がり落ちて、もがきながら浮きあがってきた。息が苦しいけど、笑える。サマーの笑顔がもどってきた。あたしのサマーが帰ってきた。みんな、もとどおり。

「ったく、ムカつく波だなー」サマーがいう。あたしたちはボードの上にからだを引きあげた。「波をつかまえるんだったら、ぶつからないように少し間隔をとらないとね」サマーがパドリングで左にはなれていき、前をむく。あたしもサマーのまねをして、岸のほうを見た。

だけど頭のなかは、いまのキス未遂(みすい)のことでいっぱい。海は魔法(まほう)をかけてくれる。そしてまたすぐに魔法をとく。なんてことない感じで。岸と綱(つな)ひきをしているみたい。まだそのときじゃない、と自分にいいきかせる。その前にやらなくちゃいけないことがある、って。

いいよ、わかった。だったら、あたしの波を連れてきて。

ふりかえると、深い色をした海から波頭(なみがしら)が立ちあがっている。

「これじゃない」サマーがいう。あたしたちは、その波をやりすごした。もう少し岸に近かったら乗れていたかもしれないけど。

サマーがもう一回ふりかえって見る。朝の霧(きり)のあいだから、サンタカタリナ島まで、ハワイまで、中国まで。それからあたしを見つめて、首を横にふった。

「これもダメ」

またやりすごす。目で見てもわからない波があたしたちのからだの下をうねって進んでいく。あたしたちのからだが上下する。

サマーをじっと見つめて、またふりかえって遠くをチラッと見てから、またサマーを見る。

サマーばっかり見てる。一日じゅうだって見ていられる。

「少し岸に近づいたほうがいいかも!」サマーがさけぶ。それから、あっと声をあげた。「待って」

サマーがまだ暗い水平線をじっと見つめる。

それから、こっちをむいた。目を見ひらいて。

「ヤバッ!」

「えっ、なにが？」

「来た！　これっ！」

サマーがパドリングをはじめたので、あたしもまねする。だけど、すぐうしろまで迫ってきているのを感じる。うねりがあたしのつま先にキスをして、それからあたしのからだの下に入ってくる。自分でなんとかしなくちゃ。

あたしは両手をついて、ボードからからだを起こした。ポップアップ。二本脚ですっくと立つ。足はビタッとボードにつける。ひと月のあいだ町と砂の上を裸足で歩きまわっていたから、足の裏はカチカチ。もう少しで姿勢はカンペキ。一瞬、波のてっぺんに乗っかった。あたしは海の神ネプチューンのひとり娘で、海をわがものにしている。するといきなり、落ちた。下に落ちたけど、転がり落ちてはいない。すべきことがわかってるみたいにからだをあずけて、海の鋭い刃のような波に乗り、からだの内側からわきあがってくる音に耳をすませて、幸せ絶頂のさけびをあげた。もう少しで「カワバンガ！」なんてプロサーファーみたいな雄叫びを口にしそうになったけど、一本目でさすがに調子のりすぎ。気持ち的にはそれくらいさけんでもいい感じだったけど。

だけど、サマーがさけんでるのがきこえてきた。愛してるよーってさけんで、あたしの名前を呼ぶ。ジュイエ！って何度も。サマーにジュイエって呼ばれながら、あたしはベティだって感じてる。だってあたしはベティだから。見た目も魅力的なサーファーガール。強くて、女神みたい。まだこの波に乗っている。魔法がとけてもまだ、乗っている。あたしは波をすっかり手なずけた。波が手放したものをあたしが手に入れた。息は切れてたけど、カンペキにハイ状態。

ひざのあたりの深さまで来ると、あたしはボードからはなれた。ステージからとびおりるみたいに。そしてボードをつかんで、サマーのほうをむいた。サマーは浅瀬をこちらに走ってくる。目を、サンドダラーみたいに大きく見ひらいて。サマーがあたしに拾ってくれたような小さいのじゃなくて、ちゃんと大きいの。サマーはなにもいわない。なにもいえない。だって、言葉なんかいらないから。いまはいらない。この瞬間を語るには、あらゆる表現や歌がある。波をつかまえて、この女の子のことを知って、この女の子を好きになったこの気持ちを語るには。だけどいまは、言葉なんかいらない。サマーはボードをおろして、あたしに両腕を巻きつけてきて、ぎゅっとした。頭をあたしの肩にうずめて。あたしもサマーをぎゅっとして、おなじように頭をサマーの肩にうずめた。

さっきの波の名残りが押しよせてきて、引いていく。あたしたちはそのままぎゅっと抱きあっていた。ボードにつないだコードが、あたしたちの足首を引っぱる。あたしたちを急かす。

サマーとはなれたくない。バイバイなんて言いたくない。だけど、朝の海をつつむ霧の上で、空港から飛びたって波音をかき消していく飛行機の音が、あたしに告げていた。あたしもとびたたなきゃいけない、って。

朝日が水平線からのぼる。ママもそろそろ起きるだろう。あたしがどこにいるかはわかるはず。だれといっしょにいるかも。それでも、あたしたちは乗らなくちゃいけない。サーフボードじゃなくて。ぜんぜんちがうけど。昼前には乗らなくちゃいけない。サマーをここに残して。

だけど、いまはまだこのまま。

「もう一回？」サマーがたずねる。

「もう一回」

何度もいった。

そしてつぎの夏には……いわなくてもわかることだけど、あたしたちはまたいっしょに、おなじことをするだろう。

バイバイ、カリフォルニア

とうとう海岸をあとにしたときには、もう時間ギリギリだった。あたしたちはボードをわきに抱えて裸足で坂道をかけあがった。角を曲がって四番通りに入ると、エイリアンの要求はジャンプでムシして、コテージの前の生垣をまわりこむ。網戸を通りすぎたとたん、ママが腕を組んで立ってた。スーツケースが大きな木のテーブルの横に並んでる。あたしのビーサンは床におきっぱなし、水着の上にはおるワンピースはイスにかかってる。

「遅くなってごめん」

ママが腕時計に目をやってから、落ち着いていう。「タクシーを呼んである。いまにも来るんじゃないかな」表情がやわらいで、腕をほどく。「だいじょうぶ。時間ピッタリよ」

「波に乗ったんです！」サマーがはしゃいで報告する。「しかも何度も。ベティ、もうカッコよすぎ！」

ママが思わず笑いそうになる。「そう、よかった。すごくうれしい」

あたしは腕に抱えた明るいピンク色のサーフボードをじっと見つめた。

「キープしとくから」サマーがいう。「これに乗るのはベティだけ」コホンと咳ばらい。「つまり、ジュイエね」

あたしはボードをサマーにわたした。

横の窓の前を黄色いチョウチョがひらひら通過する。家の前にタクシーがとまる音がした。

「じゃ」サマーがいう。「またね」

あたしはママのほうを見た。ママもこちらを見つめる。ずっと見つめてたけど、ふいに指をパチンと鳴らした。「そうだ、棚のなかに忘れものがないか、確認しなくちゃ」ママはくるっとむこうをむいて、廊下を歩いていった。

サマーに一歩近づく。サマーはテーブルに立てかけたふたつのボードによりかかってる。あたしはちょこっと首をかしげて、サマーに顔を近づけた。鼻と鼻がぶつからないように。この手の経験なんていくらでもある、みたいに。サマーのくちびるがあたしのくちびるにふれる。ふれあったところがあったかい。それからサマーはあたしの手をとって、自分の胸にぎゅっと押しあてた。そのままサマーに手をにぎられていると、指先にサマーの鼓動を感じる。サマーの心もあたしといっしょに帰りたがってるみたいに。

網戸をトントンする音がする。あたしたちがはなれたとき、ママが廊下をもどってくる足音がきこえた。「タクシーが来たわ」

サマーの瞳がきらめいている。サマーはピカピカの笑顔でママのほうに近づいていった。

「お会いできてうれしかったです、マヤ」

ママが笑う。「アビーよ。わたしも会えてほんとによかったわ、サマー」

「ありがとう、マヤ」サマーがママをハグする。マヤってなんだか知らないけど。「わたしの世界にベティを連れてきてくれてありがとう」そういってサマーはあたしの手をとってぎゅっとすると、うしろをむいた。ボードをふたつ、わきの下に抱えて、肩ごしにほほ笑みながらドアから出ていく。金色の髪が窓のむこうでキラキラ光るのが見えたかと思うと、サマーは行ってしまった。

サマーの足音が遠ざかっていく。あたしはふーっと息を吐いた。「棚のチェック、ありがとう」

ママがこちらをむく。「ハッピーバースデー」そういうママの顔が、急にゆるんでハッピー全開って感じになる。もしかして、ママもなんだかんだちょっとは夏休みを楽しめたのかも。

飛行機のシートにすわって、滑走路をながめる。あらゆる大陸から来た大きな飛行機がとまってる。あたしたちが乗った飛行機も、テイクオフのために移動する。羽がすきとおった緑色の虫が窓の外側にとまっている。整備士が機体からはなれて、飛行機がゆっくりと移動しはじめると、虫は必死でしがみつく。

「あった、マヤってこれね」ママがスマホを見ながらいう。「『ブラザーボブのサーフィン用語辞典』によると、マヤっていうのは熱心なサーファーのママって意味らしいわよ」ママはおもしろがってる。

「うん」

ママが手をのばしてくる。「机の引き出しに入ってた」紙切れをにぎっている。オーシャンパーク二日目にママがあたし用に書いた目標リスト。あたしがいくつか書きたしたリスト。あたしは紙切れを受けとると、もう一度ながめた。

- 運動不足を解消して外の空気を吸う
- 恐怖に立ち向かう
- 快適ゾーンから出る！
- あたらしい友だちをつくる
- サーフィンを習う？
- ファーンのことをちゃんとする
- ママと距離をちぢめる
- サマーがあたしを助けてくれたようにサマーを助ける
- ~~パパ？~~

頭のなかで、ほとんどの目標は線を引いて消せた。

運動して外の空気を吸って変身した。

恐怖に立ち向かった。ほんもののも、想像上のも。

快適ゾーンの外に出て、サーフポイントに入り、サーフィンを練習して、波をつかまえた。サイコーでカンペキな友だちといっしょに。

「〝ママと距離をちぢめる〟に関しては……」ママがスマホの電源を切ってバッグにしまう。「ずっと考えてたの」

「えっ？」

ママが機内にもちこんだアイスコーヒーをストローですする。「ママがそばにいる時間を増やすのをジュイエがどう感じるかはわからないけど、そうしたいと思ってる」

「どういう意味？」

「だから、家にもっといる。ジュイエのそばにいる」ママがまたアイスコーヒーをすする。「病院にいる時間を減らす」

あたしは顔をしかめた。「それって、あたしがどうなっちゃうのか、急に心配になったから？」

ママは、なんでそんなふうにしか考えられないの、みたいな顔をしたものの、あたしの腕に手をおいてほほ笑んだ。

「ちがう。ジュイエがどうなりつつあるのか、楽しみでしょうがないから」

あたしもママにニッコリした。「期待してて」本気でそう思った。

客室乗務員たちが通路に立って、安全対策について説明をしている。だけど、あたしはちがうことを考えてた。バックパックのなかをさぐって、ファーンに書いたのに投函しなかったポストカードを出した。このカードで、ピアノの発表会をサボったのをファーンのせいにしたって白状した。スマホでそのカードの写真を撮る。ママは機内誌にのってるクロスワードとにらめっこしてる。あたしはファーン宛てに写真を添付してメッセージを書いた。

いま、飛行機のなかで、もうすぐ離陸。これから帰るよ。ファーン宛てに書いたのに出さなかったカードを添付するね。

どうしよう。送信ボタンを押(お)そうとした親指がスマホの上をさまよう。

目をとじて、このひと月でやってきたむずかしいことあれこれを考える。勇気を出してやったことぜんぶ。ぜったいムリだと思ってたのになんとか克服(こくふく)できそうなこと。すると、あたしの親指が画面におりてきた。送信。

三十秒待って、ファーンから返信が来た。ああ、やっと。

オーマイガーッ　マジでムカつく

窓(まど)の外、眉(まゆ)がぎゅっとよるのを感じる。スマホを見えないように裏返(うらがえ)した。そりゃそうだよね。当たり前。

ハリウッドヒルズのほうを見つめていたら、飛行機が滑走路(かっそうろ)に入ってくるのが見えてきた。窓の外の虫が身がまえる。ポップアップの準備をしてる。

またスマホがブルブルいう。ゆっくりひっくりかえして画面を見る。


ゆるしてあげる！　冒険(ぼうけん)はつきあうよ！　はやく会いたい！

ほっぺたを涙(なみだ)がつーっと流れ落ちる。あたしは、うれしいっていう絵文字を連打した。それからスマホを機内モードにして、腕で涙をぬぐった。ママのほうをむいていう。

「レイクショアにもどったら、またファーンと友だちになる」

ママがじっと見つめて、その先を待ってる。

「でも、前とはちがうよ。モールをうろついてミストレス・スカーフィアに占ってもらったりしない。冒険がしたい。カヌーをこいだり、木にのぼったり。湖も泳ぎたいし、冬はスケートしたい。蚊にさされても、ウルシにかぶれてもいい。っていうか、それくらいの覚悟」

ママがニッコリする。「それはまた……思いきったわね」

「いままでそういうことしなかったのは、ファーンのせいじゃない。森はずっとあったし、湖もいつでも行けた。で、まだどこにも逃げてない」

ママが、とろけそうな顔をする。

「あと、まだあるんだ。きのうの午後、パパがFaceTimeしてきた」

「そうなの？」

「寝るとこだったみたい。顔にパックしてた」

ママが口に手をあてて笑う。

「ピアノやめてサーフィンすることにしたって話した」

「ピアノやめるの？」

「ううん。パパをこらしめたくていっただけ。あと、さんざん波に乗ったってウソついといた」

ママがニヤッとする。「まあ、でも今朝、さんざん乗ったじゃない。ウソじゃなくて、予感っていっていいかもよ」

「父親をやめてほしいなんて思ってないのに、っていった。あと、あたしたちの人生をめちゃくちゃにしてムカついてるって。で、電話切った」

ママがぎょっとする。だけど、あたしがママのかわりにいってやったってこと、わかってるような気がする。

「そう。あとはパパ次第ね。だけど、ちゃんと思ってることを正直にいえて、えらい。目標をリストから消去しただけのことはあるわね」

笑顔になる。あのリストは、これからつくる宝ものの箱に真っ先にいれる予定。あと、サマーが見つけてあたしにくれた、あの小さなサンドダラーも。

そう考えたら、ふいに白波が立って顔にバシャッとかかったような気分になった。だけど、それは幸せな波。もう一度サイコーの波に乗ろうとパドリングしてるときに出あう波。

ママと目が合わせられなくなる。いきなりわわっといろんな気持ちが押しよせてきちゃって胸がいっぱいで。今月は泣きすぎで、いままでのぶんをとりもどした感じ。だけど、これ以上ないすばらしい涙もあった。いろんなことを感じたから。いっぱい成長した。ママがいったみたいに。

光あふれる窓の外をもう一度見る。小さな虫を見る。虫もこっちを見てる。あたしはその子にシャカをした。きっとその子も、できるもんならシャカしてくれてたはずだけど、いまは窓にしがみつくので必死。そういうときの気持ち、よくわかるし。

飛行機がUターンして、遠くに見える緑の山のハリウッドサインがどんどん見えなくなっていく。

エンジン音がやかましくなる。滑走路をスピードをあげて走りだす。小さな虫は窓にしがみついて震えている。

「ブルーバード」あたしはささやいた。

小さな虫がポップアップして、窓から飛びたっていく。風の流れに置き去りにされてめためたになってるけど、命がけの挑戦なのがわかる。もしかしてこの子、この感覚が忘れられなくなっちゃって、また味わうためにもどってくるかも。

飛行機はますますスピードをあげる。滑走路を走り、やがてかたむいて、浮いた。もう地面に接してる感じがしない。

バイバイ、カリフォルニア。

あっという間に海の上にいた。視界が南むきになる。消えかけのマリンレイヤーから立ちのぼるちりぢりの雲のあいだから、モーターボートや、精製工場から出てくるオイルタンカーが見える。海の深い青をじっと見つめていたら、そこで育まれるあらゆる命に心をゆさぶられる。

海藻。グレーのスーツの男たち。小さすぎてダラーっていうかセントっていったほうがよさそうなサンドダラー。

またUターン。今度は空の上で、左にむかって。じきにまた大陸の上を飛ぶ。肩ごしに海岸が見える。サンタモニカ湾と、そのちょっと前にあるオーシャンパークのビーチ。

あのあたりのどこかで、サマーはきっと水着以外の服を着て、家族といっしょにいるんだろう。ハンクのお葬式のためにしばらく集まっているはずだから。もしかしたら、水着のままかもしれない。

もしかしたら、ビーチウェアでハンクを送りだすのかも。そのほうがふさわしい気がする。もしかして、ハンクはサーフボードといっしょに埋葬されるのかもしれない。それとも、あのボードはサマーが乗りつづけるのかな。

そういえば、ママにハンクの話をしてなかった。もちろんハンクが死んだことも。チラッと目をやると、ママは機内誌をながめて笑ってる。いまじゃない。空の上は、話すタイミングじゃない気がする。

ママがもし、ハンクのお葬式に行ってもいいっていってくれたら？　サマーが招待してくれたらだけど。飛行機は引きかえしてはくれない。だけど、いつお葬式をするのかはべつとして、また飛行機でもどってもいいっていったら？

あたしはため息をついて、また窓の外を見た。あのあたりには、〈ピンキー・プロミス〉もある。もうすぐオーティスがシフトに入って、ピスタチオやチェリージュビリーのアイスをすくって、ベティたちとふざけあう。

四番通りのバンガローでは、ビッグカフナがきっと朝の波乗りをおえて休憩してる。あそこにいるのは、四番通りの小さなスーパーでトイレットペーパーを買ってたビッグカフナじゃない。絶品のワカモレをつくって、ハンクを肩にかついで運び、波打ちぎわに連れていってくれたビッグカフナだ。そのビッグカフナはきっと昼寝をしたり、ボードにワックスをぬったり、瞑想したりしてるだろう。それとも、サメとの戦いにそなえてサンドバッグをパンチしてるかも。ドーンパトロールの霧のなかからあらわれるときみたいな謎めいた神話的な姿を見せているはずだ。

そのうちだれかほかの人、ほかの家族が町にやってきて、七月のあいだあたしたちが住んでたあのコテージにチェックインする。もしかしたらサマーがそのだれかと知り合いになるかもしれない。あたしと同い年の女の子で、サマーは夏のあいだの友だちになろうっていうかもしれない。まだ夏は残ってるから。あたしにしたみたいに。

窓から目をそらして、前の座席の背もたれを見つめる。そして、機内もちこみバッグから、ママがコテージの玄関前のステップで見つけたプレゼントをとりだす。サマーとあたしが波乗りしてるあいだにおいてあったらしい。波乗りしてるあいだ！

新聞紙につつんであるそれは、手ざわりからしてきっと本。新聞紙に黒のマーカーで文字が書いてある。二十九日前にもらったポストカードに書いてあった、〝エイリアンの要求をムシ〟に集合って誘いとおなじ筆跡。「テイクオフするまで開封禁止！」

もういいよね。新聞紙をはがすと、本が出てきた。

『パーフェクト・ウェーブ』。サマーは、ページのはしっこを折りながら読みまくったお気に入りだといってた本をあたしにくれた。手を胸にあてて感謝する。サマーはここにはいないけど。

表紙には、ボードに乗った女の子の絵。大波がおおいかぶさってる。女の子はちょっとサマーに似てるけど、サマーはひとりしかいない。

裏表紙のコピーを読んでみる。「パーフェクト・ウェーブが来たら、ぜったいにつかまえなくちゃいけない」。

めちゃくちゃ当たり前だけど、まちがいなく真実。サマーに出会う前の一年に読んだどんな本に書いてあったことより正しい。ゾンビが目玉を吸いに来る話よりほんとのことだし、世界の終末をどうやってのりきるかよりたいせつ。そういう心配って、けっきょく意味ないし。

あたしはまた窓の外に目をやった。肩ごしに光る海を見ていたら、ふいに、八月にだれがあのコテージに来るかなんて、どうでもよくなってきた。

本が自然にひらいて、グリーティングカードをはさんであったページが出てくる。カードの絵は、砂の上に足が四つ。靴ははいてない。カードをひらくと、写真が一枚落ちてきた。だけどあたしの目はまず、カードのなかに書いてある文字に釘づけになる。サマーが書いた、サマーの言葉。

ジュイエへ
わたしの七月、わたしのベティへ
わたしのブルーバードへ
はさんである写真は、わたしが宇宙でいちばん好きな場所だよ
そこにいてくれてありがとう
ハッピー・バースデー

サマーより

写真を拾うと、前に五ドルで撮ってもらったポラロイド。サマーとあたしがプロムナードの噴水の前に立ってる。ハンクがケガをした場所。

サマーは、長いこと噴水の前を通りすぎるのもムリだったといってた。見るだけで悲しすぎるからって。だったらなんで、その噴水の前で写真なんか撮ろうっていったんだろう？　どうしていまになって、宇宙でいちばん好きな場所だなんていうの？

写真をじっくりながめてみる。サマーはかわいいブルーのフーディを着てる。“Um okay”ってロゴが入ったフーディ。あたしが着てるのは、“DEATH”プリントの黒いTシャツ。あらためて思い出してみると、あれはあたしがハンクのことを知らないころだった。ハンクが噴水で事故にあったことをサマーが話してくれる前のこと。

あたしたちの顔をじっくり見てみる。あたしは、きまりわるそうな顔。あのとき感じてた気持ちを思い出す。あたしなんかじゃサマーの友だちにはふさわしくないって思ってた。サマーの横に並んでるだけでも不つりあいだって。写真のなかのサマーはうつむいてる。その視線を追っていくと、あたしにむかって差しだしてるサマーの手のひらがある。

ああ、そういうことか。

サマーがあたしをあの場所に連れていったのは、自分の恐怖を克服するためにあたしにそばにいてほしかったからだ。

サマーがあたしにしてくれたのとおんなじように。町じゅうのあちこちでやってくれたように。

三番通りをわたる。サメだらけの海に入る。ありとあらゆること。

あたしがあたらしい人生をはじめるとき、ずっとついててくれた。

そしてあたしも、サマーのとなりにいた。

あたしが宇宙でいちばん好きな場所で。

あたしは写真をグリーティングカードのなかにまたはさんで、カードを本のあいだにしまった。

髪の毛が鼻先にかかると、海のにおいがする。

それからあたしは、バッグのなかからポストカードとペンを出して、返事を書きはじめた。

サマーへ
だれよりもワイルドで、だれよりもハッピーな、あたしのサマーへ

訳者あとがき

ひと夏のきらめきとときめき、夏のおわりの切なさ。思い浮かべただけで、胸の奥がキュン、とします。この物語はひと言でいうと、そんなキラキラしたものたちがぎゅぎゅぎゅっとつめこまれた、宝ものの箱です。

舞台はアメリカ合衆国カリフォルニア州の都市、サンタモニカに実在するオーシャンパーク。サーフィンをはじめとするマリンスポーツはもちろん、オシャレなカフェやヴィーガンレストランなどが建ち並ぶ通りではサイクリングやスケートボードなども盛んで、夏を満喫するのにピッタリな海辺の町です。こんなうつくしい場所で七月を過ごすとなればワクワクではちきれそうなものなのに、主人公のジュイエは場違いなブラックメイクで武装して、わけあって、これから人生最悪の夏がはじまると暗い顔をしています。青い空にも広い海にもアイスクリーム屋さんのイケメン店員にも胸がときめかないジュイエの前にあらわれたのは、お日さまが水着を着て歩いているみたいなピカピカのサーファーガールのサマー。やがてふたりは自然と影響を与えあい、どちらにとっても一生忘れられない大切な夏を過ごすことになります。

夏って、とくべつな季節です。はじまりは期待感でいっぱいで、真夏のあいだはとにかくはしゃいで日焼けして思いっきり楽しんで、気づいたらおわりに近づいているさみしさに胸がチクッとして……。そんなふうに、この物語の登場人物の心のなかもうつりかわっていきます。ジュイエとサマーだけではなく、それぞれの家族やオーシャンパークのひとたちは、太陽みたいに明るく見える人でも心の奥底にはさみしさや苦しさを抱えていて、それでもそれぞれのやり方で折り合いをつけたりまわりのひとのあたたかさに支えられたりして、笑っているのです。

　作者のポール・モーシャーさんは、はじめてのＹＡ小説“Train I Ride”（『あたしが乗った列車は進む』鈴木出版）を発表した直後、次女のハーモニーさんを小児がんで亡くしています。残された長女のエレリさんを思わせる主人公が妹の死について語る二作目の“Echo’s Sister”は、モーシャーさん一家がハーモニーさんの死の意味を見つける助けになったとのことですが、そんなふうに生死と正面から向き合った作品を経て発表された本書（原題“Summer and July”）については、「思いっきり笑ったり泣いたり、ザ・ビーチ・ボーイズの音楽をききたくなったりして、登場人物と恋におちて、そして読みかえすたびに最高に幸せでワイルドな夏を経験した気分になる作品」と語っています。ある年のハーモニーさんのお誕生日、ＳＮＳに「お誕生日おめでとう、ハーモニー。本当だったら十三歳になるはずだったけど、かわりにきみはお日さまとお月さまとお星さまになったんだね」という投稿がありました。悲しみと痛みと喪失感がやがて、お日さまとお月さまとお星さまのかがやきにかわったように、この物語の登場人物たちの心のなかの闇も、家族や友だちとのこじれた関係も、だんだんとまぶしくキラキラしたものになっていきます。ジュイエとサマーはきっと、つぎの夏も、そのつぎの夏も、「おやすみを口にしないでおやすみっていえる」友だちとしてオーシャンパークで波をつかまえていると信じています。

こんなに太陽と海と自然をいっぱいに味わえて、海と「ハチドリのビュッフェ」の香りにつつまれた、胸が苦しくなるほどやさしい作品は、どこを探してもありません。

そして読んでいるとすぐにでも、物語の舞台の町に飛んでいきたくなるはずです。サマーがたびたび口にする「ドッグタウン」とはサーファーやスケートボーダーのあいだで使われてきた通称で、ヴェニス・ビーチ周辺のことです。ふたりが待ち合わせする「エイリアンの要求をムシ」という文字が刻まれた歩道はフィクションですが、オーシャンパークの四番通りに行ってみたらほんとうに見つかるんじゃないかという気さえしてきます。この「エイリアンの要求をムシ」というのは、一九六〇年代のカリフォルニアのヒッピー・ムーヴメントの中で生まれたとされるスローガンで、イギリスのパンクバンドThe Clashのギターヴォーカル、ジョー・ストラマーがギターに貼っていたステッカーのフレーズとして有名です。この物語にちりばめられた作者の愛する六〇年代のカリフォルニアの文化は、きっといまでもこの町にあふれていることでしょう。

最後になりましたが、この作品を愛しんで細やかな編集をしてくださった岩波書店の三輪侑紀子さん、かわいくてたまらないふたりの女の子を躍動感あふれる姿で描きだしてくださった装画の早川世詩男さんに、心から感謝します。

たくさんの方々に夏のきらめきと切なさが届くことを願って、「シャカ」サインを送ります。

二〇二四年　三月二三日

代田亜香子

訳者　代田亜香子

翻訳家。立教大学英米文学科卒業。訳書に『あたしが乗った列車は進む』(ポール・モーシャー)のほか、『プリンセス・ダイアリー』(メグ・キャボット)、『翼はなくても』(レベッカ・クレーン)、『希望のひとしずく』(キース・カラブレーゼ)など多数。

七月の波をつかまえて　　ポール・モーシャー作

2024年6月20日　第1刷発行

訳　者　代田亜香子(だいたあかこ)

発行者　坂本政謙

発行所　株式会社 岩波書店
〒101-8002 東京都千代田区一ツ橋 2-5-5
電話案内 03-5210-4000
https://www.iwanami.co.jp/

印刷製本・法令印刷

ISBN 978-4-00-116428-2　　Printed in Japan
NDC 933　290 p.　19 cm